KB253233

Fantastic Oriental Heroes

무림공적

지천우 新무협 판타지 소설

武林公敵

무림공적 1
지천우 新무협 판타지 소설

초판 1쇄 찍은 날 § 2006년 5월 18일
초판 1쇄 펴낸 날 § 2006년 5월 29일

지은이 § 지천우
펴낸이 § 서경석

편집장 § 문혜영
편집책임 § 최하나
편집 § 이재권 · 서지현

펴낸곳 § 도서출판 청어람
등록번호 § 제1081-1-89호
등록일자 § 1999. 5. 31
어람번호 § 제2-0915호

주소 § 경기도 부천시 원미구 심곡1동 350-1 남성B/D 3F (우) 420-011
전화 § 032-656-4452 팩스 § 032-656-4453
http://www.chungeoram.com
E-mail § eoram99@chollian.net

© 지천우, 2006

ISBN 89-251-0132-7 04810
ISBN 89-251-0131-9 (세트)

1

Fantastic Oriental Heroes

무림공적

지천우 新무협 판타지 소설

武林公敵

목 차

그는 무림공적(武林公敵)이었다.

화산(華山).

오악(五岳) 중 서악(西岳), 또는 태화산(太華山)으로 불려지는 섬서성(陝西省) 화음현(華陰縣)의 화산을 말한다. 이름에서 어렴풋이 알 수 있듯 화산은 그 산봉우리가 마치 하나의 꽃과도 같아 그 이름을 얻었다. 본래가 천하의 명산이니만큼 그 우아하고도 수려한 자태는 말로 형용할 필요조차 없다.

능선이 전체적으로는 상당히 매끄럽기는 하나 부분적으로 본다면 마치 칼로 듬성듬성 깎아낸 듯한 모습에 산봉우리들이 두드러져 장관이다.

외양뿐만 아니라 화산의 정기는 예로부터 일반인을 선인

으로 착각하게 만들 정도로 정순하였다. 실제로도 많은 기인들이 은거하고 있다고 전해지기도 한다.

화산이 명산이라는 데에는 그 자태 자체가 한몫을 거두지만 정천이라 불리는 구파일방 중에서도 당당하게 일석(一席)을 차지하는 화산파(華山派)의 존재 역시 화산의 이름을 더욱 드높인다.

구파일방은 정천, 정파의 하늘이다. 무림은 크게 세 부분으로 등분되어 있다고 할 수 있는데, 정파, 사파, 그리고 새외무림을 꼽을 수 있다.

정파를 상징하는 정천 구파일방은 소림사, 무당파, 화산파 이외에도 여섯의 파와 하나의 방으로 이루어졌다. 각 문파의 세력이 가히 하늘을 뒤흔들 정도라 전해진다.

화산파는 그런 구파일방에서도 유명한 일파였다.

각종 무예가 발달하였으나 그중에서도 검만은 제일을 겨룬다. 화려함과 다변(多變)을 주 무기로 눈에 보이는 화려함과는 달리 끊임없는 허초와 변초로 매서운 공격을 구사하는 것이 화산파의 검이다. 그런 무서운 검이 지금의 대화산파를 만들었다.

만 단위의 문도 수와 심후한 내공을 지닌 고수들이 헤아릴 수 없이 많으니 무림인이라면 화산파의 문도를 곧 하늘같이 우러러보게 된 것이 어제오늘의 일이 아니었다. 오랜 전통과 역사를 자랑하니만큼 화산파에 대한 선망의 시선은 깊고 두

터우며 확고하게 자리하고 있다.

　화산은 외길의 산이라 하였다. 산중에는 남북으로 난 한 갈래 길밖에 없었다. 물론 조금 눈여겨 찾아본다면 사람이 지나갈 만한 길이 있을지도 모르나 인위적으로 닦아놓은 길은 한 길뿐이었다. 그 길에는 당연 화산의 방문인들이 인산인해를 이룰 것 같으나 정작 그 외길은 한 사람만이 지날 수 있는 좁은 길이어서 붐비는 느낌은 없었다. 단지 그 길은 사람들로 인해 빽빽이 찼음은 당연한 것이다.

　수려한 화산의 능선에 취한 등산객들도 적지 않았고, 화산파에 목적을 가지고 화산을 오르는 이들도 적지 않았다. 화산의 이 외길은 험준하기 짝이 없고, 구불구불하기까지 하지만 언제나 이 외길은 사람들로 가득 메워졌다.

　"사부님, 정말 그놈을 혼내주실 건가요?"

　많은 인원들 틈에 껴서 하산하는 두 노소가 있었다. 노인의 외양은 평범하기 그지없었는데 무언가기 그 노인을 색다르게 만들었다. 부드러운 눈매, 곱게 기른 수염. 옆 동네의 인자한 할아버지를 연상시켰다. 하지만 실제로 이 노인과 대면한다면 깜짝 놀랄 것이다. 마주 보고만 있어도 은연중에 흘러나오는 노인의 현기에 눈이 번뜩 뜨일 것은 물론이요, 노인 앞에서 처신하는 것만에도 진땀이 빠질 것이다.

　노인에게 말을 건네는 이는 상당히 젊었다. 소년이라고 하기에는 나이가 좀 들어 보이고, 청년이라고 부르기에는 약간

앳되어 보이기도 했다. 머리카락에 윤기가 흐르고 얼굴의 빛도 남다른 것이 그가 상당히 귀하게 자랐음을 알 수 있었다. 그의 옥(玉) 같은 얼굴에 티가 있었다면 바로 누군가에게 한 대 얻어맞은 듯 왼쪽 광대뼈 주위가 심하게 부어오른 점을 짚을 수 있었다. 시뻘겋게 달아오른 붓기는 최근에 생겼음을 알려주었다.

그의 날카로운 눈이 지나가는 행인들로 하여금 움찔하게 만들었는데, 정순한 심법을 수련했음에도 불구하고 마음 자체가 정심하지 못하다는 것을 보여주는 것이기도 하였고, 현재 그의 심리 상태가 상당히 불편하다는 것을 의미하기도 했다.

"네가 화산의 제자임을 알면서도 이런 만행을 저질렀다는 것은 분명 화산파를 무시하는 행동이다. 그것이 명분이기는 하다마는 네가 다친 것이 나를 상당히 분노케 하는구나. 그렇기에 내가 직접 그놈에게 따끔한 맛을 보여주려는 것이다."

사실 그 명분이라는 것은 명문정파의 보기 좋은 허울이 만들어낸 억지였다. 자초지종을 듣고 잘못을 따지자면 이러한 결과는 당연한 것이라 할 수 있었다. 아쉽게도 세상은 공평하지 못했다. 힘이 있는 자가 무림을 이끈다. 명분은 어떻게든 지어다가 붙일 수 있는 것. 강자는 자신의 마음에 들지 않는다면 어떻게든 상대를 친다. 언제나 설움을 받는 것은 약자들이다.

그런 이치 속에 화산파는 강자에 속한다. 적으로 피해야 할 세력이 있다면 가장 먼저 뽑힐 법한 세력이 바로 화산파이다. 화산파의 직계제자는 고로 미우나 고우나 고개 숙여 대접해야 하는 귀인. 그런 고귀한 분에게 손찌검을 한 무림인은 강호 초출이거나 자살을 기도하는 자가 분명했다.

"사부님의 사랑에 몸 둘 바를 모르겠습니다."

얼굴을 보아하니 정말 감동한 모습이었다. 그 모습을 본 사부의 얼굴에 미소가 보일 듯 말 듯했다.

'네놈의 심성이 비록 지나가는 돼지만도 못하나 어찌하겠는가! 핏줄이 좋아 화산파에게 큰 도움이 되니. 휴우… 어쩔 수 없는지고.'

"그래, 손아, 그 못된 작자가 이 근처에서 기다린다고 하였느냐?"

부름을 받은 이는 화산파의 직계제자 제갈손이었다. 제갈, 제갈세가의 사람이다. 제갈세가는 무림에 현존하는 많은 세가 중에서도 한 손으로 꼽을 수 있는 세가이다. 구파일방 중 하나의 문파에도 꿀리지 않을 만큼 그 세력은 거대하다.

제갈세가의 후손들은 예로부터 두뇌와 오성(悟性)이 뛰어났다. 핏줄의 힘이 위대하다는 것은 제갈세가를 통해 알 수 있다. 대대로 뛰어난 자손이 나오니 더 말할 필요도 없다.

제갈손은 제갈세가에서 드물다는 뛰어난 골격, 우수한 무골이었다. 하늘은 공평하였던지 뛰어난 무골을 내려주신 후

뛰어난 오성을 거두어가셨다. 제갈손은 이상적인 무인이었으나 그의 빌어먹을 성격만은 고쳐지지 않았다. 현재 제갈손은 검의 묘리에 대해 가르침을 받고 있었다. 무골답게 그는 검에 일가견이 있어 약관을 조금 지난 나이임에도 불구하고 깨달음을 요구하는 단계의 경지까지 올랐다. 다른 후기지수들과 비교해 보건대 눈부실 만한 재목임에 틀림없었다.

그런 제갈손을 가르치는 자는 화산의 장로 중 하나인 매화옥검(梅花玉劍) 진효랑(眞哮狼)이었다. 검파인 화산에서 검에 대한 이해가 가장 깊다고 알려져 있다. 아무리 제갈세가의 사람이라지만 검의 도사라 알려진 진효랑에게 제갈손이 가르침을 받을 수 있는 유일한 이유는 바로 그의 혈통 때문이었다. 오대세가와 구파일방은 직, 간접적으로 관련되어 있다고 할 수 있다. 그중에서도 제갈세가와 화산파는 서로 상당한 우호를 다지고 있는 관계에서 제갈손의 검을 봐달라는 가주의 부탁을 거절하기는 어려웠다.

명석하기는 하나 남자다운 포용심이 없으니 어릴 적부터 제갈손은 왈가닥 계집처럼 고자질을 주로 했다. 진효랑이 손찌검을 하는 날이라면 그날 바로 가주에게서 서신이 한 통 도착한다. 반대로, 칭찬을 해주거나 조금이라도 호의를 보여주면 '대화산파 유지비'에 보태 쓰라고 귀한 금자가 우르르 떨어진다. 제자가 미우나 고우나 돈줄임에는 틀림이 없으니 진효랑은 성질을 죽이며 '본심과 조금도 일치하지 않는' 언행

불일치를 몸소 실천해야 했다.

인간의 사사로운 감정—욱하는 성질을 제외하고—에 얽매이지 않는 경지에 오른 진효랑. 오랜 수련과 연륜을 통해 얻어진 경지이다.

다혈질에 쇠고집이어서 가끔은 수련에 방해가 되기도 하지만 오히려 쇠고집이기에 뚝심이 있기도 하여 끈기와 집중력이 있었다. 쉽게 풀어 쓰자면, 남들에게 지기 싫어하는 마음에 눈에 불을 켜고 수련을 하는 그였다.

복수는 인간의 사사로운 감정 중에서도 원시적이기도 하며 매우 복잡한 이해 관계에 얽힌 종류의 것이다. 강호무림에 빠뜨릴 수 없는 단어이기도 했다.

은원(恩怨).

힘으로 모든 일을 해결하려 하는 무림인들에게 은원만큼이나 중요한 일은 없었다. 모든 사람을 힘이라는 잣대로 평가히다 보니 자신보다 힘이 없는 자는 사정없이 짓밟고, 힘이 있는 자에게는 땅에 머리 박아 숭배한다.

힘에 의한 은혜는 상당히 복잡한 관계를 가지고 있지만, 반면에 힘에 의한 원한은 간단하다. 원한이 있으면 그것을 해결하는 방법은 단 한 가지. 원한의 대상에게 힘으로써 보복한다. 외적으로나 내적으로나 피바람이 부는 무림에서 은원 관계는 하루에도 쉴 새 없이 생기고 사라진다.

두 노소는 오늘 무림의 원한 관계를 하나 지우려고 친히 납신 것이다. 비록 진효랑은 원한에 얽매일 정도로 속이 좁지 않았으나 제자의 원한 관계는 사부인 그를 피해갈 수 없었다. 화산파에서 벗어나지 않던 진효랑이지만 꼭 그의 발걸음이 손해날 일은 아니기에 선뜻 발을 뗄 수 있었다.

진효랑과 제갈손은 그들이 목표했던 곳에 이르자 발걸음을 멈추었다. 진효랑이 날카로운 안광을 번뜩이며 주위를 둘러보았다. 눈이 침침해질 만한 나이에 다다랐으나 정순한 내공은 그에게 청년의 안력 이상의 시야를 가져다주었다. 나무에서 떨어지는 낙엽들의 움직임 하나하나를 눈에 담을 수 있는데도 그는 그가 원하는 것을 눈에 담지 못했다.

그의 미간 사이에 주름살이 보기 좋게 잡혔다.

"내 감각이 모두 말라비틀어지지 않았다면 지금이 오시초(午時初:해가 머리 위에 뜰 무렵)임이 확실한데 어찌 모습을 보이지 않는 겐지……."

무림인들의 감각은 범인과 비교할 수 있는 정도의 것이 아니다. 감각이 예민하면서도 정확하기에 계절에 따른 해의 위치와 시각을 관찰할 수 있었고, 또한 그것이 아니더라도 몸이 알아서 시간의 경과를 세어준다. 시간을 느낄 수 있는 것이 바로 무림인. 시간을 잘게 잘라 느끼는 것은 물론이거니와 시간의 경과쯤은 머리로 세지 않아도 된다.

"그놈이 미쳤나 봅니다. 사부님을 모시고 온다고 분명 말했는데도 시간을 지키지 않다니……. 어쩌면 지레 겁을 먹고 도망갔을지도 모릅니다. 하하, 생각해 보니 당연히 도망갔겠군요. 화산파의 거명을 듣고서도 도망가지 않으면 그놈이야말로 정신이 나간 놈일 테니. 하하!"

제갈손은 진땀을 흘리며 웃었다. 제삼자가 보면 상당히 우스운 모습이겠지만 상대가 진효랑이니 그의 비위를 거스르는 일이 없도록 최대한 신경 써주어야 한다. 만약 한 번이라도 그의 성질을 건드리는 날에는 뼈가 성하지 않을 것이 분명하다.

제갈세가를 등에 업고 있다지만 화산파는 제갈세가의 아래에 위치하는 세력이 아니고, 무림이라는 세상 자체가 연배와 실력이 지배하는 곳이니 진효랑의 인내심이 끊기는 날에는 그야말로 초상 치를 각오를 해야 한다.

화산파를 안 벗어나기로 유명한 진효랑이 여기까지 친히 내려왔으니 만약 이대로 아무 일 없이 돌아가게 된다면 어떤 소리를 들을지 상상하기조차 싫을 정도이다.

제갈손이 급조한 변명이 미음에 들었는지 진효랑의 입에도 옅은 미소가 자리했다.

"허허, 그렇고말고. 이 진효랑의 이름을 듣고 도망가지 않는 게 미친놈이지. 허허허."

제갈손도 손뼉까지 치며 맞장구쳤다. '그놈'과 만나기로 한 약속 시간은 바로 사시 정(巳時正)이었는데에도 불구하고 아직 약속 장소에 나타나지 않았으니 분명 무서워 발에 불이 붙을 정도로 허겁지겁 도망을 갔거나, 제갈손과 진효랑을 무시해도 그냥 개 무시하고 갈 길을 갔을 경우가 있다. ‘그놈’의 마음은 ‘그놈’ 밖에 모르지만 당사자들이 추측해 보건대 전자가 훨씬 납득하기 수월했다.

“오랜만에 화산파 밖으로 발걸음한 것도 상쾌하구먼. 손아, 이만 올라갈까?”

“예, 사부님.”

제갈손은 속으로 안도의 한숨을 쉬었다. 하루의 일진이 크게 사나울 뻔했으나 쉽게 해결되는 것을 보니 하늘은 아직 자신의 편에 있는 듯싶었다.

두 노소는 되돌아가려 했다.

“흐읍!”

갑자기 제갈손의 안색이 파리해지면서 전신을 부들부들 떨기 시작했다. 그자였다, 자신에게 공포를 심어준 자. 평소의 그라면 배경을 믿고 욕을 퍼부어대었을지 모르나 지금은 달랐다. 입을 열 엄두조차 내지 못했다.

“저자구나.”

진효랑의 날카로운 눈은 흑의인의 얼굴에서 떼어질 줄 몰랐다. 사내는 곱상하게 생긴 제갈손과는 달리 상당히 골격이 튼튼했다. 남자답게 생겼다는 말은 이런 사내를 두고 하는 말일 것이다. 눈썹이 짙었고, 눈을 자주 굴리지 않는 게 상당히 묵묵한 듯했다. 꾹 다문 입이 그의 꽉 막힌 성격을 대변하였다.

"네가 감히 우리 손아에게 손찌검을 했느냐?"

흑의인은 제갈손을 한번 내려보고는 고개를 끄덕였다.

"내 제자가 욕을 봤으니 스승 된 나로서는 가만히 있을 수 없다. 검을 들라."

사건의 자초지종을 들어봐야 명분이 없어지는 쪽은 자신이다. 명문정파를 대표하는 화산파의 장로로서 명분을 찾는 건 당연했다. 무작정 마음에 안 든다고 두들겨 패면 그건 자신들이 그토록 싫어하는 사파와 다를 바 없었다. 자신이 명분에 불리한 입장임에는 틀림없었다.

하지만 상관없다. 화산파와 화산파의 장로 진효랑에게 오늘 일로 문책할 수 있는 자는 없다고 봐도 무방했다. 오히려 제자가 얻어맞고 왔다는 이야기가 나돌면 진효랑으로서는 체면이 안 서는 일이 된다.

매화옥검 진효랑의 제자가 맞고 왔다?

있을 수 없는 일이다. 그것도 제갈세가의 자제가 말이다.

흑의인은 조용히 묵빛의 검을 들었다. 묵빛을 띠는 검은 흔치 않다. 진효랑의 뇌리를 스치는 생각이 하나 있었다.

'후기지수를 쉽게 꺾을 수 있는 무림인 역시 흔치 않다. 흔치 않은 검과 흔치 않은 실력을 가진 무림인. 출신조차 불분명. 감히 사파 녀석이 화산파의 영역으로 들어오지는 못할 터. 은거 기인의 제자인가?

흑의인의 나이는 이십대 후반에서 삼십대 초반의 후기지

수들과 그다지 차이가 나 보이지 않았다. 후기지수 중에서도 제갈손 정도의 실력이면 상당히 괜찮은 편이라 볼 수 있는데 이 흑의인은 그런 제갈손을 쉽게 꺾었다.

어릴 때부터 제대로 된 무공 수련을 받았다는 의미이다.

무공은 어린 나이에 시작해야 내공에 알맞는 골격과 체질로 키워질 수 있다. 그래야만 높은 경지를 바라볼 수 있음은 물론, 다른 이들보다 좋은 조건에서 수련을 해나갈 수 있다. 그런 점을 고려할 때 분명 흑의인은 제갈손만큼의 지원을 어렸을 때 받은 자일 것이다. 어쩌면 쟁쟁한 세가의 후기지수일 수도 있고.

'손을 섞어보면 알 터.'

진효랑은 백전노장이었다. 그도 후기지수 적부터 착실하게 경험을 쌓아 오늘의 이 자리에 서게 되었다. 어지간한 유명 문파의 절기들은 경험해 보았고, 검의 휘두름이나 특성만 보고도 어느 문파인지 알아맞출 수 있는 경지에도 도달해 있다.

흑의인은 담담하게 검을 들고 있었다. 강호 초출도 매화옥검 진효랑을 안다. 그리고 진효랑에게 미움을 사면 절대 안 되는 사실 역시도. 하지만 이 흑의인은 전혀 긴장한 모습이 아니었다. 지금의 상황을 고려할 때 흑의인은 목숨을 잃어도 전혀 이상하지 않은데 그는 낯빛도 변하지 않고 진효랑을 기다렸다.

'이놈 봐라?'

이런 놈은 또 처음이다. 천하의 자신을 상대로 진땀 하나 빼지 않고 노려보는 눈빛이 전혀 굴하지 않았다. 패기만은 인정해 줄 만한 녀석이다.

"제자의 얼굴을 이렇게 만들어놓았으니 몸 성할 생각은 말거라!"

진효랑의 협박에도 흑의인은 뉘 집 개가 짖느냐는 듯 무관심한 얼굴이었다.

진효랑도 자신의 검을 뽑았다. 검면에 매화가 새겨진 명검 중의 명검이다. 화려한 검의 자태에 넋을 놓으면 화려한 검과 화려한 수법에 목에 떨어지게 되어 있다. 지금까지 그렇게 당한 자가 한둘이 아니었다.

빈틈이 보인다 싶으면 진효랑은 몸을 움직인다. 하지만 흑의인은 달랐다. 그의 눈은 검에 닿아 있기는 했으나 감탄하는 기색이 전혀 없었다. 무방비한 상태로 가만히 서 있는 모습으로 보였으나 진효랑은 몸을 날리지 않았다.

'파고들어 갈 틈이 많은 것 같으면서도 전혀 없다. 그의 실력인가, 아니면 무지에서 나오는 여유 때문인가?'

실력의 많은 부분은 인간의 표정과 몸짓이 차지한다. 위치 선정도 상당히 중요하나 일검을 나눌 때마다의 표정은 훨씬 중요하다.

검을 나눌 때도 그 심리는 작용한다.

필살의 수를 사용했는데도 상대는 표정의 변화 하나 없이 검을 맞받아친다? 이건 문제가 있다. 자신의 힘으로는 도저히 상대할 수 없는 자라는 생각이 두뇌를 지배한다. 힘이 빠질 수밖에.

하지만 하찮은 수에 상대가 비틀거리고 표정이 일그러진다? 상대는 자신의 상대가 되지 않는 수준의 자이다. 그때부터 긴장이 풀리기 시작하고 상대를 얕잡아 보기 시작한다. 이 모든 심리는 표정을 통해 작용한다.

오랜 경험을 쌓아온 고수들일수록 표정의 변화가 적다. 진효량 역시 표정의 변화에 유의하는데 보통 자신의 검과 눈을 정면으로 맞게 되면 상대의 눈에는 긴장하는 기색이 스치고 지나가게 된다.

예외가 있다면 이놈.

흥미로운 실험거리이다.

"네놈이 자초한 일이니 나를 원망하지 마라."

체면이고 뭐고 일단 이 재밌는 실험거리의 가치를 측정하기 위해 진효량이 먼저 검을 찔러 들어갔다. 거기에 질세라 흑의인 역시 몸을 날렸다.

'……!'

제갈손은 어느 시점에서인가 둘의 신형을 놓치고 말았다. 안력을 동원해 집중을 하면 얼핏 흐릿흐릿한 잔상이 눈에 잡히나 이내 눈이 피로하여 그만두었다. 자신이 그렇게 함부로 하던 흑의인이 저렇게나 고강한 무공을 지니고 있다니…….
무심결에 자신의 목을 매만졌다. 다행히도 목은 무사했다.

'꿀꺽.'

긴장감 때문인지 짧은 시간이 경과했음에도 불구하고 제
갈손은 긴 시간이 흘렀다고 착각했다.

'…그러고 보니…….'

뇌리를 스치는 생각 한 가지.

무림인들의 싸움은 범인들의 하찮은 주먹 휘두르기와는
차원이 다르다. 검을 휘두르면 검풍이 일고, 저 멀리에서 검
을 휘둘러도 검기가 날카롭게 상대를 향해 베어 들어간다.

그 사실을 잘 알기에 제갈손은 고개를 갸웃할 수밖에 없었
다. 검과 검의 격돌음이나 둘의 빠른 움직임에 의해 생성되는
강풍이 전혀 느껴지지 않았다.

들려오는 소리도 없었으며, 미풍의 흐름조차 없다. 게다가
보이는 것도 없으니 둘의 대치 상대를 알고 있는 제갈손이 아
닌 지나가는 행인이 봤더라면 그냥 하나의 행로였다. 그 정도
로 그들의 기척은 감지하기 어려웠다.

풀썩.

제갈손은 눈을 비볐다. 갑자기 나타난 흑의인과 진효랑.
제갈손은 자신의 눈을 믿을 수 없었다. 물론 그의 눈에 이상
은 없겠지만 그는 자신의 눈에 이상이 있기를 빌었다. 아니,
적어도 두 사람의 상태가 바뀌었기를 바랐다.

하지만 장면은 바뀌지 않았다.

진효랑은 미간을 중심으로 피를 철철 흘리고 있었고, 흑의인은 어느새 그의 묵빛 검을 집어넣고는 등을 돌려 천천히 발걸음을 옮기고 있었다.

'죽었다.'

매화옥검 진효랑.

제갈손은 자신의 우상이나 다름없던 진효랑이 죽었다는 사실을 믿을 수가 없었다. 믿기 싫었다. 하지만 미간의 상처는 그의 공포를 사기에 충분했다. 손을 부들부들 떨며 제갈손은 물었다.

"죽일 필요가 있었나?"

그의 심성을 고려해 볼 때 공포에 떨려 아무 소리도 못할 인물이었다. 사부의 죽음이 충격으로 다가왔을까. 제갈손의 목소리는 상당히 가라앉아 있었다. 공포를 이겨낸 표정은 아니었으나 눈만은 이채를 띠고 있었다.

흑의인은 돌아보지 않았다.

하지만 답은 해주었다.

"살기로 사람을 대하는 건 곧 죽음을 각오한 채 남의 목숨을 탐하겠다는 뜻이다."

짧은 말이었으나 그 말이 가져다주는 의미는 상당히 컸다. 적어도 제갈손에게는 충분히. 그날 이후 제갈가주조차 고치지 못했던 제갈손의 오성을 바로 돌려놨으니 제갈가주는 이

흑의인에게 오히려 감사해야 할지도 모른다. 물론 화산파와
는 이제 둘도 없는 원수가 되겠지만.

　흑의인은 진효랑을 죽인 사람치고는 너무나 떳떳했다. 그
의 걸음 폭은 일정했고, 힘이 넘쳤다. 대단한 자신감을 가지
고 있는 사내라는 게 단번에 보였다. 화산파의 영역에서 화산
파의 장로를 죽여놓고 저렇게 당당하게 걸어나갈 수 있는 자
는 저자밖에 없을 거라고 제갈손은 생각했다.

제1장
효랑지계(哮狼之計)

　매화객잔은 삼십 년 전통을 지닌 유명 객잔이었다. 오랜 전통이 있는만큼 객잔을 찾는 사람의 수도 세월에 걸쳐 늘어갔고, 음식도 삼십 년 동안 차츰 나아졌다. 무엇보다도 화산파의 발아래에 위치해 있다 보니 행패를 부리는 무림인도 없다시피 하여 안정적인 성장에 의해 오늘날의 매화객잔이 있을 수 있었다.

　유명 객잔이란 이름은 허명이 아니었다.

　어떤 시간대이고 붐볐다. 그만큼 매화객잔의 음식도 음식이거니와 유명 객잔에서 식사를 한다는 만족감이 매화객잔 고객들의 발길을 사로잡았다.

여느 객잔과 같이 첫 층은 보통 삼류무사나 평범한 여행객들로 자리가 가득 메워졌다. 층이 높아질수록 주위의 풍경이 눈에 잘 잡히고 시설이 고급스럽다. 그만큼 접대하는 손님들의 급도 높다고 볼 수 있다. 돈만 있다고 높은 층에 자리를 얻을 수는 없다. 인맥과 영향력만이 높은 층에 오를 수 있는 권한을 준다.

불평등하다고 생각하는 사람은 없었다.

사람은 분수에 맞게 살아야 한다. 사람의 급수를 매기는 데 대표적인 예로는 무림인과 범인이 있었다. 모든 사람들을 두 분류로 나누기에는 사회 구조가 더욱 복잡—왕족이나 귀족—했으나 그런 부류에 속하는 자들은 극히 소수이고, 지나가다가 만날 확률은 마른하늘에 날벼락을 맞을 확률보다 낮으니 두 부류로 나눠도 크게 문제는 없다.

무림인은 무림인끼리 어울려야 하고 범인은 범인끼리 어울려야 한다.

유유상종(類類相從).

같은 부류끼리 어울려야 서로 편하다. 무림인이 주위에 있으면 범인은 최대한 그 무림인의 비위에 거스르지 않도록 필사의 노력을 기울여야 한다. 괜히 밉보였다가는 단칼에 목이 떨어질지도 모르는 게 무림 세상이었다.

사람 목숨을 파리 목숨처럼 여기는 무림이라는 세상과 범인의 세상은 공존하면서도 완전 반대의 속성을 지니고 있다.

같은 하늘 아래에서 살고는 있으나 생활 방식이나 태도는 완전히 다르다고 볼 수 있다.

이러니 유명 객잔에서 충분한 돈을 가지고도 한 층 아래에서 밥을 먹는 데에 불만을 가지는 자는 정말 단 한 명도 없었다.

두 번째 층은 첫 층처럼 사람들로 붐비지는 않았으나 꽤나 많은 자리가 차 있었다. 일층과 이층의 시설만큼이나 식사를 하고 있는 손님들의 옷이나 외양도 상당히 차이가 났다. 혈색이나 체형이 범인들보다 훨씬 좋은 이층 사람들.

그들은 무림인이었다. 오랜 세월을 무공 수련에 투자하니 당연히 벌어먹기 바쁜 범인들에 비해 육체가 건강했다. 어느 때는 하루 종일 검을 휘두르니 몸이 좋아지지 않고는 배기지 못한다.

삼층은 보통 화산파 제자들의 자리이나 화산파에 볼일이 있어 들른 무림 명숙, 후기지수, 혹은 유명 고수들을 위한 자리였다. 아무리 손님이 많고 많은 돈을 주겠다는 무림인이 넘쳐 나도 삼층은 자격이 되지 않으면 절대 출입할 수 없었다. 인내심이라면 이미 장강 저 너머로 흘려보낸 무림인들이라도 화산파의 영역에서는 인내심을 회수해 온다.

물론 이층의 손님들 중에서도 범상치 않은 자는 하나도 없다.

단지 삼층의 제한 등급이 너무 높은 것뿐.

우다다다!

발을 맞춰 계단을 거의 뛰어넘는 수준으로 순식간에 위층
으로 올라오는 무사들이 있었다. 예기를 발산하는 검들이 손
에 들려 있어, 밝고 한산하던 주위의 공기가 싸늘하게 식어갔
다.

주위의 시선이 무사들에게 집중되었다. 남에 의해 식사를
방해받는 건 언제나 불쾌한 일이다. 하지만 이내 무사들의 왼
쪽 가슴패기에 수놓아져 있는 황금 용을 보고는 아무 일도 없
었다는 듯 여유롭게 식사를 시작했다.

물론 그들의 표정과는 달리 이마에 진땀이 흐르는 것이 그
들이 얼마나 긴장했는지를 보여주었다.

장내를 제압하고 있는 무사들은 다름 아닌 무림맹(武林盟)
의 무사들이었다. 혼란한 무림 세상에 질서를 가져다준 단체.
사파와 정파의 조약 하에 무림맹은 결성되었다. 하찮은 일로
항상 피를 보는 일이 자잘해 무림 공통의 이익을 위해 조직된
것으로 유래. 정사맹약 이래로 무림맹은 정파와 사파의 중간
에 서서 무림의 질서를 바로 세웠다.

물론 질서는 정사맹약에 의해 저절로 지켜지는 건 아니었
다. 당연히 질서를 잡기 위해서는 힘이 필요했다. 무림은 힘
이 지배하는 사회이기에 힘없이는 맹약도 한낱 종이 쪼가리
에 불과했다. 무림맹이 현존할 수 있는 이유는 당연히 압도적
인 힘에 의해서이다.

무림맹에는 세 개의 하늘이 있다. 검존(劍尊), 도악(刀岳),

신승(神僧). 삼십 년 동안이나 태두의 자리를 지킨 천고의 고수. 삼십 년 동안 이들이 만들어낸 전설은 책 수십 권을 낳고도 남는다.

이들이 있기에 무림맹에는 힘이 있고, 꾸준히 힘이 모여든다. 세 노고수의 위명에 매혹되어 무림맹에 힘을 보태고자 하는 마음에 무림맹에서 거행하는 시험을 보는 신진들이 한둘이 아니었다.

항상 이 세 하늘이 무림맹에 남아 있는 것은 아니었지만 무림맹에 이들이 속해 있다는 이유만으로도 무림맹의 힘은 남아 돈다.

무림맹의 기본 원칙은 정의(正義)이다.

정의처럼 좋은 말은 없다. 정의처럼 어디다가 붙여도 어색하지 않고 명분을 주는 말은 없다. 정의의 정의(定意)는 힘이 있는 자가 정한다. 그렇기에 아무리 정의를 행한다 해도 무림맹에 벗어나는 정의는 절대 정의가 아니다.

무림맹 무사들과 부딪쳐서 좋을 일은 정말 단 하나도 없다. 가만히 있어도 최대한 그들의 눈에 안 띄게 조용히 있어야 한다. 어떤 꼬투리를 잡혀 모욕을 당해도 하소연할 곳이 없다. 무림맹은 강호의 하늘이다.

무림의 황실이다.

"샅샅이 수색하도록!"

"충맹(忠盟)!"

"충맹(忠盟)!"

무사들은 지시가 떨어지는 즉시 이층 객잔을 말 그대로 이를 잡듯 세밀하게 수색하기 시작했다. 그 어떤 무림인도 불만을 표하지 않았고, 심지어는 표정마저 밝게 유지했다. 생명 앞에 자존심은 존재하지 않는다. 무사들이 기분 나쁘게 쏘아봐도 그 날카로운 눈을 맞받아치는 무림인들의 눈은 한없이 부드러웠다.

그때 계단 가에서 조용히 음식을 먹던 사람이 몸을 일으켰다. 무사들은 이층으로 뛰어들자마자 계단의 앞부분에서 주위를 둘러봤기에 뒷부분에 앉아 있던 그 사람을 목격한 무사는 없었다.

일어난 자는 초립을 눌러쓴 데다 몸이 가냘팠고, 몸의 굴곡이 별로 없어 여자인지 남자인지 잘 구분이 되지 않는 사람이었다. 그는 전혀 소리를 내지 않으며 계단을 내려가기 시작했다. 나무 계단은 아무리 살살 내려가도 삐꺽거리게 되어 있는데, 은밀하게 내려가는 그 사람은 경지에 달해 있는지 아무런 소리를 내지 않았다.

그가 막 일층에 도착하자 계단 위로 지시를 내리던 무사의 굵직한 목소리가 들렸다.

"여기 먹다가 만 객석이 있다. 여기에 누가 앉았었는지 아는 사람이 있나?"

막 일층에 도착한 그 사람은 순간 걸음을 멈추었다. 초립

사이로 땀이 흘러내렸다. 일층은 많은 사람들로 북적거려 위층의 소리가 계단 사이로 미세하게 흘러들었으나 그 사람은 분명 알아들은 눈치였다.

'제발 그냥 넘어가라.'

그는 그렇게 빌었다.

"초립을 눌러쓴 자가 방금 전만 해도 거기에 있었습니다."

누군가가 무사에게 대답을 해준 모양이다. 그 말을 듣자마자 초립을 눌러쓴 자는 초립을 벗어 소매 안에 밀어 넣고는 주위를 황급히 둘러봤다. 초립을 벗어 던진 자는 여자였다. 피부가 새뽀얗고 입술은 잘 익은 사과처럼 붉어, 주위의 시선을 단번에 끌어들일 정도의 미모였으나 그녀의 움직임은 은밀하여 범인들이 알아차리기에는 힘들었다.

우당탕탕!

계단을 부숴 버릴 듯한 소리가 등 뒤에서 들려오자 그녀는 급박해졌다. 몸 안에 넣어둔 솜 덩어리들을 모두 구석의 바닥에 버려 버리고는 가장 가까운 자리에 합석했다. 그녀의 반대편에는 한 남자가 소면을 먹고 있었는데 천신의 도움이 있었는지 소면이 두 개나 차려져 있었다.

그녀는 주인의 의향은 완전히 무시한 채 남는 소면을 자신의 쪽으로 끌어와 얼굴을 숙이며 맛있게 먹기 시작했다(적어도 그렇게 보이기 위해 노력했다).

'으읍, 맛없어.'

소면은 중원무림에서 가장 흔하며 또한 접하기 쉬운 음식이기도 했다. 소면은 독특한 맛은 없었으나 담백함만은 최고라 할 수 있었다.

"초립을 쓴 자를 집중적으로 수색하라!"

무사의 지시에 하위 무사들이 급하게 움직였다. 손 안에 미꾸라지가 잡힌 듯한 느낌이 이러할까? 손 안에 미꾸라지가 있다고 안심하면 안 된다. 미꾸라지는 그 이름과 같이 작은 틈새라도 보이면 그 틈을 따라 미끄러져 손의 작은 쇄옥을 빠져나간다.

매화객잔의 일층은 상당히 넓었으나 특별한 장애물이 없어 시야가 탁 트였다. 무사들은 간단하게 눈으로 초립을 찾았고, 일방적으로 상대의 초립을 벗겨보며 자신들의 손에 지니고 있던 양피지와 초립이 벗겨진 자의 얼굴과 비교해 보기 시작했다.

그리고 아니다 싶으면 초립을 벗겼을 때와 마찬가지로 아무런 양해도 없이 다음 초립을 찾는다.

아닌 밤중의 홍두깨이지만 초립을 쓰고 있었다는 이유만으로 봉변을 당한 자들은 찍소리도 내지 못했다. 무림맹 무사복을 못 알아보는 자는 무림을 여행할 가치가 없었다.

소면이 맛이 별로 없다는 사실쯤은 누구나 익히 알고 있는 사실이다.

며칠을 굶지 않았다면 소면을 훔쳐 먹으면서도 낯짝 좋게 웃는 사람은 없다. 하지만 그녀는 무단으로 소면을 훔쳐 먹으면서도 주인인 반대편의 남자의 눈을 피하며 먹는 데에만 열중했다. 초립을 쓴 사람을 찾고 있는 무사들에 대해서는 전혀 관심이 없는 듯한 태도였다.

"여기에 없군. 모두 밖으로 나간다!"

다시 지시가 들려오자 무사들은 정렬하여 발걸음마저 맞추며 신속하게 객잔을 빠져나갔다. 그제야 주위의 공기가 다시 시끌벅적해졌다. 방금 전 봉변을 당했던 초립의 주인들도 다시 맛있게 식사를 계속했다.

"휴우."

무사들이 모두 객잔 밖으로 나간 그 순간 여자는 고개를 들었다. 그녀의 눈매가 상당히 부드러웠는데 눈매보다는 그녀의 눈이 훨씬 매혹적이었다. 새까만 눈이 그녀의 피부와 멋지게 조화를 이루었는데 모든 것을 빨아들이는 듯했다.

반대편에서 소면까지 빼앗긴 흑의인은 그런 그녀의 눈을 지그시 응시했다. 그러자 그녀도 지지 않고 흑의인의 눈을 똑바로 쳐다봤다.

"아저씨, 나한테 반했어요?"

얼굴뿐이 아니라 목소리까지 고왔다.

흑의인은 아무런 대꾸도 하지 않은 채 그녀의 행동을 계속 눈에 담았다, 마치 그녀를 탐색하듯이.

"괜찮아요. 다른 남자들도 아저씨랑 똑같이 행동해요. 소면, 잘 먹었어요.”

그녀는 자리를 박차고 일어났다. 더 이상 볼일이 없었다.

“어? 저는 아저씨한테 관심이 없답니다. 그러니 제 팔 좀 놔주실래요?”

사내는 그녀가 자리를 뜨려 하자 그녀의 팔목을 붙잡았다. 당연히 남에게 속박당하는 것을 좋아하지 않는 그녀는 은연중에 힘을 주어 흑의인의 속박에서 벗어나려 했지만 그녀의 팔목이 애초에 그의 손에 붙어 있었는지 조금도 떨어지지 않았다. 더욱 그녀를 미치게 하는 건 바로 사내의 표정이 조금도 변하지 않는다는 것. 자신의 힘 정도는 가소롭다는 의미로 보였다.

“왜 이래요!”

더 이상 힘이 들어가지 않자 얼굴이 홍시처럼 붉게 달아오른 채 그녀는 애처롭게 외쳤다. 무사들의 눈을 가까스로 피한 것까지는 좋았는데 지금의 상황도 그다지 좋아 보이지 않는다. 이름도 모르는 무인에게 꼼짝도 못한다는 건 수치였다.

“돈.”

“…….”

흑의인의 말이 어려웠을까. 그녀는 귓구멍을 파고는 흑의인에게 되물었다.

“뭐라고 하셨어요?”

“돈.”

"…고작 소면 값 때문에 저를 붙잡은 거예요?"

조금은 어처구니가 없었다. 이 남자는 개념을 상실한 것일
까? 소면 값쯤은 그냥 넘어가면 안 되나? 아니, 다른 남자들은
자신에게 한 끼 거나하게 쏘려고 안달하는데 어떻게 된 게 이
작자는 오히려 소면 값을 청구한다.

"열 푼이다."

그녀는 기가 막혀 말이 안 나온다는 표정이었다. 이것 역시
자존심이 상하는 문제였다. 하지만 이자 덕에 무사들의 감시
에서 벗어날 수 있었던 점을 고려해 볼 때 이 정도의 무례는
참아야 했다.

"여기요. 됐죠?"

그녀는 은자 하나를 건네주었다. 마음 같아서는 던져 주고
싶었으나 조금은 그 결과에 대해 두려웠다. 다른 건 몰라도
이 남자의 힘은 무지막지했다. 자신이 도저히 감당할 수 있는
것이 아니었다. 게다가 괜히 문제를 일으켜 다시 무사들이 들
이닥치면 도로아미타불이 아니던가.

남자는 묵묵히 고개를 끄덕이고는 자리에서 일어났다. 열
푼 대신에 은자 하나를 받았으면 횡재했다거나 조금은 밝은
표정이어야 정상인데 이 남자는 어떻게 된 게 좋아하기는커
녕 당연하다는 듯이 받아들인다.

어이가 없어서 머릿속을 빙빙 도는 말들이 목구멍에 걸려
버렸다.

정신을 차리고 보니 남자는 어느새 객잔을 벗어나고 있었
다.

"정말 무림에는 특이한 사람이 많구나."

황당함은 이내 미소로 흩어졌다.

그녀는 다시 초립을 꺼내 들었다. 객잔을 벗어나기 전에 쓰
려던 것을 기분이 영 꺼림칙하여 그녀는 밖을 살펴봤다. 아니
나 다를까, 무사들이 저편에서 걸어오는 모습이 보였다. 무사
들이 걸어오는 쪽으로 진로를 정하는 게 좋은 선택이겠지만
문제는 그렇게 되면 무사들과 한 번은 정면으로 마주치게 된
다. 무사들의 눈썰미는 범인들의 것과는 비교가 되지 않으니
한 번이라도 얼굴이 노출되면 그들은 즉시 자신을 추적할 게
분명했다.

그녀는 일단 무사들이 가는 쪽으로 걸어갔다. 그녀의 등을
무사들이 보게 되겠지만 등만을 보고는 잘 아는 사이가 아니
라면 알아보기 힘들다. 그녀는 쫓기는 신세라 무사들은 그녀
가 지금처럼 당당하게 걸어가리라고는 전혀 예상치 못한다는
점을 이용한 그녀의 한 수였다.

하지만 한계가 있다.

시간이 경과할수록 무사들의 의심은 짙어지게 되어 있다.

'한 수가 더 필요해.'

역시 운의 여신은 자신에게 손을 들어주고 있었다. 앞에서
걸어가는 흑의인이 눈에 익었다.

'은자 한 냥치 일은 해줘야지.'

"오라버니!"

그다지 크지 않은 목소리였으나 무사들이 듣기에는 충분한 크기였다. 그녀는 '오라버니'라고 외치며 앙증맞게 뛰어가 흑의인의 팔에 팔짱을 꼈다. 누가 봐도 영락없는 연인 사이였다.

무사들은 그때까지만 해도 그녀를 주시하고 있다가 그녀가 뛰어가는 앙증맞은 행동에 발걸음을 돌렸다. 누가 봐도 무림인의 행동거지가 아니었다.

"휴우……."

그녀는 살았다는 듯 뒤를 돌아보며 안도의 한숨을 쉬었다. 무사들은 어느새 보이지 않았다. 그녀는 땀을 닦으며 팔짱을 풀었다.

"오늘 자주 만나네요?"

"……."

묵묵부답이었다. 지금까지 그녀가 그에게서 들었던 말은 단 두 마디, '돈'과 '열 푼이다'. 지금까지 자신을 그렇게까지 차갑게 대했던 자는 단 하나도 없었는데 말이다.

'같이 다니기에는 편하겠군.'

"어디로 가세요?"

여전히 대답은 돌아오지 않았다.

"뭐, 좋아요. 어디든 저는 아저씨를 따라가기로 했으니까."

“…안 돼.”

“오, 드디어 말을 하시네요?”

“안 돼.”

남자의 반응은 확고부동했다. 그가 눈을 부리부리하게 떠 그녀는 깜짝 놀라 뒤로 엉덩방아를 찧을 뻔했다. 그의 기세는 압도적이었다. 그녀는 몸을 가누며 아무렇지도 않은 척 역시 눈을 부릅뜨며 물었다.

“따라갈 거예요.”

그녀는 전혀 양보할 뜻이 보이지 않았다.

“…….”

그는 결국 포기했다. 말로써 그녀를 포기하게 만드는 건 불가능해 보였다. 어떻게 자라났는지 정말 막무가내인 그녀를 보면 뒷골에서부터 앞골까지 열이 뻗쳐 온다.

“무언의 긍정으로 알아들을게요.”

그녀는 미소를 지으며 그의 옆에 바짝 붙었다.

흑의인은 그녀의 말에도 돌아보지도 않았다. 옆에 아무도 없다는 듯 그녀를 철저히 무시했다. 말을 걸어도 무시, 한탄을 해도 무시. 무시만이 그녀를 떨쳐 낼 수 있는 유일한 길이었다.

한쪽만 일방적으로 시끄러운 둘의 무림행은 그렇게 시작되었다.

"사부님, 그놈이에요!"

"머시라? 어디?"

진효랑은 검을 뽑아 들어 눈에 살광을 번뜩이며 주위를 둘러봤다. 금세 흑의인이 그의 눈에 들어왔다. 흑의인은 그만의 독특한 기운이 있었다. 존재하기는 하나 어떻게 보면 존재하지 않는 듯한 기운. 특색이 있는 기운이라 잊혀지지 않았다. 아니, 자신이 두건을 착용하게 된 원인을 제공한 원수의 기운은 잊을래야 잊을 수 없었다.

진효랑은 흑의인의 검에 맞아 죽지 않았다.

미간이 조금 파였을 뿐, 치명적인 공격이 아니어서 죽기는 커녕 이전보다 오히려 활동적으로 변하였다. 단지 정신적인 수양은 완전히 포기하여 열혈의 본성이 그대로 드러나 이전의 노고수 분위기는 살짝 죽었다. 하지만 여전히 그는 진효랑이었고, 화산파의 장로였다.

어제 흑의인에게 당한 일은 제갈손과 그만의 비밀이었다. 그 참사(慙事:부끄러운 일)를 남에게 떠벌여 봐야 자신의 명성이 땅으로 곤두박질칠 게 자명한 일. 제자뻘에게 보기 좋게 당했으니 그는 입이 열 개라도 할 말이 없었다. 하지만 그는 흑의인을 잊을 수 없었다. 지워지지 않을 이마의 상처와 그 상처를 가리기 위해 착용하기 시작한 영웅건. 영웅건의 중앙에는 금실로 화려하게 수놓은 매화가 똬리를 틀고 있었다.

진효랑은 영웅건을 매만지며 복수를 꿈꿨다.

‘저건!’

혹의인 옆에는 여자가 있었다. 여자는 복수에 중요한 매개가 될 수 있다. 옆에 여자가 있다는 말은 어느 정도 마음을 준 상대라는 걸 의미했고, 직접 자신이 응징하기에는 영약이라도 독째로 먹었는지 놈은 무식하게 강했다. 아무리 무림에 기인이사가 많다지만 놈은 정도를 넘어섰다.

그러니 과녁을 살짝 옆으로 바꿀 필요가 있었다.

옆모습밖에 보이지 않았으나 진효랑은 그 여자를 단번에 알아봤다. 어떻게 그녀의 얼굴을 잊을 수 있겠는가. 그녀의 미모도 미모이거니와 배경은 그 자신도 어떻게 해볼 수 없을 정도로 거대했다.

‘무림맹주의 손녀!’

실질적으로 맹주 직을 수행하지는 않지만 이름만은 가지고 있는 무림맹주 검존(劍尊) 주청학(朱淸學)의 하나밖에 없는 금지옥엽 주화린(朱花潾)이 틀림없었다. 이전에도 무림맹에서 몇 번 만난 적이 있어 기억하고 있었다. 화산파에도 무림맹에서 보낸 주화린에 대한 비첩이 왔었다. 바로 주화린이 사라졌다나? 그녀의 괄괄한 성격을 고려할 때 분명 가출이 틀림없었지만 맹에서는 ‘사라졌다’ 라고 명시해 놓았다.

‘복수의 길이 보인다!’

“사부, 그냥 가실 겁니까?”

“허허허, 저자를 더욱 쉽게 괴롭힐 수 있는 방법이 생겼다.”

제갈손은 뭐라고 더 말을 하려다 진효랑의 매서운 눈빛을 보고는 꼬리를 말았다. 진효랑이 원래가 다혈질이었으나 지금만큼이나 무서운 표정을 지은 적은 단 한 번도 없었다. 제갈손은 불현듯 드는 추측을 애써 지웠다.

진효랑은 음모를 꾸미는 자가 아니다.

오히려 정면으로 부딪쳐 보는 체질이었지 뒤에서 꼼수를 꾸미는 자는 절대 아니었다.

하지만 왠지 흑의인을 내버려 두고 다시 화산파로 오르는 그의 뒷모습은 심상치 않았다.

 검존의 유일한 혈육은 흑의인의 옆에서 바짝 붙어 따라다니는 괄괄한 성격의 손녀 주화린이었다. 주화린의 부모는 역천마(逆天魔)의 희생양으로 불귀의 객이 된 지 어언 이십 년이 흘렀다.

 역천마는 개인의 무력으로만은 무림 역사상 최고로 기록되는 희대의 마두로 눈에 거슬린다는 이유로 강호의 무림명숙들을 죽여 나가 이목을 끌게 되었다. 자신을 귀찮게 하면 그 즉시 검을 들어 미간을 관통시키는 무자비한 손속에 역천마는 당시의 어린아이들에게 '호랑이' 보다도 무서운 존재로 각인되었다.

당연히 무림맹은 그의 행패를 묵인할 수 없었다. 자세하게 따지고 들어가자면 애당초 역천마는 잘못이 없다고 볼 수 있었다. 아니, 애써 찾자면 그의 대쪽 같은 자존심과 하늘을 나누는 신과도 같은 무위라고 볼 수 있었다. 무림맹은 출처가 불분명한 고수를 환영하지 않는다. 사문이 불분명하다는 이유는 무림맹에서 볼 때 큰 위협이 될 수 있다. 역천마의 일검에 죽음을 맞이한 무림명숙들은 길에 가다 반격도 못해보고 죽을 정도로 실력이 낮지 않다. 아니, 무림인이라면 죽기 전에 그 정도의 경지에 도달하기를 소망할 정도의 무공을 지니고 있었다.

그런데도 일검에 미간을 관통당했다는 의미는 역천마의 무공이 중원무림에는 알려지지 않은 희대의 무공이라는 것이다. 그리고 알려지지 않은 무공이란 말은 그 무공이 어딘가에서 튀어나왔다는 말이고, 개인, 혹은 단체에서 가지고 있는 무공일 수도 있다. 즉, 역천마 이외에도 그의 무공을 수련하고 있는 다른 자의 존재성을 암시했다.

역천마는 오래지 않아 이급 무림공적으로 공표되었다.

무림공적(武林公敵).

이보다 무서운 단어는 중원무림에 존재하지 않았다. 무림공적의 이름을 받게 되면 그날로 그자의 주위에는 천라지망이 발동된다.

천라지망(天羅地網).

재액(災厄:재앙)으로도 쓰이지만 본 의미는 하늘과 땅에 쳐진 그물이라는 뜻이다. 실제로 하늘과 땅을 전부 그물로 쥐 한 마리라도 도망갈 수 없게 주의를 한다는 포부에서 생긴 단어이지만 절대 포부에만 미치는 단어는 아니었다.

일단 천라지망이 발동되면 사이로 빠져나가는 쥐의 숫자까지 일일이 기록하며, 천라지망의 대상의 행로를 추적하여 그의 주위의 모든 행로를 지킨다. 천라지망에 동원되는 인원은 보통 만 단위로 그 주위 문파들의 노동을 요한다. 무림맹의 지시이니 무림에서 원만하게 문파를 꾸려나가기 위해서는 성심성의껏 지시에 따라야 한다. 거부권이란 존재할 수 없다.

아무리 천라지망의 대상이 천라지망의 틈새를 찾고 억지로 그물을 찢어도 결국에는 다시 후방부의 천라지망이 그를 옭아맨다. 천라지망의 그물로 동원되는 사람 둘의 간격은 일장 정도밖에 되지 않는다. 행로를 이용하는 모든 사람들은 이들에게 하나씩 검문을 받게 되어 그야말로 무림공적은 질내몰래는 빠져나갈 수 없다. 천라지망은 겹겹이 그의 숨통을 조여 매어 정신적인 압박감도 주게 된다.

무림공적으로 공표되는 자들은 하나같이 무공이 고강하다. 그렇기에 인간 그물에 해당되는 무림인들이 그를 제지하리라고는 천라지망을 발동시키는 무림맹주도 기대하지 않을 것이다. 인간 그물은 무림공적의 위치를 정확하게 파악하는 데에 그 의의가 있다.

무림공적의 발과 손을 묶는 것은 다름 아닌 특정 무림고수들이다. 무림맹에서 각각 고수들을 파견하며, 또한 천라지망 구역의 고수 파견을 요청하여 연락받기 좋은 위치에서 대기하고 있는다. 천라지망에 동원되는 인물들은 연락을 담당하는 연락조가 따로 있다. 무림공적의 위치가 포착되는 즉시 고수들이 대기하고 있는 장소로 바로 달려가게 되어 있다. 연락조는 구역별로 적어도 다섯에서 열 명 정도로 발이 빠른 무림인들이 맡는다.

인망(人網:인간 그물)조, 대기조, 연락조 이외에 정찰조, 그리고 잠복조가 있다. 정찰조는 구역을 돌아다니며 상황 파악을 주 임무로 하며, 잠복조는 무림공적의 예측 행로에 미리 거지나 지나가는 행인으로 잠복함으로써 무림공적의 현 상태 및 위치를 정확하게 파악하는 조이다.

천라지망은 무림공적을 상대로 발동되는 용도 이외에 희귀한 비급을 찾는 데에도 이용된다. 하지만 막대한 인력을 요구하여 자주 발동되지는 않는다.

지금껏 공식적으로 천라지망을 완벽하게 뚫은 무림인은 중원무림 역사상 단 한 명이었다. 역천마. 이름은 알려지지 않았으나 그의 혈광만은 많은 무림인들이 기억하고 있다. 그의 혈광에 맞서게 되는 자는 전부 이 세상을 떠났다.

그럼에도 불구하고 많은 무림인들이 그의 혈광을 기억하며 공포에 떨게 된 연유는 역천마는 자신이 하고자 하는 일에 반하는 무림인만 죽였다. 자신의 길을 당당히 막아서는 무림인도 가차없이 죽였고, 살기를 감지하면 이십 장 밖의 거리에서도 검기를 이용하여 미간을 뚫었다.

그야말로 하늘의 거스르는 신위였기에 공포의 대상이 될 수밖에 없었다.

역천마는 몸으로 천라지망을 버텨냈다. 수많은 고수가 동원되었으나 역천마는 궁지에 몰릴 때마다 회심의 일격으로 주위 고수들을 팅겨내고는 저 멀리 도망쳐 버렸다. 종종 그의 행방이 묘연해질 때도 있었다. 그럴 때마다 천라지망은 이 단계로 변형된다. 천라지망의 이 단계는 수색의 목적을 띠는 그물 형태로 천라지망을 작은 조로 나누어 모든 장소를 둘러보며 무림공적의 위치를 파악해 내는 구조이다.

역천마는 상처가 중할 때마다 행적을 감추었는데, 보통 번화가에서 사라지기 때문에 역천마의 추측 위치 반경이 넓고 건물이 많아 많은 인원력에도 불구하고 한 시진 동인 그에게 회복의 시간을 준 적도 허다했다. 역천마는 단일로 움직이기에 천라지망에 걸려들 수밖에 없어 보였지만 오히려 그는 혼자라는 점을 이용했다. 그의 신위로는 잔상만을 남기며 사라질 수도 있었고―비록 완전히 자취를 숨길 수 있는 반경이 적었지만―분명 골목을 돌았는데 정작 그 막다른 골목에 없는 경우도 허다했다.

이 단계의 천라지망은 크게 두 형태로 존재한다. 수색조와

인망조. 수색조가 작은 인망조를 띠며 무림공적의 위치를 수색해 나갔고, 인망조는 수가 적어졌음에도 불구하고 모든 행로를 차단하며 검문을 계속해 나갔다.

천라지망은 무려 육 개월이나 지속되었다.

남들은 삼 일도 버티지 못한다는 천라지망을 역천마는 육 개월이나 버텼으며, 심지어 중원무림에서 벗어나 천라지망을 해제시키기도 했다. 선인지 악인지는 아직도 판명되지 않았으나 그는 공포의 대상으로 육 개월간 중원무림을 헤집었다. 역천마의 '역' 자만 근처에서 들려도 짐을 싸 들고 도망치는 무림인의 수도 적지 않을 만큼 그는 공포의 상징이었다.

그런 그가 궁지에 몰렸을 때가 단 한 번 있었다.

그의 위치가 확연해진 시점, 무림맹주 검존이 결단을 내린 것이다. 특파된 무림고수들 전체가 천라지망을 포기하고 역천마의 생포를 위해 투입되었다. 당시 무림맹주는 위신상 무림맹을 벗어나지 못하였지만 당시 역천마의 생포에 참여했던 고수들 중 몇몇은 이름만 들어도 입을 쫙 벌리며 놀랄 이들이었다. 쟁쟁한 고수들이 역천마를 생포하는 데 공헌하여 위명을 떨치기 위하여 모여들었다.

역천마가 의도했던 바였다고 조심스럽게 주장하는 호사가들도 있었다. 그 이유가 역천마가 온 힘을 터뜨려 삼십 명에 가까운 절정고수들을 한꺼번에 상대하며, 결국에는 모두 죽여 버리고는 홀연히 중원무림을 떠났다. 애석하게도 검존의 결정에 삼십 명에 가까운 쟁쟁한 무림의 절정고수가 사라졌다. 격전 장소가 중원무림을 거의 벗어난 곳이어서 다시 천라지망을 펼치기에는 이미 무리가 있었고, 역천마의 신위를 고려할 때 천라지망이 제 모습을 갖추기 전 그는 이미 중원무림 바깥 땅을 밟고 있었을 것이다.

삼십에 가까운 절정고수들 중 검존의 유일한 아들 신검(神劍) 주악천과 며느리였던 검후(劍后) 나수민은 포함되어 있었고, 갓 돌이 지난 딸 주화린을 남겨두고는 생명의 불꽃을 잃어버렸다.

역천마의 난(亂)은 이십 년이 지난 지금도 뜨거운 화젯거리이다. 역천마는 당시 나이가 그다지 많아 보이지 않았다. 외양으로는 사십대 중반밖에 되어 보이지 않았다. 물론 그 어떤 무림인도 그가 정말 사십대 중반이라 생각하지는 않았다. 경지에 도달하게 되면 몸이 젊어진다고 전해진다. 그 예로, 백수를 헤아리는 검존도 겨우 오십대 초반으로 보였고, 그의 무공은 전혀 녹슬지 않았다고 후인들이 입으로 진해진다.

그러니 절세의 무공을 지닌 역천마라 하여 다르다고 보는 자는 없었다. 이십 년이 지났다 하여 역천마는 생명이 다하지는 않았을 것이다. 그가 범인이었다면 그렇게 추측해 볼 수 있었지만 그는 희대의 고수였다. 그렇기에 아직도 검존의 지시로 역천마의 위치 파악에 파견된 고수들의 수가 적지 않았고, 무림인들의 끊임없는 관심을 사게 되었다.

역천마가 다시 중원으로 돌아올 거라는 소문이 나돌고 있었다. 최근 검존이 파견한 고수 몇몇이 미간이 관통당한 채 중원 밖에서 발견되는 최근, 다시 천라지망이 발동될 것이라는 소문이 나돌고 있었다. 섣부르게 생각하기에는 이르지만 무림의 공기는 한없이 수축되어 고요했다.

역천마의 입장에서 고려해 볼 때 그는 복수를 꿈꾸고 있어야 했다. 그는 먼저 문제를 일으키지 않았지만 그가 원치 않게 일은 커져만 갔고, 날이 갈수록 그는 씻을 수 없는 오명을 얻게 되었다. 다시는 되돌아갈 수 없는 길. 많은 호사가들은 그가 무림에 첫발을 디뎠을 때는 평범한 무림인에 지나지 않았으나 무림을 떠날 때는 희대의 마두로 탈바꿈되었다고 했다. 처음에는 몰라도 결국 그는 마두가 될 수밖에 없었다.

중원무림과는 씻을 수 없는 원한 관계가 성립되었으니 그가 다시 무림에 나타날 때에는 다시 한 번 피의 바람이 불 것이라 추측하는 무림인이 많았다.

그런 거두 역천마의 희생자라 할 수 있는 주화린. 그녀는 부모 없이 자란 사람치고는 너무 활달했다. 당연 검존의 세심한 주의와 관심이 있었으니 두려움을 모르며 자라기는 했으나 부모가 없는 아픔은 보이지 않게 자주 그녀를 괴롭혔다. 가끔 보이는 얼굴의 그늘이 그 아픔을 상기할 때 생기는 그녀의 유일한 어두운 모습이었다.

하지만 그녀는 언제 그랬냐는 듯 항상 장난스런 인상을 팍팍 쓰며 흑의인을 닦달했다.

"무슨 사람이 그렇게 말이 없어요! 지금 어디 가는 거예요? 목적지는 있을 것 아니에요. 동행인데 그 정도 알려주는 게 힘들어요?"

그녀를 처음 만난 엊그제 같았으면 '누가 동행이란 말이냐' 라는 대꾸라도 했겠지만 흑의인은 이미 그녀를 무시하기로 처음 대면한 그때에서부터 작정했다. 가치가 없었다. 그녀는 자기 멋대로 단정짓는 습관이 있었다. 아무리 자신이 그녀의 개념을 바로잡아 주려 해도 그녀는 들은 척도 하지 않았다. 그러니 그도 그녀의 말을 무시할밖에.

흑의인은 지금까지 그녀를 떨칠 수 있는 방법을 수도 없이 생각해 내고 시도해 봤다. 경공. 흑의인은 그다지 경공을 선호하는 편은 아니었지만 빠른 경공으로 몇백 장이나 날 듯 몸을 숨긴 적도 있었다. 하지만 그녀도 경공에 일가견이 있었다. 비록 속도를 유지하지는 못해도 시야에 있는 한 끝까지 쫓아왔다. 게다가 특별한 이유도 없는데 도밍친다는 것도 이치에 맞지 않아 포기했다.

검을 들 수도 없다. 여자라서가 아니라 상내에게 악의가 없다. 상대가 맞서려 하는 의지가 보이면 그래 볼 텐데 여자의 성격을 고려해 보아 '아잉, 왜 그래요' 라고 말할 것이 분명했다. 의지와 악의가 없는 사람을 향해 검을 드는 것은 어딘가 걸리는 일이다. 물론 그녀를 떨어뜨리는 방법은 무한했다. 그녀를 특별히 내쫓는 데 신경을 쓰지 않는 것은 무엇보다도 호기심. 처음으로 가깝게 다가오는 무림인이었다. 앞으로 정말 그녀의 행동에 열이 뻗쳐 오른다면 검을 드는 것은 물론 혈을 짚는 것 역시 서슴지 않을 것이다.

그는 이미 저 질문을 수십 번도 더 들었다.

진저리가 날 법도 하지만 그는 애써 참는 얼굴이었다. '언젠가는 떨어지겠지'라고 생각하며 그는 희망을 가졌다. 계속 무시하는 데도 떨어지지 않으면 그건 거지였지, 화린처럼 손에 물 한번 안 묻힌 귀한 여식은 아니었다.

"저기, 아저씨. 아니, 그다지 나이가 많아 보이지 않는데 몇 살이에요? 이름은?"

여전히 묵묵부답.

전혀 대답해 줄 필요성을 못 느낀다는 얼굴에 그녀는 얼굴을 구겼다. 피부에 해롭다거나 심성에 좋지 않다는 것쯤은 잘 알고 있었으나 그런 것들을 신경 쓸 정도로 그녀는 기분이 좋지 않았다. 그럼에도 불구하고 흑의인을 계속해서 따라다니는 이유는 검문에서 제외되기 때문이었다.

예전에는 초립을 쓰고 다녔지만 이제는 죽립으로 얼굴을 살짝 가리는 데다가 동행까지 있으니 초립을 써서 얼굴을 완전히 가리고 독행한다는 정보를 가지고 있는 무림맹 무사들의 검문은 자연스럽게 피할 수 있었다. 물론 여자면 모두 검문을 하는 게 도리겠지만 무림맹 무사들은 그녀를 쫓는 데 혈안이 되어 있지 않았다. 이전의 전적에도 남과 동행했다는 정보가 없었으니 당연히 그녀를 의심하는 무사는 없었다. 이렇게 더 이상 쫓기지 않는 편한 무림행을 내버려 두고 정신을 피폐하게 만드는 도망자 생활로 돌아갈 필요는 전혀 없었다.

"그럼 이 질문만 대답해 주시면 오늘은 질문 안 할게요. 예?"

"훗."

반응은 있었다. 하지만 '겨우 하루?'라고 비웃는 표현일 뿐 그다지 긍정적인 반응은 아니었다. 하지만 그녀는 그 반응을 높이 샀다. 적어도 전혀 무시는 아니었으니까 말이다.

"오늘 하루면 아직까지 열두 시진이나 남았어요. 아저씨가 방 안에서 잠을 안 자고 운기조식을 한다는 것쯤은 알고 있어요. 그러니까 아저씨가 운기조식을 하는 동안까지도 저는 방문 앞에서 시끄럽게 굴고 귀찮게 할 거예요. 그래도 제 질문에 대답하지 않으실 겁니까?"

실로 무서운 협박이었다.

보통 운기조식을 할 때에는 깊은 명상에 빠져 내일 할 일을 정리하는 게 흑의인의 일상이었다. 그 조용하고 달콤한 시간을 그렇게 허비하고 싶지는 않았다. 하지만 그녀는 간과한 사항이 하나 있었다. 그것도 아주 중요한 사항을 말이다.

"히익!"

그녀는 어느새 자신이 하얀 목에 날카로운 묵빛 검을 갖다 대는 흑의인과 마주쳐야 했다. 그의 눈빛은 차갑게 식어 있었고, 검은 흔들림이 없었다. 그의 의지는 확고부동했다. 장난이 절대 통하는 작자가 아니었다.

"자, 잘못했어요. 그러니까 이 검, 치우세요."

그녀가 꼬리를 내리자 흑의인도 그제야 검을 내렸다.

"정말 못됐네요."

그녀의 분홍빛 입술이 파르르 떨렸다.

금방이라도 눈물을 쏟을 것 같은 주화린의 모습에도 흑의인은 눈 하나 깜빡이지 않았다. 그 정도로는 굴할 흑의인이 아니었다. 사실 따지고 보면 자신은 잘못한 것이 없다. 먼저 동행해 달라고 한 것도 아니니 동료가 아니다. 동료가 아니면 굳이 질문에 답할 필요도, 잘해줄 필요도 없다. 그는 애써 자신을 자위했다.

"어, 어떻게 이, 이름도 말 못해요……?"

울먹이며 말하는 것도 짜증나 죽겠는데 그녀의 볼을 타고 눈물이 방울져 흐른다. 흑의인은 애써 눈을 감았다. 완전히 졌다.

"…인."

저 멀리서 행인이 지나가면서 중얼거린 소리였을까. 작은 소리가 그녀의 귀를 스쳤다. 울먹이던 가련한 숙녀의 모습은 어디 가고 승리의 미소를 지으며 다시 되묻는다.

"뭐라고요? 못 들었어요. 다시 한 번 말씀해 주시겠어요?"

그녀는 경청하는 모습을 보여주었다.

　그러자 흑의인은 마지못해 대답해 준다는 정석적인 표정으로 입술을 살짝 움직였다.

　“휘인(徽人).”

　“예? 남자가 무슨 목소리가 그렇게 작아요? 남자라면 하늘을 울릴 정도로 큰 목소리를 가지고 있어야 하는 거라고요. 스승님의 가르침을 응용하여 다시 한 번 말해보세요. 목에 힘을 주면 목이 곧 쉬어버리니까 꼭 배에 힘을 주도록 노력해보세요. 그러니까 단전에 힘을 꽉 주며 울리는 듯이. 쉽죠?”

　“……”

　다시 사내의 입은 꽉 다물어졌다. 일부러 힘을 주어 입술을 닫는지 그의 모습은 상당히 차갑고 딱딱하게 비추어졌다. 실제로도 기분이 그다지 좋지 못했다. 눈물 작전에 완전히 당한 자신은 바보가 된 것 아닌가. 주화린은 그런 그의 모습이 재밌는지 배를 부여잡고 웃었다.

　“호호호! 혹시 삐친 거예요? 사내대장부는 삐치는 게 아니에요. 농담이었다고요, 농담. 휘인이 이름이에요? 휘 씨 성도 있었나? 본 적이 없는데. 성이 따로 있는 거 아니에요? 아니면 휘인이 본명이 아니죠? 거참, 이상한 이름이네. 보통 휘인이라는 이름은 빛날 휘에 사람 인을 쓰는데 오라버니는 어떻게 아름다울 휘를 쓰세요?”

　대답을 해줘도 계속 쫑알대자 어지간히도 시끄러운 여자라고 휘인은 생각했다. 앞으로는 절대 그녀의 마수에 넘어가

지 않으리라고 다짐하며 걸어가다 문득 그녀의 말 중에 걸리
는 부분이 있었다.

"…오라버니?"

"왜요? 감동이십니까? 아름다운 여자에게 오라버니 소리
를 들으니 가슴이 콩당콩당 뛰십니까? 사흘간이나 낮과 밤을
같이 보냈는데 어느 정도면 안면을 튼 셈 아닌가요? 저는 오
라버니라 부를 자격이 된다고요."

"……."

그는 고개를 돌렸다. 대답할 가치가 없다고 여겨졌다. 휘
인은 '마음대로 짖어라' 는 태도로 갈 길을 갔다. 발걸음을 빠
르게 해도 주화린은 곧잘 따라왔다. 반나절을 넘게 걷기만 해
도 주화린이 피곤한 기색도 없어 보이자 휘인은 그야말로 질
릴 대로 질렸다. 완전히 무시하는 데에도 아무 내색 없이 친
근한 표현을 해오는 철면피에, 아무리 빠르게, 그리고 오래
걸어도 입으로만 불평하는 그녀의 체력은 상상을 초월했다.

결국에는 해가 저물어 근처의 객잔에 들어가 방을 잡아 묵
게 되었다. 당연히 주화린도 그를 따라 같은 객잔에 들었다.
휘인이 아무리 '왜 네가 들어오지?' 의 뜻이 담긴 눈빛으로 그
녀를 노려봐도 '일행이니까요' 라고 연신 대답한다. 한두 번
도 아니고 여러 번. 마치 반복 주입식 교육을 이용하여 자신
을 무시하는 휘인을 세뇌시키려는 듯.

"이인실을 드릴까요?"

　자기 딴에는 가장 자연스럽게 물어본 질문이었지만 점소이는 이 남녀에게서 상당히 어색한 느낌을 받았다. 남녀가 방을 잡을 때는 당연히 하나를 잡는다. 자신의 질문이 '초보 연인'들에게는 상당히 민망할 수도 있다는 것을 알아채고는 조그맣게 입을 열었다.

　"저를 따라오세요."

　점소이는 무언을 긍정의 답으로 받아들였다.

　휘인은 옆의 주화린을 쳐다봤다. 이런 경우가 벌써 세 번째. 하지만 주화린은 이런 오해에도 불구하고 아무 말도 하지 않았다. 마치 자신은 아무 상관도 없다는 양. 휘인은 참다못해 입을 열었다.

　"일인실로 주게."

　"예? 일인실은 좁아 두 분이 주무시기에는 불편하실 텐데……. 활동 반경이 상당히 좁은데도 상관없으십니까?"

　점소이의 눈에 비친 휘인과 화린의 모습은 빈곤해 보이기는커녕 오히려 넉넉한 집의 자제들이었다. 특히 화린의 옷은 상당히 값져 보였다. 그런 작자들이 굳이 일인실을 찾을 이유는 없었던 것이다.

　"나는 저 여자와 일행이 아니네."

　"…아, 죄송합니다. 같이 들어오셔서 오해했습니다. 그럼 뒤의 손님도 일인실을 드릴까요?"

　화린은 작게 미소를 지으며 대답했다.

“그렇게 해주세요.”

“아, 아, 알겠습니다.”

점소이는 얼굴을 붉히며 안내에 나섰다.

휘인은 고개를 쓸쓸히 저었다. 정말 악취미다. 순진한 점소이를 완전히 가지고 놀고 난처해하는 자신의 모습을 즐기려고 항상 민망한 오해를 받아도 가만히 묵인하며 미소로 사태를 방관하는 여자가 주화린이었다.

‘못 말리겠군.’

휘인은 점소이에게 방을 안내받자마자 횡하니 들어갔다.

쾅!

객잔의 시설이 좋아 문을 여닫는 소리가 거의 들리지 않게 되어 있는데 휘인이 상당히 거칠게 닫았는지 소리가 크게 났다. 주위에서 자고 있던 투숙객들은 모두 잠에서 깨어났으리라. 휘인의 그런 거친 모습에도 화린은 기분 좋은 미소를 띠고 있었다.

“앙탈쟁이.”

중얼거리 듯 말했다. 당연히 바로 그녀의 방으로 안내를 나서는 점소이는 듣지 못했다. 하지만 그녀는 휘인이 아주 잘 새겨들었을 것이라고 확신했다. 이전에도 몇 번 시험해 봤고, 휘인은 단련된 무림인이었기에 청력이 비상식적으로 좋았다.

‘오늘도 승리.’

　휘인의 말을 빌어 '악취 미녀'는 오늘도 기분 좋은 밤을 보내었다.

　'앙탈쟁이.'
　자신이 언제 그런 대접을 받아봤던가? 오히려 얼음덩이라는 말을 많이 들었지, 앙탈쟁이, 앙탈쟁이라…….
　"휴우……."
　휘인은 가부좌를 틀며 운기조식에 몰입했다. 진기를 조금씩 일으키며 일주천을 시작했다. 임독양맥이 많은 사람들이 편하게 오갈 수 있는 대로처럼 넓게 트여 있어 진기의 움직임은 자유롭고 빨랐다. 일주천에 힘을 쓰는 것도 잠시, 그는 이내 몰아지경에 빠지게 되었다. 며칠 전 같았으면 자신의 무학을 정리하는 데에 시간을 보냈겠지만 근래에 들어 심마에 빠지게 되었다.
　심마의 원흉은 다름 아닌 주화린이었다.
　내부에서 가끔씩 튀어나오는 유혹, 또는 잡념에 의한 심마라면 극성까지 하나의 벽이 남은 묵한신공(墨悍神功)으로 다스릴 수 있었지만, 요번 심마는 뾰족한 묘수가 생각나지 않는 한 그를 평생 괴롭힐 것만 같았다.
　일주천이 느려지자 휘인은 애써 머릿속에서 화린을 지워버렸다. 그제야 진기가 제 속력을 찾았다. 휘인은 하룻 동안 쌓인 피로를 운기조식으로 풀었다. 잠을 자지 않아도 될 경지에 이르자 그는 남들이 자는 시간에 심법을 포함한 무학을 풀어나갔다. 심법과 비례하여 그의 묵한검법도 경지에 달하여 마지막 벽을 남겨두고는 제자리걸음을 하고 있었다.

아마도 그렇기에 잠을 포기한 채 무학 공부에 열을 올리고 있는 건지도 모른다. 아니, 풀릴 것 같으면서도 풀리지 않는 무학의 오묘한 섭리 때문에 마음 한구석이 찜찜하여 이렇게 무학에 매달리는 것이다.

휘인은 묵한검법 이외의 수련은 일체 하지 않았다. 물론 묵한검법을 응용하여 검 이외의 병장기도 곧잘 다루지만 묵한검법은 검법이었다. 검만이 묵한검법의 묘리를 제대로 이행할 수 있었다. 하나의 검법이라지만 묵한검법은 총 다섯 장으로 나뉘어져 있는 대검법이다.

그의 사부가 후에 심득까지 얻어 물려받은 묵한검법을 완성시켜 자신에게 가르쳐 주었다. 그의 사부가 직접 완성시킨 묵한검법이었지만 정작 그 자신은 제대로 펼치지 못했다. 그의 사부가 묵한검법을 얻게 된 유일한 이유는 굶지 않기 위해 노력했기 때문이다.

버림받은 그의 사부는 어린 시절부터 구걸을 다녔고, 구걸에 눈살을 찌푸린 몇몇 사람들에게 호되게 혼난 이후 사람이 거의 살지 않는 험악한 산악 지대에서 과일과 약초를 채집하며 생계를 유지하던 어느 날 우연히 발견한 동굴에서 묵한신공과 검법을 얻었다. 끼니도 때울 수 없던 때이니 글을 몰랐지만 눈치가 빨라 귀한 무공 비급임을 알았다. 어린 시절의 막연한 기대감에 무공 비급임을 단정지어 버리고는 희망을 갖고 주위 서당에서 잡일을 해주며 글을 배웠고, 몇 년이 흘러 비급을 조금씩 읽을 수 있게 되어 절세의 무공을 독학으로 익혔다.

다른 학문이라면 몰라도 무학의 독학은 매우 위험하다. 당연 경지에 이르고 나면 독학만이 진보의 길이기는 하지만, 입문 때 바로잡아 주는 이가 없이는 대성하기 힘들다. 무학의 끝은 길이 하나라지만 거기까지 이르는 길이 얼마나 다양하고 험난한지는 휘인의 사부가 몸소 체험했다.

세월이 흘러가며 몸으로 직접 부딪쳐 그의 사부는 절세의 무공을 극성으로 대성할 수 있었다. 비록 머리로는 깨달았다고는 하나, 그 깨달음을 몸소 펼칠 수가 없었다. 마음이 동하는데 몸이 움직이지 않는다. 심법에 문제가 있었던 것이다.

중요한 요결이 부분부분 빠져 있는 것을 후에 깨달았으나 비급이 파손되어 그는 완벽한 묵한검법을 대성하지 못했다. 아니, 머리로는 완전하게 독파하였으나 몸이 머리를 따라주지 못하니 그야말로 그로서는 미칠 지경이었다. 비록 무공을 완성하지는 못했으나 그의 사부는 그 정도의 무공으로도 무림을 휩쓸었다고 했다.

휘인은 완전한 무공을 제대로, 그리고 사부의 지도 아래 수련을 쌓아왔다. 무공을 속성으로 키우는 사부의 요령은 모두 휘인의 머릿속에 세뇌되어 있었다. 그의 사부는 무공에 한이 많아 많은 연구를 해 절세의 검법을 완전한 검법으로 만들어 냈고, 신공을 완성시켰다.

그리고 자신을 완성시키는 중이었다.

'왜 무림행을 추천하셨을까?'

아직도 휘인은 사부의 요번 지시를 이해하지 못했다.

쏴아아아!

폭포. 폭포의 힘은 역동적이다. 힘에 가득 차다. 그만큼 자연의 기가 풍부하기도 했다. 스무 장이나 되는 폭포의 물줄기를 그대로 받아 수련하는 건 상당히 위험하다. 아니, 범인이라면 혼절할 정도의 세기이다. 하지만 휘인은 줄곧 그런 수련을 즐겼다. 눈을 감고 폭포에 몸을 내맡긴다. 몸이 차갑게 식어 내리는만큼 마음도 차분하게 다스릴 수 있는 방법이었다.

첨벙!

거친 폭포 소리로 귀가 울림에도 불구하고 휘인은 물 위를 사뿐사뿐 걸어오는 사부의 발걸음 소리는 용케 잡아내었다. 마치 평지를 걷듯 전혀 불편함이 없어 보였다. 신선들이나 즐겨 입을 흰 광채가 도는 백의에 관우도 부러워할 법한 수염을 길게 기르고 있는 자가 다름 아닌 휘인의 사부였다.

"길이 보이느냐?"

폭포의 폭발적인 힘을 그대로 받으면서도 휘인은 고개를

저을 수 있는 여유를 보여주었다. 사부의 모습이 보이지는 않아도 휘인은 그의 존재감을 확연하게 느낄 수 있어 사부를 똑바로 직시하는 모습을 보여주었다.

휘인은 몇 개월 동안이나 심득을 얻기 위해 모든 잡념을 떨치고 무학의 세계에 빠졌다. 무리(武理)를 깨우치기 위해서는 평범한 수련은 도움이 되지 않는다. 오로지 끊임없는 끈기와 인내만이 깨달음의 지름길이라고 휘인은 굳게 믿었다. 무리에 관한 한 그의 사부는 일체 도움을 주지 않았다. 쉽게 가는 방법도 있겠지만 어렵게 가면 갈수록 직접 경험하는 바가 많아 성장에 도움이 된다는 것이 사부의 철학이었다.

"하나의 결(結)을 풀어주려는데, 괜찮겠느냐?"

타닥!

휘인은 눈을 부릅뜨고는 높이 도약했다. 한참 동안이나 가부좌를 틀어 몸이 굳었을 텐데 그는 한참을 비상했다. 그리고는 한 바퀴를 멋지게 돌고는,

첨벙!

물속으로 잠수했다. 몸이 받는 충격을 최소화한 덕택인지 주위로 튀어 오르는 물이 거의 없었다. 물 만난 물고기가 따로 없었다. 바닥까지는 아니더라도 오 장까지는 투명하게 보이는 깨끗한 물임에도 불구하고 휘인의 모습은 온 데 간 데 없었다. 시간이 조금씩 흐름에도 그의 사부는 여유가 넘쳤다.

사부의 여유는 당연했다.

휘인은 쏜살같은 속도로 물 위로 튀어 올라 마치 공중을 비행하는 모습을 연출했다. 하지만 역시 자연을 거스르지 못하는 한 그는 중력의 힘을 받게 되어 있다. 그는 큰 포물선을 그리며 십 장이나 떨어진, 그것도 물이 아닌 평평한 대지 위에 가볍게 착지했다.

탁!

상당히 높이, 그리고 멀리 떨어졌음에도 불구하고 마치 혼자서 가볍게 뛰어올랐다가 착지하는 것처럼 충격이 없어 보였다.

"녀석 하고는."

첨벙첨벙!

그의 사부는 자연스럽게 물 위를 걸어 몸을 말리는 휘인의 옆에 앉았다. 휘인은 기로 물기를 가볍게 기화시켜 버렸다. 그는 깔끔해진 모습으로 무릎을 꿇고 경청하는 자세를 보였다.

"그렇게 듣고 싶으냐?"

"듣고 싶습니다."

사실 그에게 있어 사부는 형식적인 존재 같았다. 무공의 마지막 단계에 도달하게 되자 사부는 더 이상 아무런 도움을 주지 않았다. 물론 처음부터 깨달음에 관련된 부분은 일체 언급을 하지 않아 입문 때에는 더딘 진전을 보였다. 하지만 혼자서 깨달음을 습득하는 방법에 익숙해지다 보니 오히려 아무리 가르쳐 줘도 얻기 힘든 오묘한 깨달음도 오랜 세월이 걸리지 않았다. 인간은 끊임없이 자신의 한계를 시험해야만 가장 앞설 수 있다는 사부의 철학에 의한 성과였다.

어렵게 가면 오히려 한계 선이 높아진다. 쉽게 얻는 깨달음과 어렵게 얻는 깨달음은 거기서부터 차이가 있는 것이라고 사부는 항상 강조했다. 물론 비교 대상이 없다 보니 휘인은 항상 그러려니 하고 넘어갔다. 사부에 대한 믿음은 보지도 못한 그의 부모님에 대한 것과는 차원이 달랐다.

"직접적인 도움은 안 되겠다만 깨달음을 얻는 데에는 간접적인 영향력이 된다."

휘인은 사부의 입에서 나오는 단어는 하나도 놓치지 않겠다는 듯 사부를 노려보며 최대한 집중했다. 사제 관계가 형성된 지 어언 이십오 년. 처음으로 심득에 대한 조언이 나오려 하는데 집중이 안 될 리 없었다.

"무림행을 추천한다. 나도 무림행으로 인해 많은 깨달음을 얻었다."

"잠시만 기다려 주십시오."

휘인은 벌떡 일어나 고개를 살짝 돌려 머리를 탁탁 치며 귀에 찬 물을 빼내었다. 폭포의 힘에 익숙해졌다고는 하나 귀는 수련에 진전이 없었다. 폭포 수련을 처음 했던 그날이나 폭포 속에서 체조까지 할 수 있는 오늘날이나 이 귀는 항상 물을 배불리 마신다.

"죄송하지만 다시 말씀해 주십시오."

"…들었으면서 딴청 피우지 말거라. 무림행을 떠나라."

휘인은 다시 벌떡 일어났다. 다시 반대쪽 귀에서 물을 빼내려고 하자 사부는 참지 못하고 자리에서 일어났다. 그의 사부는 두 손으로 제자의 행동을 막았다. 이제 보니 제자의 행동은 자신의 말을 다시 주워 담고 조금 더 그럴싸한 묘리의 해석으로 바꾸라는 무언의 항의였다. 스무 해를 넘게 같이해 왔으니 그 정도는 알아챌 수 있었다.

"제자야, 너는 제대로 들었으니까 애꿎은 귀는 내버려 두거라. 추천이라고 했다는 걸 잊지 마라. 강요가 아니다. 하지만 이건 가르쳐 줄 수 있다. 나는 무림행으로 무공의 끝을 보았다. 하지만 보았을 뿐, 몸이 따라주지 않아 포기했다. 그림의 떡이었지, 인연이 아니었던 게야. 이 사부가 한계는 자신이 정하는 것이라는 헛소리를 한 적이 있었지? 각 사람에게는 분명 한계가 있다. 비록 그 선이 각 사람이 생각하는 것보다는 훨씬 크게 잡혀 있고, 자신을 못 믿게 되면 그 한계 선이 알아서 내려오게 되니 내 말이 완전히 헛소리는 아니지만, 그렇다 하더라도 반쯤은 헛소리란다. 시작이 그릇된 자들은 한계 선이 명확하게 그어진다. 아무리 갈망해도 한계에 부딪쳐 전진을 할 수 없는 괴로움의 인연이 주어지면서부터 깨달아 가는 것이지."

그렇게 말하는 그의 얼굴은 상당히 침울해 보였다. 평소의 신비한 분위기는 상당 부분 사라졌다. 인간적인 감정은 누구에게나 있으나 그 감정은 수련에 영향력을 끼치게 된다. 좋은 쪽으로든 그다지 좋지 않은 쪽으로든.

사부의 입이 다시 열렸다.

"너는 한계 선이 없다. 너의 재질이 탁월하여 그런 것이기도 하지만 나의 가르침은 완벽했다. 그리고 너는 완벽하게 받아들였다. 그렇기에 너에게는 한계 선이 없다. 나의 마지막 한 가지 꿈이 있다면, 다시 그 무의 끝[武極]을 보는 것. 너에게서 그 끝을 보고 싶다. 그리고 네가 무극을 직접 펼칠 수 있으리라는 것에 대해서는 믿어 의심치 않는다. 무림행을 떠나라. 머리로는 얻을 수 없는 수많은 깨달음을 얻게 될 것이다. 그리고 그 깨달음들은 직접적으로 네 마지막 벽을 헐어버리는 데 도움이 될 것이다. 적어도 나에게는 그랬으니 네게도 그렇게 도움이 되겠지."

사부의 말이 어디서부터 각인되었는지는 중요하지 않았다. 다만 사부의 말에 감명받아 휘인이 무림행을 결심했다는 것 자체가 중요했다.

무극(武極).

인간이 도달할 수 있는 무의 끝을 보편적으로 무극이라 표현한다. 많은 사람들은 무극을 무림인들이 상상으로만 떠올리며 대리 만족을 느끼거나, 혹은 높은 한계를 잡기 위해 설정한, 오로지 상상 속의 경지라고들 생각한다. 그리고 그 생각은 크게 틀리지 않는다. 보통의 무림인들이 '저분은 무극에 달하셨구나' 라고 말하는 당사자도 아직 더 높은 경지가 있음을 체감하고 있어 세인들의 말을 크게 귀담아 듣지 않는다. 상대적으로 볼 때는 무극일지 모르나 절대적인 기준에서 자신들의 경지는 무극과 상당히 멀었다.

모든 무림인들은 무극이 상상의 경지라는 사실을 잘 숙지하고 있었다. 세인들이 무극이란 명칭을 여러 천하 고수들에게 붙이지만 사실 정말 무극이라 생각하지는 않는다. 무림인들은 한계를 싫어한다. 아무리 높은 산이 있더라도 노력하면 정복할 수 있다. 그러니 자존심 강한 그들에게 한계라는 게 존재할 리 없었다.

그런 그들이 무극이라는 한계를 잡아놓는 건 모든 일에 끝이 있다는 점이 크게 작용했다. 순환이라는 개념은 존재하지만 어떤 일이든 시작과 끝이 있다. 바닥에서는 최고봉도 보이지 않던 험준하고 높은 산도 그 끝이 있다. 인간이 절대 해낼 수 없을 듯한 일도 어느새인가 끝이 보이게 된다.

무의 끝.

모든 일에는 끝이 있다는 가설 아래 무극이라는 개념이 생겼다.

벽을 만났는데 그 벽을 도저히 넘을 수 없을 것 같은 절망감을 느낄 때마다 그들은 무극을 떠올리며 다시 수련에 박차를 가한다. 무극은 모든 무림인들의 꿈인 동시에 이루어질 수 없는 경지이다.

이루어질 수 없는 경지임에도 불구하고 무극에 대한 막연한 꿈을 가진 무림인들이 많은 이유가 하나 있다. 백 년 전, 괴승(怪僧)의 한마디가 당대 무림인들의 가슴을 불태워 버렸다. 괴승은 신승의 사부로 흔히 세인들이 칭하는 무극의 고수이다. 무극이란 명칭은 당대의 천하제일고수에게 붙여지는 오랜 전통이 있었다.

당연 괴승도 자신의 경지가 무극이라는 생각을 하지 않았다.

하지만 의미심장한 한마디를 남겼다.

"무극. 세월이 흐를수록 깨닫는 바지만 무극은 꿈의 경지가 아니다. 손을 번쩍 들어 금방이라도 잡을 수 있을 듯하다. 하지만 하늘에 붙어 있는 경지인지 잡히지 않는다. 무극의 길은 보이는데 방법을 모른다. 무극에 대한 한 가지는 확실하다. 무극은 존재한다. 무의 길은 여러 갈래로 복잡하게 나누어 있다. 하지만 그 길 모두가 무극이 종착지인 것은 자명한 사실이다."

괴승은 그 한마디를 남기고는 은거에 들어갔다. 그 이후 그의 아래에서 신승이라는 걸출한 고수가 나왔고, 현재 그는 정사무림(正邪武林)을 이끌어 나가는 세 주축 중 하나가 되고 있고, 질서를 지키기 위해 기꺼이 무림맹이라는 족쇄를 찬 희대의 영웅 중에서도 영웅이었다.

본인 자체도 무림인들이 꿈꾸어왔던 무공을 지녔고, 그의 제자 역시 괴승보다 더하면 더했지 덜하지 않은 실력을 지니고 무림에 출두하였다.

하지만 역시 무극은 꿈의 경지다, 오늘날까지도.

'그래, 무극을 위해 무림행을 나섰지. 사부님은 무림행을 통해 많은 깨달음을 얻었다고 하셨던가. 내가 얻은 깨달음이라고는 여자는 위험하다 뿐이다.'

잡된 생각 때문일까? 휘인은 물아지경에서 깨버렸다. 그는 운기조식을 끝마치고는 자리에서 일어나 바깥의 풍경을 바라봤다. 한밤중이었지만 보름달이 유난히 밝은 야경이었다. 유난히 휘인의 눈길을 끄는 게 있었다. 밝은 달빛을 받으며 건물들의 지붕을 평지처럼 여기는 인영(人影)의 모습이 잡혔다.

휘인이 잡은 방의 층이 높아서인지 인영의 모습이 한눈에 보였다.

'금색 용이라… 아마 무림맹의 무사라는 표식이었지?

무림맹의 무사이다 보니 야밤에도 수행하는 임무가 있겠지 싶어 휘인은 크게 신경 쓰지 않았다. 아니, 신경 쓰지 않으려 노력했으나 계속해서 마음의 한구석이 불편했다. 무림맹에 반하는 행동은 아직 하지 않았음은 물론, 할 마음도 없었다. 그러니 자신이 불편해할 필요는 없었다. 저 무사가 무슨 일을 수행하든 자신과는 관련이 없으니 신경을 꺼도 되었다.

하지만 그는 곧 자신과 관련이 되었다는 사실을 깨달았다.

'화린.'

성은 모른다. 그녀도 자신의 온전한 이름을 숨겼거나 속였다고 생각하며 화린이라는 두 자의 이름만 그에게 알려주었다. 물론 자신의 이름은 온전하게 휘인이었다, 자신의 사부가 직접 작명하여 내려주신. 고아인 자신에게 이름은 없었다.

화린이 무림맹 무사들에게 쫓기고 있다는 사실이 갑자기 휘인의 뇌리를 스쳤다. 확실한 것은 아니지만 무사가 정확하게 이 객잔으로 오고 있다는 사실을 고려할 때 휘인의 생각으로는 그 무사가 화린을 찾아왔을 확률이 적지 않았다.

'하지만 그녀는 철저했다.'

휘인은 자신과 동행하며 본의와는 상관없이 그녀의 모습을 관찰하게 되었다. 그녀는 가벼운 행동거지와는 달리 무림맹 무사들의 눈을 피하는 데에는 철저했다. 물론 큰 대로로 걸을 때에는 죽립을 눌러썼다. 죽립의 모양도 조금씩 스스로 바꾸는 듯싶더니 가끔씩은 색도 바꾸었다.

"같은 죽립을 오래 쓰고 다니는 것도 위험하거든요."

그녀의 그 말은 상당히 휘인에게 인상 깊었다. 그녀는 도망을 어떻게 가야 효율적이고 완벽한지를 알고 있었다. 마치 오랜 세월 도망자로 지냈거나 도망 횟수가 많은 사람 같았다. 게다가 옷도 수시로 바꿔 입었다. 옷의 종류는 천차만별이었다. 하루는 시녀의 옷차림으로 자신의 뒤를 졸졸 따라다녔고, 어제만 해도 그녀는 남장 차림으로 다녔다. 그녀는 거침없었고, 금전력은 분명 상상을 초월했다.

그가 봤을 때 무림맹 무사들이 그녀의 위치를 파악하기에는 아직 일렀다. 화린의 철저한 위장은 분명 큰 효력이 있었다. 하지만 그가 알기로는 단 하나의 치명적인 단점이 있었다. 그녀는 자신과의 동행을 선택했다. 비록 그녀가 검문에서는 제외되었지만 무림맹의 정보망은 거대하다. 아마 개방을 이용하여 모든 여자들의 위치를 펼쳐 놓고 화린에 대한 정보를 맞춰 걸러 나가는 대작업도 분명 할 것이다. 휘인이 보기에 화린은 분명 오랜 세월, 혹은 잦은 횟수의 도망을 시도했으니 그만큼 무림맹도 그녀에 대한 정보가 방대할 것이다. 위장을 수시로 한다는 점까지도 숙지하고 있음은 자명한 사실이었다.

하지만 이렇다 하더라도 절대 그녀의 위치가 정확하게 포착될 리는 없었다. 아니, 아직은 그 가능성이 전무했다. 아무리 무림맹의 정보 처리 속도가 자신의 상상을 능가하고, 개방의 정보력은 정확하고 무사들의 수사 능력이 최고이더라도 지금은 일러도 한참 일렀다. 누군가 정보를 누출하지 않았으면 몰라도. 게다가 그녀의 얼굴을 본 자는 단 하나도 없었다.

객잔에 들어와 점소이에게 소개받기까지도.

'점소이, 그가 봤군.'

그녀는 약점이 하나 더 있었다. 가끔씩은 경각심이 없어지고 긴장감없이 늘어지게 된다. 그녀는 객잔 안에 들어와 자신과의 실랑이를 즐기느라 점소이에 대해 신경 쓰지 않았다. 물론 충분히 이해는 간다. 점소이 하나쯤 자신을 봐도 그 정보가 무림맹, 혹은 주위에 검문을 담당하는 무사들의 귀에 들어가도 자신이라는 것을 모를 거라는 생각이 그녀의 머릿속을 지배했을 것이다.

그녀는 한 가지를 간과했다. 그녀는 절세의 미녀였다. 그 어떤 남자가 봐도 혹할 만한 미를 지니고 있었다. 이상적인 체형에 눈을 뗄 수 없는 미모. 그녀는 절세미녀라는 말에 조금도 부족하지 않았다.

그런 미녀는 분명 많지 않다. 무림맹은 넓세나마 그녀의 행적과 현재 예측 위치를 뽑아놓았을 것이다, 그리고 그쪽의 정보력을 가동하고 있을 테고.

'그렇게 생각하면 저 무사의 이른 등장은 이상한 일이 아니다. 하지만 화린이라는 여자는 도대체 무림맹에 어떤 존재이지? 나의 가설은 무림맹이 총력을 다한다는 가정 아래 성립된다. 총력까지는 아니더라도 많은 관심을 가지고 있다. 하지만 그녀는 수배자도 무림공적도 아니다. 왜 그녀는 쫓기

고 있지?'

그녀가 자신에게 사적인 질문을 하지 않는 것과 마찬가지로 그 역시 그녀에 대해 사적인 질문은 하지 않았다. 아니, 무시하기 바쁜데 질문은 있을 수 없었다. 질문을 한다는 것은 그 대상에게 관심을 가지고 있다는 걸 보여주는 일이었고, 그녀는 그런 관심을 원하고 있다. 자신을 놀려먹기 위해.

'악취미.'

어차피 그녀와의 동행은 상당히 억지였다. 휘인도 그녀와의 동행이 오래가지 않을 거라고 생각하고 있었다. 그때가 조금 빨리 온 것뿐.

'무림맹이 그녀를 찾는 이유는 크게 두 개로 나눠볼 수 있다. 하나는 그녀가 무림맹에게 좋은 쪽으로 관심을 주는 상대, 다른 하나는 그녀가 무림맹에게 나쁜 쪽으로 관심을 주는 상대. 전자일 경우는 모르겠지만 후자이면 그녀는 큰일난 셈이지. 그다지 좋지 않은 쪽으로 관심을 가지고 있음에도 불구하고 수배령을 내리지 않았다는 말은 그만큼 조심스럽게 잡아들여야 한다는 뜻. 과연 그녀는 전자의 경우일까, 후자의 경우일까?'

휘인은 강하게 머리를 저었다.

자신이 고민할 필요는 없었다. 그녀와 자신은 아무 관계도 아니며, 자신이 고민해 봤자 해결될 기미는 없었다. 오히려 머리를 복잡하게 하여 자신이 무림행에 나선 궁극적인 의의를 흩뜨리고 만다.

휘인은 자리에 누워 눈을 감았다.

잠이라도 잘 수 있어 지금 겪는 갈등이 사라졌으면 하는 바람에서 억지로 누운 것이다.

"어머, 야밤의 도주예요? 과묵하기만 한 줄 알았는데 이제 보니 낭만적이군요, 오라버니는?"

'지금이라도 늦지 않았다. 버릴까?'

타아! 타아! 타아!

한번 도약할 때마다 가옥의 처마에서 다음 가옥의 처마로 이동되었다. 그는 자신의 행동을 이해할 수 없었다. 상식적으로, 그리고 머리를 식혀 차분하게 생각해 봐도 자신이 이렇게 행동할 이유는 없었다. 그녀와의 동행이 즐거웠기 때문에 이렇게 사서 고생을 하는 것은 절대 아니었다. 만약 자신이 잠들어 그녀가 잡혀살 때까지만이라도 시간이 빠르게 경과했다면 몰라도 몇 년간 잠을 자지 않았는데 하루아침에 잠이 올 리는 없었다. 자신의 마음을 꾸준히 괴롭히는 감정만 없었어도 그는 묵묵히 자리를 지켰을 것이다. 아니, 마지못해 그녀의 방을 찾아갔을 때 그녀의 모습이 그렇게 아름답지만 않았어도, 아니, 그녀의 모습만 보란 듯이 달빛이 비치지만 않았어도 그는 그녀를 그냥 내버려 뒀을 것이다.

잠을 잘 때의 표정은 사람이 지을 수 있는 가장 순수한 표정이다. 나이를 먹을수록 잡념이 많아지며 이기적으로 변하는 인간들의 표정은 다양했고, 다변한다. 하지만 잠잘 때만은 무상의 상태여서 그 표정은 아기만큼이나 순수하다. 그렇기에 잠잘 때의 사람의 얼굴을 아기의 얼굴처럼 아름답다고 칭한다.

그녀의 모습도 다르지 않았다.

아니, 평소와 크게 다르지 않았다.

언제나 신비한 미소를 짓고 있고, 조금은 장난기 어린 얼굴. 그것이 그녀였다. 숨김없는 그녀. 그녀의 모습에 넋을 놓고 있다 다시 정신을 차려보니 지금의 상태였다. 무사가 그녀의 방에 도착하기도 전에 그는 창문을 통해 몸을 날리고 있었다.

후회는 한다. 하지만 현실은 이러했다.

휘인은 약 사 장 거리의 처마 간격을 마치 걷듯이 뛰어넘었고, 뒤에 쫓아오는 무사들은 그가 도망가는 방향을 제외한 삼 방에서 쫓아오고 있었다. 바닷가의 모래알처럼 많은 무림의 기인이사들 중에서도 선택받은 무림맹 무사들일지라도 휘인의 무공에는 미치지 못했다.

무림맹 무사들도 급은 엄연히 존재했고, 아직 중요 인물 화린의 위치 파악이 제대로 안 되어 추측 위치 반경에서 검문만 하는 무사들의 급이 높을 리는 없었다. 무림맹 무사들의 급은 소, 대, 지, 천, 인, 총 다섯 급이 있었다. 이들은 그중 소급이었다. 급이 높을수록 평균 연령이 높음을 고려할 때 이들은 기재였다, 아직도 무궁한 잠재력을 지닌. 절대 평범한 무사들은 아니었으나 무림맹 무사들 중에서는 달린 편에 속했다. 특수한 수련을 거쳤으나 아직 휘인만큼의 속력은 내지 못했다.

"정신을 차려라. 너는 무사들에게 쫓기고 있다."

그제야 잠에서 깨었는지 화린은 휘인에게 몸을 의지한 상태로 주위를 둘러보기 시작했다. 완전히 잠이 깬 것은 아니었지만 달빛을 받아 반사되는 무림맹 표식의 황금 용은 눈에 확 들어왔다.

"어떻게!"

그녀는 예상조차 못했다는 얼굴이다. 그녀는 인상을 찡그린 채 한참 동안 이 일의 원인을 찾으려 했다. 하지만 그녀로서는 자신의 완벽한 위장에 흠을 찾을 수 없었다. 상황이 상황인지라 그녀는 이내 머릿속의 잡념을 털어내고는 휘인을 올려다봤다. 자신이 외간 남자에게 안겨 있음에도 불구하고 전혀 떨리지도, 긴장이 되지도 않았다.

믿음직스럽다.

"훗, 오라버니와의 사이가 여기까지 진전되었는지는 몰랐는데 확인시켜 주서서 감사해요."

"지금이라도 버리고 가는 수가 있다."

사실 휘인의 행동은 그녀에게도 의외였다. 사실 동행이기는 했으나 그다지 정이 많이 쌓인 것도 아니고, 특별한 이해 관계가 있는 것 역시 아니었다. 그런데 자신을 위해 이렇게 희생하는 이유는 짐작하기 힘들었다. 물론 그녀의 미모를 위해서라면 이런 일쯤은 제발 일어나기를 기다리는 자가 수두룩했다. 쟁쟁한 실력자들 중에서도 많았다. 하지만 화린은 휘인이 그런 경우라고 생각한 적은 단 한 번도 없었다. 자신을 쳐다보는 그의 눈빛은 언제나 똑같았다. 무념무상. 생각이 없었다. 아니, 생각을 읽을 수 없었다.

'독특한 인간이라는 느낌이 첫인상이었지.'

돈이 부족해 보이지도 않는데 소면 값을 요구하는 모습은 어처구니가 없었다. 소면이 아니고 소문난 고급 진미도 거저 바쳐 줄 남자도 수두룩했는데 휘인은 화린에게 그의 소면을 먹었다고 돈을 요구했다. 휘인의 성격상 은자를 받았을 때 돈을 거슬러 주었을 법도 했지만 그는 은자를 그냥 날로 먹었다.

돈을 좋아하는 사람도 아니었다. 그냥 이해가 안 가는 사람이었다. 그런 사람과의 동행을 선택한 이유는 검문을 피하기 위해서라는 보기 좋은 핑곗거리도 있었으나 믿음직한 성격도 큰 몫을 차지했다. 그녀가 무림행을 시도한 이유는 항상 반복되는 지루한 삶의 탈피를 위해서였기에 그에 대한 흥미는 그와의 동행에 크게 작용했다.

"묻겠다."

정말 딱딱한 인간이라고 화린은 생각했다. 도대체 어디서 화술을 닦아왔는지 그의 말에는 어색함이 가득 담겨 있었고, 차갑기 그지없었다.

"도망가고 싶나, 아니면 잡히고 싶나?"

화린은 그를 올려다보았다. '무슨 질문이 그래?' 하고 투덜거리려고 하다가 그의 눈빛이 그가 진지하다는 모습을 보여주었다. 화린의 상식으로는 그가 저런 질문을 하는 것을 이해할 수 없었다. 보통은 도망자에게는 '잡히고 싶나?' 보다는 '도망가고 싶나?' 라는 질문이 적절하다. 물론 자신의 입장에서는 둘 다 큰 피해는 없다. 무사들이 자신에게 악의를 가지고 있는 것도 아니니까.

'그는 나의 입장을 알고 있는 것일까?'

그의 질문으로 자신이 무림맹에게 쫓기는 이유가 꼭 죄가 있기 때문이 아닐 수 있다는 가정을 휘인이 믿고 있다는 사실을 알게 되었다.

'생긱보다 두뇌 회전이 빠른 오라버니인데?'

그녀의 입에는 특유의 장난기 섞인 미소가 걸쳐졌다. 휘인은 그 모습을 보며 고개를 쓸쓸히 저었다. 정말 어리석은 질문이었다. 그녀의 성격상 어떤 대답이 나올지 뻔했는데.

화린이 밝게 말했다.

"저는 당연히 도망가고 싶죠. 자아, 애마여! 날아오르라!"

휘인은 손에 힘이 빠지는 것을 느꼈다. 본의인지는 확실하지 않았으나 그녀를 놓칠 뻔한 것은 사실. 하지만 자신이 재촉한 상황이라는 걸 감안할 때 일단 도망가는 것이 급했다.

타아! 타아! 타아!

처음에는 한 가옥에서 다음 가옥으로 넘어가는 속도가 빨라졌다. 그리고 이내 한 가옥은 딛지도 않고 넘어갔고, 이미 그가 발을 뻗었을 때는 그 풍경이 확연하게 달라지기 시작했다. 무사들은 깨달았다, 자신들이 아무리 경공을 죽어라 닦아도 저자를 따라잡지 못한다는 것을. 그들은 보이지 않는 도망자를 포기할 수밖에 없었다.

술은 오래될수록 그 값과 맛이 배가된다. 세월이 흐를수록 외양과 내면이 더욱 고양되는 건 많지 않았다. 하지만 세월을 허투루 보내지 않고 정말 정심한 무공에 천고의 노력을 쏟아 부으면 사람 역시 술과 마찬가지로 그 외양과 내면의 질이 고양된다.

자리에 앉아 있는 노인이 그러했다. 흰머리를 땋아 올려 단정하게 정리해 그의 모습은 한없이 말끔해 보였다. 특별히 주름살은 없었지만 가끔 보여주는 표정 변화에 숨겨진 주름살들이 모습을 보여 노인의 나이를 예상하게끔 만들었다.

정순하고도 은은한 기도를 풍기는 노인의 앞에 앉으면 기분이 좋을 것이다. 하지만 마냥 좋은 것만은 아니다. 태산을 마주하는 듯한 느낌에 쩔쩔매는 사람 역시 적지 않을 것이다.

그의 앞에 앉아 있는 붉은 영웅건을 착용한 노인이 그러했다.

외양적으로 나이 차는 그다지 나 보이지 않는다. 하지만 그렇게 말로 표현했다가는 망신을 당하는 수가 있다. 그들의 나이 차이는 적어도 서른 이상이었다.

"흐음, 사실이구나."

방금 도착한 전서구의 내용을 읽고는 침음성을 흘렸다. 진효랑은 그런 노인의 모습을 식은땀을 흘리며 살폈다. 자신의 수가 얼마나 먹힐지는 아직 추측하기 힘들었다.

"질문이 하나 있네. 대답해 주겠나?"

"소인, 경청하겠습니다."

진효랑이 자신을 소인으로 낮추며 쩔쩔맬 인물은 당금 무림에 단 셋밖에 존재하지 않았다. 무림의 세 별, 혹은 세 개의 주축이라고 불리는 검존, 신승, 그리고 도악이었다. 모두 무림 역사에 길이 남을 천고의 고수들이다.

그중 검존이 그의 앞에 앉아 있는 노인이었다. 백수를 넘나드는 세월에도 불구하고 얼굴에는 흉터 하나 없을 정도로 그의 무난한 무림 생활을 드러냈고, 숨을 막히게 하는 태산의 기도는 범인의 상상을 초월한 것이었다.

"이것만으로 무림공적으로 몰기에는 무리가 있지 않나?"

"무슨 말씀을 그렇게 하십니까. 무림맹주님의 유일한 혈육을 납치한 것은 어떻게든 평화로운 고금 무림에 해를 끼치기 위해서가 아닙니까. 그러니 무림공적으로의 공표는 당연한 처사라 생각되옵니다.”

무림맹주 검존 주청학은 매화옥검 진효랑의 두 눈을 직시했다. 주청학의 눈을 정면으로 받게 된 진효랑은 얼른 고개를 숙였다. 그에게 모든 것이 샅샅이 드러나는 느낌이었다. 발가벗겨진 느낌은 항상 부끄러웠다. 그의 앞에서는 진효랑일지라도 순한 양이 되어버린다.

“당연히 우리 린이를 납치하였다면 그런 악의를 가지고 있을지도 모르지. 하지만 우리 린아는 부끄럽게도 가출을 했네. 이미 노부의 나이를 넘어선 횟수를 자랑하지. 세월이 흐를수록 린아의 가출 실력은 배로 늘어난 상태네. 허허.”

“물론 납치해 간 것이 아니라 이 천하의 악적은 주화린의 가출을 기다리고 있었겠지요. 무림맹의 삼엄한 포위를 뚫고 납치 같은 걸 할 수 있을 리가 없지 않겠습니까? 이 악적은 약은 놈입니다.”

“그렇게 생각하나?”

“믿어 의심치 않습니다.”

진효랑은 식은땀을 닦았다. 몇 마디 나누지 않았으나 진기가 소모되는 느낌이었다. 대면만으로도 벅찬 것이 지금의 검존이었다. 무신의 무공에 세월의 지혜까지 지니고 있는 검존은 아직 진효랑이 상대하기에는 벅찬 벽이었다.

“그래, 그렇다면 고금 무림의 평화를 깨뜨리기 위해 이 아이가 우리 린아를 납치했다고 가정해 보자. 당연히 우리 린아의 납치는 중죄에 속한다. 그렇다면 수배령이 내려지겠지, 무림공적으로 공표되지는 않는다. 사실 수배령을 내리기도 힘들지. 아직 '납치'라는 사실이 밝혀지지 않았기 때문에 삼급 수배령을 내리기에도 무리가 있지 않겠나? 일급 수배령도 아니고 무림공적 공표에는 이 아이가 무림의 평화를 깼을 그때 이루어질지도 모르겠군."

한 줄로 요약을 하자면, '절대 이루어지지 않는다'는 뜻을 담고 있었다. 검존이 단어 선택이 순화되어서 그렇지 딱 꼬집어내자면 그는 납치라는 것을 아예 믿지 않고 있었다. 그도 그럴 것이, 현재 검존의 손녀 주화린은 진옥봉(珍玉鳳)이라는 별호를 가지고 있었다.

봉(鳳).

후기지수 중에서도 그 자질과 무공이 발군인 자들에게 성별에 따라 봉(鳳)과 용(龍) 자를 별호에 넣어준다. 선발 기준은 단 한 가지. 그 어떤 무림인도 도를 딜지 않을 정도의 실력이 검증되면 저절로 별호에 봉이 붙게 된다. 주화린이 사룡이봉(四龍二鳳)에 드는 것을 따지는 일은 입만 아프게 하는 짓이다.

주화린을 순순히 납치할 수 있는 자는 검존이 알기에 그녀의 나이 대에는 없었다. 그렇기에 안심할 수 있는 것이다. 수집된 정보에 의하면 그녀와 동행, 혹은 납치 관계에 있는 흑의인은 이십대 후반의 파릇파릇한 나이였다. 게다가 들어온 정보로 보아 납치는커녕 주화린이 일방적으로 쫓아다니는 듯했다.

'워낙에 독특한 아이이니……'

주청학은 그런 점에서 주화린에게 고마워했다. 그녀는 그 늘진 모습을 일부러 감추며 밝게 행동한다. 천방지축인 성격은 어쩌면 그늘진 모습을 가리기 위하여 일부러 만들어낸 성격일 수도 있다. 애써 자신을 배려하여 밝은 모습을 보여주는 그녀를 보면 눈물이 고일 때도 있었다. 부모 없는 자식으로 미움받지 않게 각별히 신경 썼으나 당연히 부모가 있는 것만은 못하다는 것을 검존은 잘 알고 있었다.

하지만 주화린은 아름답고 강하게 컸다.

그리고 성격도 가장 이상적이었다. 장난기가 많았지만 그 정도는 애교 수준이었다. 가출을 자주 시도한다는 것이 커다란 문제점이기는 하였으나 무림맹의 정보력은 개방을 동원할 수 있어 그녀가 어디를 향하는지, 무엇을 먹는지, 그리고 어디서 자는지 모두 파악해 낼 수 있었다. 문제는 세월이 흐름에 따라 치밀해져 그녀의 위치를 추측할 수밖에 없다는 것. 그 반경이 넓어 여간 골머리가 썩는 것이 아니었다.

하지만 검존은 크게 문제 삼지 않았다. 그만큼 그녀의 개인적 능력이 발전되고 있다는 사실이었고, 그 정도면 홀로서기를 해도 될 정도의 수준이라고 검존은 생각했다. 손녀에 대한 믿음이 그렇게 크니 진효랑의 말은 속된 말로 '개소리'에 지나지 않았다.

사실 검존의 흥미를 자극하는 것은 그것이었다.

왜 '개소리'를 위해 일부러 무림맹을 왔는가.

'이 아이에게 원한이 있나? 천하의 진효랑이? 마음에 안 들면 직접 가서 괴롭힐 위인이 아니었던가. 도저히 이해가 안 가는군.'

진효랑은 쉽게 속내를 드러내지 않았다.

'제길, 이렇게 물러날 수는 없다.'

진효랑은 용건이 떨어졌다. 검존이 자신의 의견을 완전히 묵살함으로써 더 이상 할 말이 없어졌다. 그러자 흑의인의 얼굴이 떠올랐고, 그 싸가지없는 면상을 떠오르니 오기가 발동했다.

"맹주님이 그렇게 말씀하시니 그런 것 같습니다. 세월이 흐르다 보니 혹여 고운 손녀에게 피해가 갈까 봐 걱정되어 한달음에 달려오게 되었는데 제 생각이 짧았던 것 같습니다."

'피해가 갈까 봐 걱정되었으면 우리 린아를 데려왔어야 하는 게 아닌가.'

그 점 역시 해결되지 않은 의문점이었다. 진효랑의 목적이 손에 잡힐 듯하면서도 잡히지 않아 주청학을 괴롭혔다. 호기심은 모든 인간의 공통된 감정이었기에 주청학 역시 호기심에 시달렸다. 범인과 주청학에 차이가 있다면 주청학은 감정을 쉽게 다스릴 수 있어 호기심이 동하더라도 쉽게 참았고,

중요한 일이라도 쉽게 넘어갔다. 별일없을 것이라고 자신의 손녀를 믿고 있는 주청학의 무관심한 듯한 행동은 당연했다.

"그런데 맹주님과 대화를 나누다 보니 문득 의문이 하나 생겼습니다. 이전까지는 몰랐지만 지금에서야 깨달았습니다. 이 흑의인이라 묘사된 인물 있잖습니까? 저는 단순히 납치의 관계라 생각했지만 이제 보니 동행에 가까운 것 같습니다. 그렇지 않습니까?"

"흐음, 납치보다는 훨씬 설득력있는 말이네."

갑자기 돌변한 진효랑의 태도에 주청학은 의아했다.

"게다가 요 전서 뒤를 보십시오."

방금 도착한 전서였다. 전서의 내용은 간단했다.

주화린의 위치 포착. 하지만 흑의인의 개입으로 놓침.

전서는 전서구가 가져온 전체가 아니었다. 전서에는 부착된 정보가 있었다. 진효랑은 그 정보 부분을 가리켰다. 만약 맹주가 자신에게 그 전서와 정보를 보여주지 않았으면 그는 아무런 성과 없이 돌아가게 되었을지도 모른다. 하지만 성과가 있을지도 모른다는 막연한 기대에 진효랑은 미소를 지었다.

흑의인의 정체를 알아보기 위해 정보를 처리, 이들의 행적을 역추적함. 이 둘은 매화객잔에서부터 동행한 사실까지 추적 완료. 그 이전 흑의인의 행적은 묘연함. 정보력 총동원 결과 정확한 행적은 확인 불가. 이하 지도 부착.

지도에는 섬서성 화음현에서 매화객잔이라 쓰여 있는 점에서부터 시작되는 긴 선이 있었다. 선은 거의 일직선을 그리며 섬서성에서 호북성으로 넘어갔다. 점으로 이어진 선상의 끝의 점은 바로 호북성의 운현객잔이었다. 각 점에는 정체 시간과 통과 시간이 적혀 있었다.

진효랑은 마지막 점을 손으로 가리켰다.

"흥미롭지 않습니까?"

"흐음, 나는 잘 모르겠네만은 자네는 흥미로운가 보군."

'운현객잔 해시 초(亥時初), 축시 정(丑時正).'

주청학은 턱을 쓰다듬으며 지긋한 눈길로 진효랑의 얼굴을 찬찬히 살폈다. 진효랑의 눈은 무엇인가를 기대하며 번뜩이고 있었다. 주청학은 그의 눈빛을 흥미롭게 생각했다.

"남녀가 동행하다가 밤이 되었으니 객잔에서 묵어야겠지요. 당연한 것 아닙니까? 저들의 나이를 고려할 때 저의 경험상 저들은 상당히 혈기왕성할 때입니다. 진옥봉은 상당히 고혹적인 미모를 지닌 바 있습니다. 그들에 대한 정보를 봐서는 상당히 친밀한 관계라는 점에 주목할 필요가 있습니다."

"그러니까 요점은?"

진효랑은 미소를 지으며 말했다.

"진옥봉에게 남자가 생긴 것 같지 않습니까?"

야밤, 객잔, 그리고 혈기왕성한 나이. 진효랑은 그 점을 흥미롭게 생각했다. 주청학의 유일한 혈육이자 금지옥엽에게 남자가 생겼다. 출처도 불분명한 사내이다. 자신이라도 그놈을 족쳐 버리고 싶은 생각이 불끈 솟아오를 것이다.

"아아, 그럴 수도 있겠군. 아니, 자네 말이 확실히 맞을지도 모르겠어. 후후, 우리 린아에게 남자라…… 좋을 때지. 드디어 린아에게 봄날이 온 게로군."

"……"

진효랑의 입이 떡하니 벌어졌다. 동공은 이미 그 크기가 배로 증가하였고, 경악의 모습이 그의 얼굴을 지배해 나가기 시작했다. 자신이 기대했던 반응이 아니다. 아니, 솔직히 그다지 많이 바라지는 않았다. 단지 삼 급 수배령이라도 그에게 내려줬으면 만족했을 것이다. 하지만 이런 대환영의 반응이라니…….

"매화옥검이 직접 와 확인시켜 주니 더욱 기분 좋은 일이라 생각하네. 매화옥검은 그 흑의인을 어떻게 생각하나? 허허, 이거 기대되는군. 린아가 언제 나에게 그를 소개시켜 줄 것 같은가?"

'한술 더 뜨는구먼.'

진효랑은 입을 열지 못했다. 주청학의 사상이 상당히 자유

분방한 바는 이미 널리 알려져 있지만 이 정도일 줄은 진효랑
도 몰랐다. 더 이상 머물러 봤자 성과는 없었다.

"저도 잘 모르겠습니다. 허허허, 좋게 생각하신다니 제가
더 할 말이 없습니다. 그럼 이만 일어나 보겠습니다."

"아, 벌써 가는가? 어쨌든 이렇게 찾아와 줘서 고맙네. 이
야기 상대가 필요했어. 허허, 그럼 다음에 봄세."

황급히 몸을 놀려 무림맹주실을 나서는 진효랑을 보며 주
청학은 살짝 미소를 지었다. 보일 듯 말 듯. 검존이 다른 고수
들과 구별되는 것은 언뜻언뜻 심연에 다다른 듯한, 깊이를 알
수 없는 심해를 연상케 하는 눈동자를 드러낼 때였다.

그는 그의 눈에 이채를 띠며 전서의 내용을 다시 한 번 훑
어봤다. 그의 미소는 진해져 오랫동안 지워지지 않았다.

"흐음, 이들에게 여유를 조금 주는 것도 괜찮겠군."

제3장

야수출현(野獸出現)

“수배자 명단을 가지고 다니네요?”

“보면 모르나?”

“칫, 떡떡하긴.”

주화린은 턱을 괴고는 얼굴을 찌푸렸다. 하지만 그래도 음식을 잘도 씹어 넘겼다. 주화린은 보통 객잔의 이층, 혹은 삼층에서 식사를 하는데 휘인과 다니고 나서는 어쩔 수 없이 그와 맞춰 최하위층에서 밥을 먹어야만 했다.

휘인은 주위 수배자 명단을 모두 찾아가지고 다녔다. 그도 인간이고 숙식을 해결해야 되는지라 외지에 나와서 돈을 벌어야 했다. 그는 수시로 수배자들의 얼굴을 확인하여 지나가

다가도 수배자임을 확인할 수 있도록 기억해 두었다. 운이 좋아 수배자를 만나게 되면 직접 생포, 혹은 사살하여 관에 데려가 현상금을 받는다. 그가 생각해 낸 가장 적절한 돈벌이 방법이었다. 깨달음을 얻는 데에는 기약이 없다. 하지만 시간을 많이 투자할수록 깨달음을 얻을 수 있는 확률은 높아진다. 그렇기에 가장 시간을 덜 잡아먹는 이 일을 선택한 것이다. 수배자들의 얼굴은 밥 먹을 때 기억해 두고 길거리에 가다 수배자를 만나면 잡아들인다. 시간을 최소로 잡아먹어 휘인은 이 방법을 지금까지 고수해 왔다.

그리고 요즘 들어 이름을 조금씩 타기 시작하는 것 같기도 했다.

"자네, 그거 들었나?"

"무슨 '그거'? '그거'가 한두 개어야지 말이야."

객잔에서는 많은 이야기들이 오고 간다. 이야기를 나누는 대상은 상인들이 많았다. 상인들은 무림의 곳곳을 다니기 때문에 넓은 중원무림의 이야기를 빠르게 퍼뜨리는 데에는 일등공신이었다. 물론 이들의 이야기 중에서 과장되거나 허풍인 것이 다반사였지만 꼭 이야기의 전부가 그렇지만은 않았다.

"암천마수(暗天魔獸)가 무당산에서 포착됐다나 뭐라나."

"암천마수? 이 호북성에? 자네 혹시 개꿈이라도 꿨나? 암천마수가 정파의 구역으로, 그것도 무당파와 제갈세가가 있는 이 호북성에 나타났다고? 자네가 드디어 노망이 났구려. 제아무리 암천마수라지만 단일의 힘으로 무당산과 제갈세가의 눈을 피하려구? 게다가 무당산에서 포착되었으면 그야말로 무당 도사들에게 죽었겠지. 암천마수가 좋은 묏자리를 찾으러 온 것이 아니라면 그 흉악한 마두가 이 호북성에 나타났을 리가 없지!"

한 상인의 언성이 커져 객잔의 시선을 샀다. 자신이 관심의 대상이 되고 있다는 사실을 알아차렸는지 그 상인은 얼굴을 붉히며 고개를 숙였다. 그리고는 작게 속삭였다.

"헛소리 말아."

아무리 작게 속삭였다지만 바로 옆의 객석이라 들리지 않을 수가 없었으니, 화린이 앞에 앉은 휘인에게 물었다.

"암천마수가 어떤 사람인지 알아요?"

"너는 암천마수도 모르느냐?"

휘인이 그녀를 나무랐다. 휘인은 중원무림에 들어선 지 몇 주 되지 않은 강호 초출이었다. 그런 그에게 그녀가 묻다니. 휘인으로서는 어처구니가 없는 일이었다.

주화린은 주청학의 그늘 아래에서 자라났기 때문에 사파 쪽의 일은 단 하나도 몰랐다. 사파 쪽 인물이라고는 무림회담을 가질 때마다 무림맹을 찾는 사파 거두들의 얼굴만 알았지, 친분이나 이름 같은 것은 알지 못했다. 주청학이 의도한 바는 아니었으나 과잉 보호가 낳은 무지임에는 틀림없었다. 온실

속의 화초인지라 외부의 변화에 전혀 무지했다. 외부가 어떻게 돌아가는지도 제대로 모르는 게 현실. 그렇기에 아마 주청학은 주화린의 가출을 묵인하는지도 몰랐다. 물론 정도가 지나치면 무사들을 파견하여 다시 회수(?) 하지만.

화린은 고개를 도리질했다. 전혀 모르겠다는 얼굴이었다.

"암천마수. 이름은 정확하게 알려진 바 없음. 특급 수배령이 내려진 희대의 거마. 암천마수, 혹은 암천마권(暗天魔拳)이라고도 불린다. 그의 주먹이 보이지 않는다는 뜻에서 암천이라는 별호가 붙었다. 그리고 마(魔) 자는 그의 잔인한 손속을 뜻하지. 무림공적 후보 일 순위라는 말이 나돌고 있지. 성격의 변덕이 심하여 비위에 거슬리는 일만 있으면 한바탕 크게 난동을 피운다. 사파의 인물이라 사파 영역에서 지내는 특성이 있다. 같은 사파는 수배범도 감싸주니 무림맹의 눈을 피하기는 쉬운 셈이지. 어쨌든 수배자들 중에서 가장 높은 등급에, 높은 현상금이 걸린 수배자다. 생사 불문하고 똑같이 높은 가격을 주는 유일한 수배자다."

보통 죽은 수배자보다는 생포된 수배자에게 많은 현상금을 준다. 그렇기에 휘인은 죽이기보다는 생포하여 관에 가져다 바쳤다. 하지만 항상 생사에 따른 값이 다른 것은 아니었다. 가끔씩 나타나는 흉악한 범죄자들에게는 생사 불문이라는 단어가 붙기도 한다. 물론 그 죄의 값만큼 값어치가 있기도 하다.

"아니야. 자네가 몰라서 하는 말일세."

옆에서 암천마수의 출현을 주장하는 상인의 입이 다시 열렸다. 아마 반대편 상인에게 자신의 주장에 대한 근거를 늘어놓으려는 듯했다.

"무당산 여기저기에 화약이 터진 듯 땅이 크게 파인 곳이 많았다네. 내가 두 눈으로 직접 봤다구. 물론 화약의 흔적은 전혀 없었지. 오로지 암천마수의 흔적만 남아 있었지. 새까맣게 파인 땅. 그 땅이 암천마수의 발걸음을 증명해 주었어. 그것도 정파의 기둥 하나를 차지하는 무당파의 무당산에 말이야!"

상인은 상당히 흥분이 고조되어 있었다. 눈이 비상식적으로 충혈되어 있었고, 그의 손이 수전증에 걸린 것처럼 떨렸다. 상인의 눈에는 초점이 없었다. 마치 그 장면을 회상하고 있는 듯. 상인들은 정파나 사파 모두에게 악의는 없었다. 사파의 인물들이 거칠기는 하나 그들도 민간인에게는 철저하게 대우를 해준다. 정파나 사파나 글자만 다를 뿐, 허울에 매달리는 정파나 허울에 신경 쓰지 않는 사파나 결과적으로는 마찬가지였다. 그들로서는 정파와 사파의 대립 하의 공존 관계는 전혀 신경 쓰이지 않았다.

그러니 암천마수에 대해 저런 흥분을 나타낼 수 있는 것이다.

"다음 목적지는 무당산이군요."

"……."

언제부터인가 그녀는 자신의 생각을 어렴풋이 예측하기 시작했다. 예지는 물론 범인들이 믿는 미신 같은 막연한 것이 아니라 현재의 상황과 과거의 상황을 철저하게 분석한 뒤 자신만의 생각을 곁들여 가장 그럴싸한 답변을 내는 것이라고 휘인은 생각해 왔다. 그리고 화린은 예지력이 있었다.

호북성의 균현(均縣)에는 무당산이 있다. 이전에는 태화라 불렸으나 이후 무당산으로 이름이 바뀌었다. 무당산은 하늘 높은 줄 모르는 듯 구름을 뚫고 높게 솟아 있었다. 안개는 마치 사시사철 산과 한 몸이라는 듯 옅게 끼어 있었다. 무당산의 대부분은 운모편암(雲母片巖)으로 이루어져 기이한 봉우리와 굽이쳐 흐르는 계곡을 형성했다.

무당산은 물론 그 영험한 산세와 도교의 성지로 많은 민간인들의 발걸음을 불러모으지만, 근래에 들어서는 무당파의 이름 때문에 무당산을 찾는 이들도 적지 않았다. 무당파의 개파에는 많은 설이 돌고 있다. 하지만 가장 지지력을 받는 설은 바로 소림사의 장삼봉이 본사에서 쫓겨나자 무당산으로 내려와 무당파를 개파했다는 것. 개파야 어쨌든 무당파는 소림사의 기나긴 역사에도 불구하고 소림사와 함께 정파의 양대 산맥으로 성장해 왔다.

사람들이 많이 몰리는 곳에는 그만한 이유가 있기 마련이다. 도복을 입고 있는 무당파의 제자들과 평범한 범인, 그리고 구경 온 무림인들이 한데 어울려 주위의 풍경을 보며 넋을 놓고 있었다.

휘인과 화린도 그 틈에 끼어 앞의 풍경을 바라봤다.

정말 누군가가 고급 화약을 터뜨려 놨는지 땅의 구석구석이 크고 거칠게 파여 있었다. 하지만 상인의 말대로 화약 냄새는커녕 재조차 찾을 수 없었다. 그렇다면 이 흔적들은 정말 단 하나의 가정밖에 성립되지 않는다. 인간의 주먹에서 뻗어 나온 강맹한 기운.

거기에까지 생각이 미치자 화린은 몸을 부르르 떨었다. 만약 그 암천마수의 무공을 정면으로 받는 사람이 자신이었다면? 상상하기도 싫은 끔찍한 가정이었다.

보통 암(暗) 하면 보이지 않거나 검은색을 떠올린다. 보이지도 않는 주먹에 저런 무식한 검은 흔적을 남기는 무공이라… 화린은 암천마수라는 넉 자의 별호를 머릿속에 각인시켰다. 손속까지 잔인하다고 하니 암천마수를 피해야 할 대상 일위에 올려놓아야 했다.

"무당파의 장로 청청 진인(淸靑眞人)이 당했다고 하더이다."

"청청 진인이? 사실이오?"

"그럼 이 사람아, 이 상황에 헛소문을 퍼뜨릴까."

"허허, 말세로군. 특급 수배자가 무당산에까지 올라와 이 사태가 벌어지기까지 아무도 몰랐다니…….”

“쉬잇, 도사님들 듣겠다.”

많은 인파 사이에서 암천마수가 청청 진인을 죽였다는 말이 들려왔다. 청청 진인은 무당파의 장로 중 한 사람이었다. 세수 오십을 넘어섰고, 특유의 느긋한 분위기와 인덕으로 많은 세인들이 그를 섬기다시피 하였다. 그는 그런 인간적 특성보다는 부드럽지만 강력한 무공으로 무림에 이름을 알렸기에 인파들의 놀란 감정은 상당히 컸다.

“무서운 무공이다.”

“그걸 말이라고 해요?”

마치 새삼스럽다는 듯 나직이 읊조리는 휘인의 태도에 쾌활하기 그지없는 화린이 질렸다는 듯이 말했다. ‘그게 놀란 얼굴이에요? 라고 중얼거리며 화린이 휘인을 올려봐도 천 년 묵은 철목인지 끄떡도 하지 않는다. 휘인은 땅이 파인 정도와 피해 정도를 고려하여 암천마수의 무공을 추측해 나가기 시작했다.

“확실히 안 보인다는 말이 틀린 말 같지는 않군.”

“예?”

뜬금없는 휘인의 말에 의문을 느낀 화린이 재차 물었으나 휘인은 그녀가 들으라고 한 말이 아니었다고 시위라도 하듯, 언제나 그랬듯이 그녀를 무시했다.

‘세인들이 마공(魔功)이라 부를 만한 무공이다. 무형의 기운이 권을 통해 터져 나옴과 동시에 주위를 지워 버린다. 보이기 전에 기척이 사라진다. 하지만 익히기가 무척이나 까다로운 난공임에는 틀림없다. 무엇인가를 희생하지 않고서는 얻을 수 없는 그런 이질적인 무공. 마기나 다름없는 지독한 기에 주먹이 물들기까지 얼마나 커다란 고통이 있었을까. 보통의 수련법으로는 은연중에도 살기를 띠는 진기를 얻는 것은 불가능하다.'

이를 악물며 무공을 수련하는 얼굴도 모르는 암천마수의 모습을 떠올리며 휘인은 생각에 빠졌다. 자신에게는 나름대로의 철학이 있었다. 그리고 지금껏 그 철학이 옳다고 생각해 왔다. 하지만 이 암천마수의 존재는 자신의 철학을 무시하는 개념이었다.

'끝없는 노력과 인내로 무공을 얻은 자라면 이미 마음이나 감정도 초월한 상대. 수배자가 될 만한 악행을 하기에는 너무 세상에 둔감할 터인데 어째서……'

무공이라는 공부는 무식하게 내공만을 키워서 되는 일이 아니며, 하루 종일 수련에 매달려서 진보되는 것도 아니다. 물론 몸을 단련하면 하나의 더 높은 계단으로 오르기 위한 적절한 상태를 만들어주지만 무학의 전부는 아니다. 무학의 근본은 자연에서부터 비롯된다. 자연의 이치를 하나 둘씩 깨닫고, 자신의 몸을 하나의 소우주(小宇宙)로 해석해 나가는 데에서부터 이론적인 무학은 시작된다. 대우주와 소우주를 비교해 가며 유사점을 찾고, 자연의 힘을 소우주에서도 조금씩 발휘해 나가기 시작하는 것이 흔히 말하는 무공이다.

몸의 끊임없는 단련도 심후한 경지에 도달하기 위한 주축 중 하나이지만 몸과 마음이 하나가 되는 일심동체의 상태가 더욱 중요한 축이다. 마음이 동하는 데로 몸이 잘 움직여 주는 것이 일심동체의 묘리 중 하나요, 항시 깊은 생각과 정심한 사고로 몸을 바로 이끌어주는 것이 일심동체의 효용이었다. 마음을 다스리는 데에는 수많은 심법이 있었고, 각기 특색은 모두 달랐다. 천양지차라 해도 과언이 아니다.

하지만 결국 추구하는 도는 같았다.

심법을 깊이 익히면 익힐수록 세상의 자잘한 일에 대해 관심을 가지지 않는 것은 물론이다. 그렇게 의도하지는 않지만 이미 마음도 경지를 이루어 그런 일들보다는 자연의 변화나 끊임없는 자연 현상에 대한 해석에 몰두하게 된다. 보통 사람들과의 눈 높이가 달라 보는 것들이 달랐고, 중히 여기는 바가 확연히 차이가 난다.

무공의 고하는 심법의 고하를 증명해 주는 것이기도 하다.

암천마수의 무공은 절세무공이라 칭하여도 부족함이 없었다. 세인들은 마공이라 칭하였지만 엄연하게 따져 보면 마공이라기보다는 정심하기 그지없는 무공이 소유자의 속성에 따라 변했다고 볼 수 있었다. 실제로 주위의 흔적들은 마기에 의한 것들이라고 하기에는 무리가 있었다. 이들이 무공의 흔적들을 보며 공포심이 생겨나는 이유는 마기이기 때문이 아니라 그 정도가 상상을 초월했고, 암천마수의 악명이 자자했기 때문이다.

'확실히 무언가가 잘못됐다.'

자신의 추리가 아니더라도 피해 현장은 자신에게 속삭이고 있었다. 아니, 울부짖고 있었다. 암천마수의 분노가 피해 현장에 스며들어 휘인의 가슴을 뜨겁게 했다. 그가 청청 진인을 죽이며 분노를 터뜨리며 무공을 퍼부었는지 그 느낌이 휘인에게 그대로 전달되었다.

"암천마수가 어디로 갔는지 알고 있나?"

휘인은 사태를 수습해 나가고 있는 무당파 제자 하나에게 물었다. 흰 광채가 도는 듯한 깔끔한 도복의 단정한 모습에 은은한 도기가 느껴지는 자였다. 제자들은 무당파의 무공의 특성상 주위 사람들을 평안하게 만드는 도기를 은연중에 뿜어낸다.

질문을 받은 무당파의 제자는 인상을 옅게 썼다. 초면치고는 너무 무례하였기 때문에 그는 휘인을 무시하며 고개를 돌리려 했다. 찰나 휘인의 눈빛이 바뀌었다. 순간, 휘인의 태산 같은 기도에 절로 압도당해 무당파의 제자는 얼떨결에 대답하고 말았다. 마치 하늘 같은 무당파의 장로님들과 맞대면했을 때의 숨 막힘과 비슷했다.

"자세히 아는 바는 없습니다. 단지 다시 하산했다는 것밖에는……."

휘인은 대답을 듣자마자 뒤로 돌아 산을 내려가기 시작했다. 이제 무당산에는 볼일이 없었다. 화린은 거의 사라지다시피 하는 휘인을 쫓아 달렸다.

"아니, 갈 거면 말을 해주던가요! 무슨 남자가 여자를 버려놓고 혼자 가요!"

화린은 숨을 헐떡이며 간신히 그를 붙잡고는 투덜거렸다. 하지만 이내 휘인의 입이 꽉 닫힌 진중한 얼굴을 보자 한 자나 튀어나온 입술을 다시 집어넣었다. 그냥 '정말 이상한 남자야'라고 중얼거리며 그와 발맞춰 걷기 위해 노력할 뿐 더 이상 입을 열지 않았다.

"화린."

"예?"

최대한 어색해 보이지 않으며 휘인과 발걸음을 맞추려고 집중하고 있는데 갑자기 그가 부르자 놀란 얼굴로 대답했다. 하지만 휘인은 계속 속도를 유지하며 걷고 있었기에 처지게 되자 거의 달리듯시피 하여 되물었다.

"이곳에서 가장 가까운 물가가 어디에 있는지 알고 있나?"

"물가요?"

무당산은 운모편암(雲母片巖)으로 이루어져 있는 지형적 특성상 물가가 많았다. 세 개의 못과 여덟 개의 우물과 아홉 개의 샘, 그리고 열 개의 연못으로 물가가 많았다. 게다가 무당산의 그 산세는 험하기도 했고, 하루에 무당산 전체를 둘러보기에는 시간이 턱없이 부족할 정도로 큰 산이어서 모든 계곡의 위치를 한 사람이 기억하기에는 무리가 있었다.

하지만 화린은 공식적인 입장으로 가끔 무당파에 올라봤고, 이 능선은 무당파에 닿아 있는 유명한 능선이기에 근처의 물가 몇 곳을 알고 있었다.

"적당한 곳을 알고 있어요."

높은 봉우리들만큼이나 무당산의 고목들은 하늘을 찔렀다. 봄이어서 그런지 싱그러운 꽃 향이 주위에 그윽했다. 많은 사람이 무당산을 찾는 이유에는 종교적인 이유도 크겠지만 대자연의 아름다움을 한껏 만끽하고 싶은 마음도 무당산을 찾는 이유 중 하나라 할 수 있었다.

졸졸졸.

아홉 개의 샘 중 하나에서부터 시작되어 흘러내리는 투명한 물소리가 울렸다. 그다지 깊지 않아서인지는 모르나 바닥까지 훤히 보이는 깨끗한 물이 흐르고 있었다.

"아, 시원하다."

화린은 어느새 물가에 쭈그려 앉아 손을 씻었다. 깨끗한 물에 기분이 좋아 그녀는 얼굴에도 한차례 뿌렸다. 그녀가 물의 깨끗함에 만끽할 무렵, 휘인은 주위를 둘러보았다. 만약 자신이 물가를 찾았더라도 이곳에 왔을 것이다. 무당산에 처음 오르는 것이어서 물가의 위치를 몰랐더라도 아까의 위치에서 사방에 넘치는 습기 가운데에서 쉽지는 않더라도 이 물가를 찾아올 수는 있었을 것이다. 깨끗한 물의 습기와 나무가 조금씩 흘리는 습기와는 조금 차이가 있었기에 민감한 감각을 가지고 있었더라면 물가를 찾기란 불가능한 것이 아니었다.

"근데 오라버니는 왜 물가를 찾으셨나요? 씻지도 않을 거면서……."

"……."

휘인은 과연 화린이 자신의 대답을 진심으로 원하는 것인지 궁금했다. 오라버니……. 상당히 이질감이 느껴지는 호칭이다. 특히 화린에게 들으니 힘이 유난히 빠진다. 휘인은 고개를 절레절레 저었다. 그는 고개를 젓느라 화린이 그를 보며 미소 짓고 있다는 사실을 몰랐다.

'재밌네.'

휘인만큼 도전적인 상대는 없다. 어지간해서는 반응도 보이지 않고 무뚝뚝하며, 마치 그녀를 존재하지 않는 듯이 대한다. 가끔은 화가 나기도 하지만 꾹 참는다. 참지 않으면 자신이 신경전에서 진다. 참다 보면 기회가 생긴다. 그 기회를 살려 이렇게 보기 좋게 그를 놀려먹는다.

"대답하기 싫으면 말아요. 칫."

대답을 기대한 적은 없었다. 언제나 그렇듯 그는 자신의 마음대로 행동한다. 당연한 말이기는 하지만 엄연한 동행(?)인 자신에게 상의(?), 혹은 말이라도 해주어야 예의(?)가 아닌가. 안하무인의 무례한 작자라는 걸 이제 안 것도 아닌지라 화린은 손으로 물장구를 치며 미소를 지었다.

'어린아이도 아니고……'

휘인은 그런 그녀의 모습에 한숨을 지어 보였다. 그녀는 순수하다. 항상 느끼는 바이지만 어린아이처럼 당돌하고 거침없다. 붙임성도 있고 거리낌도 없다. 그렇다고 특별히 불쾌하다고 생각되지 않으니 그것 역시 그녀의 재능이라 볼 수 있었다. 재능보다는 마음이 순수하다. 아무런 악의 없이 다가오니 싫게 느껴질 이유가 없었다.

'단지 귀찮을 뿐.'

휘인은 화린에게서 눈을 떼고 주위를 둘러보았다. 그 어떤 틈도 놓치지 않고 일일이 눈으로 살펴봤다. 지형적 조건을 고려해 은신이 가능한 곳을 중점적으로 눈에 두기 시작했다.

'분명 이 근처에 있을 터인데……'

휘인은 이곳에 암천마수가 있다고 믿었다. 그의 독특한 무공은 일종의 후유증이 있을 거라고 그는 확신했다. 휘인은 암천마수의 무공이 상당히 패도적인 것과 특성이 남다르다는 점을 주목했다. 마지막으로 거칠게 파여 있는 땅의 온기가 지나치게 높다는 사실까지 접목하면 그의 손에 관련된 후유증이 있을 것이다. 휘인은 그 후유증의 기운을 털어버리기 위해서라도 암천마수는 물가를 찾을 거라고 생각했다.

‘내 생각이 맞다면 그는 목적이 있어 무당산을 올랐다. 뚜렷한 목적을 가지고 있었을 텐데 그 목적이 이루어졌다고 보기에는 별다른 바가 없다. 청청 진인이 목표였을까? 복수의 한 부분이라 보면 되는 일일까? 그렇다면 그의 분노는 가라앉혀졌어야 말이 맞다. 하지만 그의 최후의 수도 분노가 담겨 있었다.’

휘인은 김이 모락모락 피어오르던 사건 현장을 떠올렸다. 지레짐작하기에는 너무 적은 근거였으나 휘인은 왠지 자신의 생각이 맞을 듯한 막연한 기분에 휩싸였다.

‘내가 알 바는 아니지.’

휘인의 목표는 사람들의 한을 들어주며 원한을 풀어주는 일이 아니었다. 그의 목표는 무극이었지, 한풀이가 아니었다. 그는 곧 암천마수의 행동 해석과 원인 분석은 그만두었다. 어차피 허무맹랑한 추측이다. 현실적으로 보자면 암천마수는 그냥 비위가 상해 무당파 장로를 하나 죽인 것뿐이다. 깊게 파고들어 갈 필요도 여유도 없었다. 그는 특급 사냥감을 찾는 빈곤한 사냥꾼이다. 그에 대한 심판은 자신이 하는 것이 아니라 관에서 한다. 그러니 그의 행동에 대한 분석은 지나친 시간 낭비이다.

“벌써 떠났나 보군.”

시간을 고려해 보건대 충분히 그럴 만하다. 그가 무당산에서 포착되었다는 말이 두 시진 전부터 나돌았으니 그가 지금껏 이곳에 남아 있을 리 없었다. 두 시진이면 충분히 내력을 회복하고도 남을 만한 시간이다.

"누가 말인가요?"

휘인은 다시 발걸음을 돌려 하산하기 시작했다. 이곳에서의 볼일도 끝이다. 희미한 실마리 아닌 실마리를 찾았다. 이곳에 암천마수가 있었다는 것과 이 주위에 아직까지도 있을 확률이 높다는 것. 암천마수를 잡으면 앞으로의 무림행은 돈 걱정 없이 다닐 수 있다.

"아, 정말 무례한 인간이야! 나처럼 어여쁜 처녀를 내버려두고 아무 말 없이 가냐! 이 꽉 막힌 벽창호!"

화가 나 소리를 질렀으나 이내 희미해지는 휘인의 모습에 화린은 얼른 몸을 날려야만 했다. 휘인은 발걸음이 빠르기는 했으나 요번에는 경공을 사용하여 시야에서 저만치 멀어져 갔다. 화린은 시원했던 방금과는 달리 주위가 후끈하게 느껴졌다.

"하아, 하아! 거참, 소면 정말 좋아하네요."

비라도 맞았는지 그녀의 얼굴은 물에 흥건하게 젖어 있었다. 물론 바깥의 날씨는 맑았다. 그녀는 한참 땀을 빼고는 냉수를 연신 들이마셨다. 그녀의 고운 얼굴이 상당히 일그러져 있었고, 입술이 도톰하게 튀어나와 그녀의 심정을 대변했다. 하지만 휘인이 그녀를 본체만체하여 그녀의 무언의 항의는 아무런 성과가 없었다.

결국에는 그녀가 지쳐 입을 열었다.

"같이 가면 어디가 덧나나요?"

"……."

휘인의 입술은 원래부터 붙어 있다는 착각이 들게 할 만큼 꽉 붙어 있었다. 그의 눈은 조금 얇아 째진 듯한 느낌을 살짝 주지만 그의 눈동자는 아름답다고 느껴질 정도로 검게 빛이 났다. 오히려 눈이 얇은 것이 매력으로 돋보였다. 상당히 날카로운 눈매에 인상이 싸늘하지만 남자만의 과묵함을 돋보이게 하였다. 물론 그런 모든 점들이 그의 고집스런 성격을 그대로 드러냈다.

휘인은 아무 말도 하지 않았다. 이미 화린에게는 익숙했다. 항상 자신의 질문 구 할은 그의 한쪽 귀로 들어가서 반대쪽 귀로 바로 나온다. 한두 번 겪는 일도 아니어서 그녀는 두 손을 들어 항복했다는 듯 입을 다물었다.

"제발, 제발 데리고 다녀줘요. 이렇게 다니니까 상당히 피곤하네요. 오늘은 여기서 묵을 거죠?"

'피곤하면 혼자 다녀!' 라고 입에서 튀어나오려는 말을 휘인은 애써 속으로 삼켰다. 그렇게 말하는 것도 관심의 일종이기에 휘인은 철저하게 말을 삼갔다.

대답 대신 휘인은 고개를 끄덕였다.

화린은 그대로 방을 잡았다. 그녀에게는 상당히 피곤한 하루였다.

　날이 어둑어둑해지고 있었다. 반나절이나 자신의 힘을 불태웠던 태양도 산 능선에 걸려 있었고, 하늘은 분홍빛을 잔뜩 머금어 곧 해가 질 것이라는 것을 알렸다. 활기차던 새들의 움직임도 조금씩 잦아들었고, 객잔을 찾는 사람들의 부류도 달라졌다. 밤의 시간대에는 식사보다는 술을 찾는 부류로 가득 차게 된다. 어둠의 시간. 똑같은 세상에 똑같은 사람들인데 낮과 밤의 행동 양식이 이렇게 다를 수 없다.

　그것이 자연의 힘이다.

　객잔에 들어서는 많은 사람들 중에 딱 한 사람이 휘인의 눈길을 사로잡았다. 꼭 휘인만이 아니었다. 주위 객석에 앉은 사람들의 눈길도 방금 들어온 이에게 멈추었다. 상당히 곱상한 남자였다. 피부는 창백하다 못해 백옥 같았고, 얼굴 선이 갸름했다. 남자의 얼굴이라고는 믿을 수 없을 정도로 피부가 고왔다. 그 이외의 이목구비는 남자임을 알려주었으나 여자도 부러워할 만한 외모였다. 흠이 있다면 그의 눈빛이 상당히 날카롭다는 점. 입에 걸린 비린 미소. 마치 모두를 비웃는 듯한 표정에 사람들은 인상을 쓰며 눈을 돌렸다. 그의 눈. 그의 눈이 휘인을 사로잡았다.

　'악귀의 눈이다.'

　그의 눈에는 두려움도 망설임도 전혀 없었다. 모든 것을 꿰뚫고 있다. 진정 거침이 없는 눈이다. 상대의 눈도 휘인에게 머물렀다. 상대는 휘인을 향해 곧바로 다가왔다. 휘인은 그런 그의 눈을 피하지 않았다.

"합석합시다."

그 한마디와 함께 그는 휘인의 반대편에 앉았다. 휘인은 의도하지 않게 상대의 손으로 눈이 갔다. 그의 백옥 같은 피부와는 달리 새까만 손이 독특한 기운을 풍겼다. 지독한 수에 당했는지 그의 피부는 그렇게 굳은 듯이 보였다.

"좋을 대로."

이미 앉았으나 휘인은 대답했다. 서로의 눈은 서로를 탐색했다. 점소이가 달리듯 빠르게 걸어와 주문을 받았다. 상대는 술과 안주를 시켰다. 술과 안주는 가장 많이, 그리고 빨리 팔리기 때문에 객잔에서는 미리 만들어 준비해 놓고 있어 그가 주문한 음식은 금세 나왔다.

"한잔하시지?"

고운 얼굴과는 달리 말이 차갑기 그지없었다. 말에 가시가 있는 듯 거북했지만 휘인은 상대가 내미는 잔을 받아 들었다. 상대는 홍미로운 인물이었다.

죽엽청은 값이 얼마 나가지 않는 술이었다. 톡 쏘는 맛이 일품인 죽엽청을 둘은 한숨에 들이켰다. 눈빛은 서로에게 맞춰져 있는 상태였다. 비릿한 미소의 상대는 한잔을 홀로 더 비우더니 입을 열었다.

"통성명이나 하지."

"좋소이다. 변두리에서 올라온 휘인이라 하오."

"난 뇌운비(雷雲秘)라 하지."

"흐음, 뇌운비."

휘인은 마치 그의 이름을 머릿속 깊이 각인시키려는 듯 그의 이름을 되뇌었다. 물론 그의 눈은 아직도 뇌운비의 이질적인 눈에 맞춰져 있었다. 뇌운비의 눈은 상당히 독특한 분위기를 풍겼다. 어떻게 보면 웃고 있는 듯 반달눈이었고, 언뜻 보여주는 눈빛에 우수(憂愁:근심)가 담겨 있는 듯싶기도 했다. 한 남자가 품기에는 너무 다채로운 감정이었다.

"문제가 있나?"

"아니, 없소이다. 단지 댁의 이름을 들은 건 이 몸이 처음이 아닐까 싶소이다."

"어째서 그렇게 생각하지?"

상대의 차디찬 말이 비수가 되어 날아왔다. 휘인은 끊임없이 존대는 아니지만 그래도 격식을 갖추는 하오체를 사용했으나 상대는 계속해서 휘인에게 가볍게 말했다. 무례임에도 불구하고 당사자인 휘인이 아무렇지도 않은 표정으로 대꾸를 하니 서로의 비상식적인 대화는 계속되었다.

"그렇기 때문에 암천마수라는 별호만이 떠도는 것 아니오? 세인들이 이름 석 자를 알았다면 암천마수 뇌운비로 수배가 돌지 암천마수 별호만 이렇게 나돌지는 않소이다. 댁도 그렇게 생각하지 않소? 아참, 이 수배지를 그린 화가의 솜씨가 형

편없다는 생각이 드는구려. 실물이 이렇게 아름다운데 말이
오.”

뇌운비는 말이 없었다. 그냥 조용히 휘인을 바라보았다.
그가 꺼내놓은 수배지는 거들떠보지도 않았다. 고운 얼굴형
과는 다르게 날카로운 눈이 휘인의 눈을 샅샅이 탐색했다. 마
치 의도를 읽어내려는 양.

“이런, 이런. 범상치 않는 놈이라고는 생각했는데 이렇게
재밌는 녀석일 줄이야. 현상금 사냥꾼인가?”

“임시직이기는 하지.”

휘인은 더 이상 그에게 격식을 차릴 필요성을 느끼지 못했
다. 만약 화린이 이 자리에 있었다면 적잖이 놀랐을 것이다.
물론 암천마수 뇌운비의 존재도 그녀를 놀라게 할 것이지만
무엇보다도 휘인이 말한 횟수를 세어본다면 까무러칠지도 모
른다. 지금껏 화린에게 했던 말을 다 합한다 하더라도 이 정
도는 되지 않았기 때문이다.

“호오, 그래서 한번 덤비겠다는 건가? 이 암천마수를 상대
로?”

“아직은.”

꿈틀.

뇌운비의 이마에 힘줄이 살짝 돋았다. 물론 표정 변화는 없
었다. 여전히 상대를 비웃는 듯한 눈빛과 한쪽으로만 틀어져
올라간 미소가 그의 얼굴을 지배했다. 그의 표정은 어지간해

서는 변하지 않는다. 휘인은 그가 사람을 벨 때도 저런 얼굴을 하리라고 생각했다. 악귀의 미소. 바로 저자의 미소가 악귀의 미소가 아닐까 싶다.

"아직은이라……. 그렇다면 앞으로는 있다는 소리로 들리는군. 지금은 이길 수 없지만 다음에는 이길 수 있다는 소리인가?"

"지금도 이길 수 있고 다음에도 이길 수 있다. 단지 지금은 너무 쉽게 이길 수 있다고나 할까?"

휘익.

뇌운비는 손에 쥐고 있던 젓가락을 던졌다. 두 개의 젓가락은 휘인의 한 치 옆으로 비껴가 저편의 벽에 박혔다. 기다란 젓가락의 반 정도가 푹 박혔다. 휘인은 전혀 놀라지 않았다는 듯 뇌운비를 쏘아봤다. 여유가 있다는 것을 보여주는지 젓가락질을 하며 안주 하나를 집어먹었다.

"무리할 필요 없다. 어차피 내일쯤이면 네 손도 제대로 쓸 수 있겠지."

"……!"

뇌운비의 눈이 크게 떠졌다. 한편으로 보면 불만이 많은 눈, 또 한편으로 보면 남을 비웃고 있는 눈. 그런 눈에서 정말 놀란 감정을 담고 있는 눈을 그리고 있었다. 하지만 곧 그 눈은 살기를 담아내기 시작했다. 주위가 시끌벅적하고 술에 취한 자들이 많아 둘에게 시선을 주는 취객은 하나도 없었다.

“넌 누구지?”

“나도 알고 싶군.”

무공의 시작은 자연에서부터 비롯된다. 인간 역시 마찬가지이다. 자연이라는 큰 울타리에 속하는 인간. 과연 자신은 그 큰 울타리의 안 어디에 속하는지는 휘인도 알고 싶었다. ‘자신은 과연 누구인가!’ 라는 근본적인 질문이다. 아무도 자신이 정확하게 누구인지를 알지 못한다. 그래서 남들이 자신을 알게 하기 위하여 갖은 노력을 하여 무림에 이름을 떨치는 자들도 적지 않다. 하지만 그들도 자신의 외양밖에 보지 못했다. 많은 사람들은 자신은 누구인가를 고민한다. 휘인이라고 다르지 않았다.

“마교에서 왔나?”

“마교?”

휘인은 무슨 소리냐며 뇌운비에게 되물었다. 하지만 뇌운비는 이내 고개를 저었다. 아직 그쪽에서 자신에게 손을 뻗치려면 멀었다. 아주 멀지는 않았으나 여유가 있었다.

“헛소리. 정말 현상금 사냥꾼인가?”

“임시직이다.”

“나를 노리는 특별한 이유라도 있나?”

“만났기 때문이지.”

“만났기 때문이라고? 그렇다면 만나지 않았다면 나를 쫓아오지는 않았다는 말인가?”

“그렇다.”

뇌운비는 고개를 갸웃거렸다. 그는 도저히 휘인의 사고방식을 알 수 없었다. 그와 대화를 나누어 알 수 있게 된 사실은 그가 어느 단체에 속하지도 않은 낭인에 가까운 무림인이라는 것. 옷 어디에도 표식이 없었고, 어디에 얽매여 보이지도 않았다.

“나를 만나지 않았으면 노리지 않았을 것이라 했는데 그렇다고 보기에는 네가 나에 대해 아는 것이 너무 많아. 그렇게 생각하지 않나?”

“난 주위의 수배자들의 얼굴과 이름은 모두 외워둔다. 그래야 지나가다가도 알아볼 수 있기 때문이지. 물론 너에 대해서는 그 이상을 알지. 무당산에 들렀다 내려오는 길에 관심을 가지게 되었다.”

정확하게는 무당산에서의 이야기를 들은 객잔에서부터 관심을 갖게 되었으나 크게 중요한 문제는 아니었다. 뇌운비는 고개를 살짝 끄덕였다.

“누구라도 관심을 가지게 될 만한 일이었지. 하지만 그것 아나? 지나친 관심은 죽음을 부른다는 것.”

그의 미소가 살짝 커졌다. 전혀 친근한 모습이 아니었다. 오히려 죽음의 야차와도 같은 얼굴이었다. 그의 긴 머리카락 때문에 드리우는 얼굴의 그림자는 공포감을 조성하였으나 휘인은 담담히 술잔을 비웠다.

"그 말을 해주기 위해서 나를 쫓아왔나?"

"……!"

뇌운비는 눈을 부릅뜨고 휘인의 얼굴을 샅샅이 살폈다. 마교의 인물은 아니다. 그렇다고 정파, 사파 그 어디의 인물로도 보이지 않는다. 그의 호흡(呼吸) 방법은 그 어디의 심법과도 연결되지 않는다. 숨을 쉬는 듯 안 쉬는 듯, 일부러 기척을 죽이는 것인지 마치 죽은 자와도 같았다. 휘인은 어디서 굴러왔다고 보기에는 너무도 뛰어난 인물이었다.

"오늘 말을 너무 많이 했군."

말을 많이 하면 마음이 빈다는 말이 있다. 꼭 마음이 비는 것만은 아니었지만 말을 많이 해서 좋을 것은 없다. 게다가 평소의 성격상 맞지도 않았다. 흥미로운 상대를 만나 필요 이상 많은 말을 하기는 했지만 더 이상의 필요성은 느끼지 못했다. 휘인을 읊조리듯 중얼거렸다.

"원한 같은 복잡한 감정을 마음속에 심어두면 언젠가는 큰 병이 된다. 원한의 크기가 크면 클수록, 이해 관계가 복잡하면 복잡할수록 발병하는 마음의 병은 상당히 커진다. 망각. 그래서 인간에게 망각이란 선물이 있는 것이다."

휘인은 그 말을 남기며 자리에서 일어났다.

뇌운비는 휘인이 떠난 자리를 한참 동안이나 지켰다. 언뜻언뜻 보이던 우수에 찬 눈빛은 더욱 잦아들었다. 하지만 이내 특유의 눈빛을 되찾았다.

"크크, 내일이라고? 재밌겠어."

그의 차가운 말이 객잔을 감돌았다.

그가 휘인을 뒤따라온 것은 사실이었다. 무당산의 물가에서 손을 식히고 있었다. 그의 무공은 아직 완성된 것이 아니었기에 펼치는 데에 무리가 따른다. 손의 감각이 완전히 사라지며 썩어들어 갈 듯한 후유증에는 특별한 조치 방법이 없었다. 깨끗하고 차가운 물에 손을 씻어 후유증이 가라앉을 때까지 기다린다. 심법을 끌어올리면 오히려 악영향을 끼쳐 기다림 이외에는 방법이 없다. 물은 후유증을 빨리 가시게 한다는 종류의 효용은 없었지만 고통만은 가시게 했다.

사실 청청 진인 혼자만을 상대했다면 몇 시진이나 몸을 사리며 물가에서 쉬기는커녕 멀쩡하게 돌아다녔을 것이다. 하지만 문제는 청청 진인과 함께 나타난 노인이었다. 무당파의 도복을 입고 있었으나 암천마수는 그를 알아보지 못했다. 단지 청청 진인이 깍듯하게 모실 정도로 배분이 높다는 것 하나만을 알아차렸다. 노인의 무공은 극에 달해 있었다. 무당파 특유의 부드러움이 얼마나 무서운지 암천마수에게 뚜렷이 보여주었다. 마지막에 노인이 인파가 몰려드는 것을 보고 물러서지 않았다면 둘 중 하나는 죽었을지도 모른다.

무리에 무리를 더한지라 암천마수는 근처의 물가에서 몸을 숨긴 채 쉬고 있었다.

그때, 휘인과 화린이 나타난 것이다.

처음에는 이전의 많은 사람들처럼 쉬기 위해서 온 줄 알았
으나 마지막에 휘인의 한마디를 듣고는 호기심이 동했다.

"벌써 떠났나 보군."

자신이 물가에 왔었다는 사실을 알아채고 있었다. 자신이
땅속에서 기를 완전히 죽이고 쉬고 있지 않았으면 휘인이 알
아봤을지도 모른다.
뇌운비는 상대에게 흥미를 느꼈다. 그가 자신에 대해 꽤 많
이 알고 있으니 물가를 찾아온 것 아닌가. 혹 자신을 쫓는 마
교인은 아닌지 확인 절차가 필요했다. 손의 감각은 완전히 돌
아오지 않았지만 무리를 해서라도 확인할 필요는 있었다.
결국에는 아니라는 것이 확인되었지만 오히려 더 일이 꼬
여 버렸다.
뇌운비를 술잔을 마저 비우고는 자리에서 일어났다.

제4장

암흑신권(暗黑神拳)

“으응, 불편해.”

화린은 몸을 뒤척이며 이불을 걷어찼다. 원래 푹신푹신한 것을 좋아해 그녀의 침실에는 두꺼운 이불이 몇 겹이나 깔려 있는데, 객잔에서는 딱딱한 바닥에 봄이라는 산뜻한 계절에 맞게 얇은 이불 하나밖에 없었으니 그녀에게는 여간 불편한 것이 아니었다.

화린은 자신의 작은 행낭에서 빗을 찾기 시작했다. 그녀를 꾸미는 많은 장식기들 사이로 그녀는 빗을 찾을 수 있었다. 그녀는 한껏 헝클어진 머리를 빗기 시작했다. 자기 전에 머리를 감아서인지 조금은 싱그러운 냄새가 남아 있었다. 어느 정도 빗자 머리카락이 윤기를 되찾았다.

"휴우, 오늘은 또 어디를 가려나?"

그녀는 휘인의 무뚝뚝한 얼굴을 떠올리며 꽉 인상을 써 보였다. 특유의 삐친 표정, 입술을 도톰하게 내밀며 미간에 힘을 준 표정으로 상상의 휘인에게 말했다.

"어쩜 그렇게 딱딱하니? 그러다 장가는커녕 여자 손 한번 못 잡아보겠다."

그녀는 그렇게 투덜거리고는 자리에서 일어났다. 빗을 행낭에 다시 집어넣어 메고는 방을 나섰다. 계단으로 내려가니 언제 나왔는지 휘인이 만두로 가볍게 끼니를 때우고 있었다.

"만두, 소면 애식가네요."

"……"

아침에는 만두, 점심에는 소면, 저녁에도 소면. 아직까지 그 이외의 음식을 먹는 휘인의 모습을 보지 못한 그녀였다. 화린은 그의 반대편에 앉아 차를 시켰다. 그녀는 아침에 식욕이 없어 음식 대신 언제나 차로 몸을 따뜻하게 만들며 아침의 여유를 즐겼다.

"앗, 뜨거! 후우, 후우."

잠이 완전히 깨지 못하여 감각이 조금 둔해서인지 차가 상당히 뜨겁다는 사실을 잠시 망각하고 들이마셨다가 다시 찻잔으로 뱉어내고 밉상맞게 혀를 내밀더니 손으로 부채질을 하였다.

"푸웁."

갑자기 휘인은 만두를 씹다 말고 입속에서 열심히 다져진 만두 조각들을 화린의 얼굴에 그대로 뱉어버렸다. 화린이 고통스러워하는 모습에 애처로워서(?), 혹은 그녀의 데인 고통을 씹은 만두로 덮어주어 가시게 하려고—데인 부분에 공기를 통하지 않게 하면 고통이 가신다—그랬는지 의도는 모르지만 결론은 모두 같았다.

화린의 아름다운 얼굴에 보기 흉한 만두 덩이들이 덕지덕지 붙어버렸다. 화린은 눈을 멀뚱멀뚱거리며 휘인의 눈을 그대로 쳐다봤다. 휘인은 특유의 무뚝뚝한 모습과 달리 애써 그녀의 눈을 피하였다.

하지만 화린은 충격에 정신 이탈 상태였는지 아무런 미동도 없이 휘인을 뚫어져라 쳐다보았다. 휘인은 끝끝내 그녀의 눈을 피하지 못하고는 천을 정성스럽게 접어 그녀의 얼굴에서 잘게 다져진 만두들을 닦아내기 시작했다.

왼손으로는 그녀의 왼쪽 턱을 고정시키고, 오른손으로는 최대한 부드럽게 천으로 그녀의 얼굴을 닦았다. 그녀의 정신은 언제 이탈되었냐는 듯 다시 제자리를 찾았지만 이상이 있었는지 그녀의 얼굴이 홍시처럼 붉게 물들기 시작했다. 얼굴색이 급변하자 휘인은 그녀의 이마에 손을 얹었다.

"만두가 감기를 유발시키지는 않을 텐데……."

그의 말에 정신을 차렸는지 화린은 그의 손을 뿌리치며 뒤

돌아 뛰어갔다.

"무슨 남자가 미안하다고도 안 해요!"

그렇게 버럭 소리를 지르고는 씻기 위해 다시 위층으로 올라가는 화린이었다. 그런 화린의 모습에 휘인은 고개를 천천히 끄덕였다. 당연한 행동이었다. 그라도 누군가가 자신의 얼굴에 만두를 뱉어내면 화가 날 것이다. 화린 정도로 표출하지는 않겠지만 화린은 아직 나이도 어리고, 공부가 덜 된 여자였다. 충분히 이해가 갔다.

"아까운 만두를 버렸군."

휘인은 지나가던 점소이에게 손가락을 까딱여 다시 만두 하나를 더 시켰다. 점소이가 널브러진 만두 파편들을 모두 닦자 휘인은 아무 일 없었다는 듯 다시 식사를 시작했다.

화린이 다시 나온 것은 이각이 지나서였다. 이각이나 지났음에도 불구하고 자신의 시켜놨던 차의 김이 모락모락 피어나는 것을 보고는 휘인을 올려다봤다.

휘인은 화린의 눈을 받자 애써 고개를 돌렸다. 그리고는 헛기침 몇 번으로 민망한 분위기를 조금 떨쳤다. 화린은 그런 그의 모습을 보고는 고개를 숙이며 미소를 지었다.

'귀엽네.'

무뚝뚝하기 만한 휘인의 색다른 모습은 나름대로 기분 좋았다. 화린은 찻잔을 아주 살짝 기울여 차를 조금씩 홀짝대었다. 아까의 실수로 그녀는 아주 많이 조심스러워졌다. 차를 음미하며 주위를 둘러보니 휘인은 이미 식사를 마친 상태라는 것을 알아차릴 수 있었다.

'나를 위해 기다려 준 것인가?'

그렇게 생각하니 웃음이 나오려 했다. 이유인즉, 자신을 완전히 무시하는 듯한 그가 얼굴에 만두를 뱉었다고 자신을 배려하는 모습이 재미있었던 것이다. 조금 더 생각해 보니 자신의 모습을 보며 만두를 뱉던 그 상황도 상당히 재밌었다. 그어떤 상황에서도 얼굴색 하나 변하지 않고 딱딱한 얼굴을 고수할 것만 같던 휘인이 보통 사람처럼 반응한다는 점은 웃음을 자아내었다.

화린은 고개를 숙이고 킥킥댔다.

그러다 이내 얼굴을 붉혔다. 자신의 턱을 받치며 가까이에서 얼굴을 맞대고는 얼굴을 닦아주던 휘인의 모습이 떠오른 것이다. 별 뜻이야 없었겠지만 남자에게서 두근거림을 느낀 것은 처음이었다.

"미안하군."

어색한 사과의 말이 그녀의 귀 언저리를 괴롭혔다. 그는 여전히 화린의 눈을 맞추지 못하며 고개가 틀어진 채로 작게 말했다. 상당히 딱딱하고 무성의했지만 휘인의 성격을 고려할때 진심이 담겨 있고, 그에게 있어서 어려운 일이라는 걸 그녀는 잘 알았다.

휘인은 그녀가 계속 고개를 숙인 채 떠는 모습이 울분을 참는 듯해 고민고민하다가 자신의 실수 때문이라는 점을 상기하고는 사과를 했다. 그녀가 뛰쳐나가며 사과도 안 하느냐는 말에 어느 정도 반성을 한 것이다.

"푸웃, 호호호호!"

결국에는 화린이 참지 못하고 웃음을 터뜨렸다. 휘인이 웃기려 하는 말이 아님을 잘 알았지만 그의 진지한 모습이 너무 웃겼던 것이다. 반면 휘인은 어리둥절해하다 적어도 그녀가 화난 모습은 아니어서 안심했다.

"정말 오라버니는 재밌는 사람이에요. 오늘은 특별히 들를 곳이 있나요? 아니면 이렇게 식사를 끝마쳤음에도 불구하고 앉아 있는 것은 누구를 기다리는 건가요?"

장난기가 발동하여 휘인에게 물었다. 대답을 바라지는 않았으나 그가 난처해하는 모습을 기대하기는 했다. 하지만 그의 반응은 의외였다.

"암천마수를 기다린다."

"예? 그 암천마수 말이에요?"

화린은 무의식중에 언성이 커졌다. 단번에 주위의 이목이 집중되었다. 하지만 자신의 실수를 알아차린 화린이 입을 다물고 조용히 있자 이내 객잔은 다시 시끌시끌해졌다. 주위가 수습되자 화린은 다시 조심스럽게 입을 열었다.

"암천마수가 이 객잔에 온대요? 소문났어요?"

화린은 휘인에게 대답을 재촉했다. 휘인은 말을 가볍게 하는 사람이 아니었다. 필요시에 할 말만을 했고 헛소리는 절대 하지 않았다. 그래서 딱딱하고 차갑게 느껴질 수도 있겠지만 화린은 그런 그의 모습이 믿음직했다. 온갖 미사여구를 붙이며 자신에게 잘 보이려던 실속없는 남자들보다 멋지다는 생각이 들었다.

화린은 고개를 강하게 저었다.

'엉뚱한 생각을.'

일방적인 자신의 필요 하에 이루어진 동행. 그 이상, 그 이하도 아니다. 화린은 애써 잡념을 지웠다.

"저기 오는군."

휘인의 눈은 객잔의 입구에 맞춰져 있었다. 그러자 호기심이 동해 화린도 입구 쪽으로 고개를 돌렸다. 입구에서 들어오는 남자는 영롱한 빛깔을 띠는 고급 백의를 입고 있었다. 얼굴은 진체적으로 상당히 미남이었다. 남자답게 생겼다기보다는 여성적으로, 피부가 자신만큼이나 뽀얗게 빛이 나는 듯했다. 휘인과의 얼굴이 상당히 대조되는 남자였다. 휘인이 못생겼다고 하기보다는 형태가 달랐다.

단지 그 남자에게 흠이 있다면 그의 눈과 기분 나쁜 미소였다. 초승달 모양으로 웃고 있는 눈이었다. 눈이 작은 편이어서 윤곽만 흐릿하게 보였다. 웃고 있는 눈은 좋은 인상을 심어주는 편이지만 이 남자의 눈은 달랐다. 마치 상대를 비웃고 있는 듯한 눈과 미소. 분위기가 그러했다.

“어제 그 여자로군.”

휘인은 고개를 끄덕여 보였다.

뇌운비는 탁자 곁에 서서 휘인을 내려다봤다. 그러자 휘인은 자리에서 일어났다. 그 모습을 본 화린도 얼떨결에 자리에서 일어났다. 보통 휘인이 일어난다는 것은 어딘가로 떠난다는 말과 일맥상통하기에 무의식적인 반응이었다.

“어디로 갈 생각이지?”

뇌운비와 휘인은 나란히 걸으며 객잔을 나섰다. 그들의 발이 뻗어짐과 동시에 적어도 이 장의 공간은 뒤로 빨려 들어갔다. 갑자기 빠르게 모습을 감추는 둘의 발걸음에 화린은 정신을 차리고 뒤쫓아갔다.

‘정말 어지간히도 무시하는구나.’

화린은 불만을 뒤로하고는 열심히 그 둘을 쫓았다.

휘이잉!

바람만 스산하게 부는 공터. 주위에 인적이라고는 셋밖에 없었다. 주위에 나무나 풀 같은 식물을 제외하고는 별다른 장애물이 없었다. 약 오 장의 거리를 둔 채 휘인과 뇌운비는 서로를 노려봤다. 이제부터 그들은 서로의 움직임을 읽기 위하여 안력을 최대한 돋울 것이다. 한순간이라도 상대의 움직임을 놓치면 이미 목숨은 잃은 것으로 봐도 무방하다.

“휘인, 네놈은 정말 재밌는 녀석이야. 나의 호기심을 끓게 만드는 녀석은 처음이다."

개가 지껄이든 새가 지저귀든 휘인은 아무런 말도 반응도 보이지 않았다. 아무 말도 하지 않았다. 휘인은 조용히 하늘을 올려다봤다. 봄의 산뜻한 느낌에 맞게 구름이 뭉게뭉게 파란 하늘의 틈에 자리잡고 있었다.

카릉!

휘인은 검을 뽑아 들었다. 그의 흔치 않은 검은 햇빛을 받아 그 빛을 그대로 뿌렸다. 휘인이 검을 뽑아 들자 뇌운비도 몸을 살짝 낮추며 주먹을 꽉 쥐었다.

"아아!"

화린은 그제야 뇌운비의 새까만 손이 눈에 들어왔다. 썩은 것처럼 보이기도 했고, 어떻게 보면 검은 묵철을 두른 것 같기도 했다. 그의 뽀얀 피부와는 달리 손은 빛이 없이는 보이지 않을 징도로 까맸다.

화린은 이십 장이나 떨어져서 인상을 쓰며 둘의 대치 상대를 바라보고 있었다. 휘인이 거기에서 멈추라고 하여 쭈그려 앉아 있었지만 여간 불편한 것이 아니었다. 안력을 최대한 돋우자 간신히 그들의 상태를 분별할 수 있었다.

휘인은 검을 쥔 채 손가락으로 까딱거리며 뇌운비를 도발했다. 뇌운비는 재밌다는 듯 미소를 더욱 크게 지어 보였다. 그는 두 주먹으로 검은 기운을 형성하였다.

휘이잉!

돌풍과 함께 뇌운비의 긴 머리가 휘날리기 시작했다. 그의 두 주먹에는 폭발적인 검은 기운이 감싸고 있었다. 그의 백의는 머리와 함께 뇌운비에 의해 생성된 돌풍에 몸을 맡겼다. 그리고는 천천히 휘인을 향해 다가가는 모습은 지옥의 저승사자와 같은 위엄이 있었다. 표정은 한없이 잔인하게 비쳐졌고, 얼굴의 형태가 간신히 보이는 화린에게도 그의 기운이 느껴졌다. 저 무공의 대상이 자신은 아니었지만 공포가 조금씩 피어오르기 시작했다.

둘의 간격이 이 장이 되자 그제야 뇌운비는 걸음을 멈추었다. 서로 시선을 교환했다. 각각 누가 먼저 공격을 할 것인지, 또 공격을 하면 언제 할 것인지를 생각하기 시작했다. 하지만 그 시간은 길지 않았다.

펑!

뇌운비가 먼저 이 장의 거리를 단번에 좁히면서 주먹을 휘둘렀다. 휘인은 그의 묵직한 주먹을 검으로 받아내었지만 검은 기운이 폭발하여 휘인을 이 장이나 밀쳐 냈다. 막는 것은 문제가 아니었다. 그의 권을 주위로 폭발하여 충격을 주는 검은 기운이 문제였다.

휘인은 흐트러짐 없이 검을 계속해서 뇌운비를 향해 겨누고 있었다. 눈에는 일체의 흔들림이 없었다. 그의 뜻은 굳건했고, 미동도 없었다.

뇌운비는 잔상만을 남기고는 다시 휘인과의 거리를 좁혔

다. 그는 주먹을 무차별적으로 휘둘렀다. 아무런 생각 없이 무작정 주먹을 휘두르는 것으로 보였지만 철저하게 휘인의 사각과 치명적인 혈도를 노렸고, 어디로 권을 찔러 들어갈지는 예측하기 힘들 정도로 움직임은 불규칙하고 빨랐다.

펑펑펑펑!

요란한 폭발음은 이십 장 밖의 화린에게도 확연히 들렸다. 폭음뿐이 아니라 거대한 기의 충돌로 인한 여파 또한 그녀에게 그대로 느껴졌다. 내상을 입을 정도는 아니었지만 거북할 정도로 여파는 컸다. 이십 장 밖임에도 불구하고 기파가 느껴진다는 것은 믿을 수 없는 일이었다.

주먹은 두 개이다. 하지만 검은 하나이다. 두 개의 빠른 권을 막기에는 하나의 검은 너무 길고 둔하다. 근접전에서 권만큼이나 효율성이 높고 파괴력을 담을 수 있는 방법은 없다. 다채로운 권로(拳路)를 읽고 막아내기에는 생각할 시간이 없었다. 하지만 그런 열세에도 불구하고 휘인은 근접선을 피하지 않았다. 어떤 때는 두 권을 모두 한 검으로 받아내는 여유까지 보였다. 더 이상 권의 폭발에 영향을 받지 않는 이유는 그의 검법에 있었다.

흡검(吸劍)의 묘리로 그의 기운을 그대로 받아낸 다음 탄검(彈劍)의 이치로 폭발의 기운을 팅겨내며 꾸준히 그의 공격을 받았다. 쾌권(快拳)이 모두 막혀 당황할 법한 데도 뇌운비는 오히려 미소를 크게 지었다.

‘그래, 이 정도는 돼야지.’

"흐읍!"

뇌운비는 회심의 수를 펼쳤다. 그는 높게 몸을 띄웠다. 그는 왼손으로 오른손의 팔목을 꽉 붙잡아 큰 충격에도 팔목이 부러지지 않게 방비하고 몸을 살짝 옆으로 한 번 틀고, 또 한 번 그 반대의 방향으로 틀었다. 회전력이 더해지면서 그의 주먹의 파괴력은 배가되었다. 거기에서 멈추지 않았다. 그의 양쪽 주먹을 감싸던 검은 기운은 유형화되어 오른쪽 주먹을 둥 그렇게 감았다.

뇌운비는 그의 주먹을 그대로 휘인에게 내리꽂았다.

콰앙!

마치 하나의 언덕을 휘인에게 내리꽂았는지 뇌운비의 주먹에 의해 생겨난 바람이 화린의 머리카락을 흔들었다. 요번 주먹은 한번에 터뜨리는 그런 주먹이 아니었다. 계속해서 내공을 쏟고 있는지 주위가 초토화되는 와중에서도 그는 주먹에 힘을 모으고 있었다.

퍼버펑!

이내 자신의 한 수의 여파를 받지 않기 위해 그는 빠르게 뒤로 몸을 날렸다. 그와 동시에 먼지구름이 피어오르면서 휘인의 모습을 감추어 버렸다. 화린은 벌떡 일어나 상황을 파악하려 했다. 하지만 뇌운비의 무공에 의한 먼지구름은 계속 피어오르는 중이어서 한참이나 휘인의 생사 여부를 알기 힘들었다.

'……!'

화린이 기겁을 하는 이유는 두 가지였다. 하나는 먼지구름을 비집고 당당하게 걸어나오는 휘인의 모습에 놀랐기 때문이고, 다른 하나는 먼지구름이 하늘을 덮는 데에도 불구하고 휘인의 흑의에는 먼지 하나 없이 말끔하다는 것이다.

"크크, 그래. 이 정도는 되어야 할 맛이 나지."

그렇게 말하면서도 약간은 놀랐는지 뇌운비의 얼굴은 상기되어 있었다. 미묘한 차이여서 언뜻 봐서 알기는 힘들었지만 휘인은 알 수 있었다.

"검막의 일종인가?"

휘인은 고개를 끄덕였다.

"크크, 몸 전체에 검막을 펼치다니……. 내리찍었을 때 느낌이 아니다 싶더니……."

정확하게는 검강을 안개처럼 몸 주위로 펼지는 깃이었지만 크게 검막과 다른 맥락은 아니었다. 단지 검막보다 훨씬 강력할 뿐이었다.

휘인과 뇌운비의 거리는 약 십 장 정도 되었다. 둘은 좀처럼 거리를 좁히지 않았고, 큰 원을 만들며 빙글빙글 맴돌 뿐이었다.

"본격적으로 시작하지."

휘인의 나직한 말과 함께 그는 검을 힘껏 휘둘렀다. 검기를 쏘아내는 듯했지만 이내 그 무형의 기운이 유형화되어 검강을 이루었다. 화린은 휘인이 죽지 않았음을 보고 안도의 한숨을 쉬며 자리에 앉아서 쉬고 있는데 휘인의 한 수를 보고는 자리에서 벌떡 일어났다.

"검강!"

무림인이라면 누구나 꿈꾸는 경지. 검기만을 펼칠 수 있어도 만족하는 이들이 많은데 검강은 그런 검기보다도 시전하기 난해하며 위력은 비교가 되지 않았다.

휘인의 검에서 푸른 빛을 뿜어내며 검강은 날카롭게 뇌운비를 향해 베어 들어갔다. 검강의 속도는 빠르기는 하지만 십장의 거리와 뇌운비의 운신력에는 턱없이 부족했다. 뇌운비는 살짝 몸을 비틀며 암흑신기(暗黑神氣)를 끌어올렸다. 암흑신기를 일정 이상으로 끌어올리면 일어나는 현상으로 그의 흰자위가 검게 물들었다. 긴 머리는 더 이상 가지런히 어깨 위에 앉아 있지 않고 하늘 높이 솟구치며 바람에 일렁거렸다.

그의 두 주먹은 가공할 만한 검은 기운이 요동치고 있었다.

그의 모습은 가히 사람의 오금을 저리게 할 정도였다. 저 멀리에서 보는데도 화린은 공포에 몸을 떨었다. 지독한 기운이었다. 만약 화린이 그의 새까만 눈동자를 봤더라면 까무러쳤을지도 모른다.

"얼마나 그 상태를 유지할 수 있지?"

"암신(暗神)의 상태는 아직까지 일각밖에. 하지만 그 정도면 충분하지."

암흑신기를 극성으로 끌어올린 상태를 암신(暗神)이라 칭한다. 암흑신권의 극에 가까운 경지로, 아직 공부가 부족하여 일각밖에 유지하지 못한다. 암신의 상태에서는 권기, 또는 공부의 수준에 따라 권강까지도 구사할 수 있게 해주며, 전신의 기맥이 활발히 운동하여 무공을 끌어올린 상태보다 약 세 배가량 빠른 운동신경을 선사한다.

화린은 뇌운비가 왼쪽 발을 들어올리는 장면을 얼핏 봤다. 하지만 이내 그의 움직임을 놓치고 말았다. 다음 그녀가 본 장면은 휘인이 힘겹게 권기가 덧씌워진 그의 검은 주먹을 검으로 막는 모습, 그리고 다시 놓쳤다. 그들의 움직임은 이미 인간의 영역을 초월하였다.

화린은 최대한 안력을 돋우며 그들의 움직임을 쫓았으나 안타깝게도 단편적으로밖에 볼 수 없었다. 그들이 모습을 갑자기 나타내는 반경은 넓었다. '언제 거기까시 갔지?'라고 생각하면 이미 그들의 움직임을 놓친다. 주위의 풀뿌리는 일제히 뽑혀 둘의 충돌에 의한 회오리에 의해 흩어지기 시작했다.

콰과광!

생각할 겨를 따위는 없다. 주먹을 내키는 대로 뻗고, 휘인은 권로를 읽으며 검을 비틀었다. 검은 살짝만 비틀어도 권과 달리 큰 변화가 있기에 그의 권을 수월하게 막을 수 있었다.

이미 휘인의 묵빛 검은 시퍼런 하늘색을 담았다. 격돌이 있을 때마다 빛은 발광하며 눈을 부시게 했다.

뇌운비는 손을 빠르게 여러 번 찔렀다. 그러자 그의 손을 둥그렇게 감싸고 있던 검은 기운이 작게 흩어지며 날카롭게 휘인을 찔러 나갔다. 하지만 이내 검은 기운은 휘인의 검 휘둘림 한 번에 공기 중에 흩어져 버렸다.

"나의 권기를 검풍으로 흩어버리다니, 크크, 괴물 같은 녀석."

휘인은 대꾸할 가치를 느끼지 못했다. 최대한 대기의 기를 활용한다지만 적잖은 내력의 소모가 있었다. 아직 일각은커녕 겨우 숨 한 번 고를 수 있을 만큼의 시간이 지났다. 눈을 깜빡이면 이미 서로의 움직임을 놓치게 된다.

휘인은 그의 검을 번쩍 들었다. 눈을 감아야 할 정도로 눈부신 푸른빛이 일렁이더니 그의 빛은 검기가 되어 파도를 이루었다. 검기의 파도는 전신 요혈만을 노리며 뇌운비를 향해 쇄도해 들어갔다. 검기의 크기는 불규칙했고, 각각 그를 향해 다가가는 속도도 달랐다. 틈이 없다면 방법은 하나밖에 없다.

"흐압!"

탄(彈)의 묘(妙)와 함께 검은 권기를 넓게 퍼뜨려 일정 간격의 검기를 모두 받아쳤다. 내부로 전해지는 충격이 컸으나 애써 올라오는 기운들을 모두 억지로 진정시켰다. 휘인의 수는 상당한 위력을 지녔다. 대량 살상은 물론이고 아무리 절정고수라도 파할 방법을 찾을 수 없다. 오로지 정면 충돌만이 수였다. 뇌운비는 최단 거리로 검기의 바다를 쳐 내며 안전 반경으로 몸을 날렸다.

"크크, 좋아, 좋아. 이런 게 화끈한 주먹질이지. 크크크."

또다시 내부에서 들끓는 기운들을 잠잠케 하며 휘인과의 거리를 좁히기 시작했다. 휘인이 검을 휘둘러 검기로 뇌운비를 저지하려 했지만 그럴 때마다 뇌운비는 검기가 도달하기 전에 발목을 확 꺾어 대각선 방향으로 뛰었다. 빠른 속도로 발을 놀리고 있음에도 그는 단번에 방향을 꺾는 능력을 보여주었다.

'일보이권(一步二拳).'

검만큼의 날카로움을 지닌 권기와 함께 그의 검은 주먹은 한 걸음을 다가가며 두 번을 찔렀다. 주먹이 아직 닿지 못하는 거리였지만 권기는 주먹이 내질러진 힘에 걸맞은 속도로 휘인을 향해 거리를 좁혔다. 검으로 막을 시간적 여유가 없지 휘인은 얼른 왼쪽 장(掌)을 펴 기막을 형성하여 막았다.

'장까지 잘 써먹는군.'

뇌운비는 씁쓸한 표정을 감추지 못하며 한 걸음을 다시 디디고 두 주먹을 내질렀다.

'일보사권(一步四拳).'

각 주먹은 두 번씩 각각 다른 휘인의 사혈을 노리며 거의 시간 차 없이 찔러 들어갔다. 주먹은 미처 휘인의 몸을 맞추지는 못했지만 권에 담긴 위협적인 기운은 그대로 휘인을 적중했다. 아니, 적중하는 듯 보였지만 언제 생성되었는지 그의 몸을 감싸고 있는 푸른 안개의 막에 의해 흩어졌다.

'제길, 또 그 빌어먹을 검강이군. 만년설삼(萬年雪蔘)이라도 처먹었나!'

검강은 시전하는 방법을 깨닫는 데까지도 평생이 걸리는 절세의 무공이자 가장 난해하다 할 수 있는 무공이며, 내력의 소모 역시 그 어떤 검의 경지에 비해 막심하다 할 수 있다. 물결을 이루며 검기의 파도를 사용함에도 불구하고 검강으로 촘촘한 막을 사용한다는 것은 거의 불가능이라고 생각하고 싶었다.

'일보팔권(一步八拳).'

뇌운비는 다시 한 걸음을 내디디며 두 주먹을 각각 네 번씩 시간 차 없이 찔렀다. 이를 악다물고 들끓는 기운을 참았다. 슬슬 한계치가 다 되어가고 있었다. 잔상조차 남기지 않으며 빠르게 휘둘러진 주먹 중 반은 빠르게 다변하는 휘인의 검에 의해 막혔고, 두 주먹은 휘인의 몸을 촘촘하게 둘러싸고 있는 검강에 의해 무산되었다. 하지만 나머지 두 주먹은 정확하게 휘인의 배와 왼쪽 가슴패기에 적중했다.

"흡!"

휘인은 삼 장을 밀려나며 통증을 억지로 참아냈다. 그것도 잠시, 그는 빠르게 쇄도해 들어오는 뇌운비의 권을 쳐 내었다. 빠르게 찌르는 데 중점을 두어 큰 힘이 담겨 있지 않아 수월하게 쳐낼 수 있었다.

휘인은 앞으로 빠르게 도약하며 검에 검강을 씌웠다. 뇌운비도 생각할 겨를 없이 암흑신기를 극성 중에서도 극성, 마지막 진기까지 쥐어짜며 권강을 씌워 휘인의 검을 받았다. 하나의 청룡(靑龍)과 흑룡(黑龍)이 한데 몸이 뒤엉켜 있는 환상이 보일 정도로 그들의 기운은 무시무시했다.

이미 그들의 폭발적인 기운에 땅은 움푹 파이고, 주위는 알아볼 수 없을 정도로 초토화되어 버렸다. 아름다운 자연의 대지 대신 인상이 찡그려질 정도로 주변은 파괴되었다. 그리고 그 정도가 점점 심해졌다. 권강과 검강이 만나면서 하늘을 울리는 폭음과 함께 생성되는 돌풍에 먼지 하나까지 그들을 중심으로 흩어지기 시작했다.

휘인의 이마에는 땀이 흘렀다. 이미 핏대는 비상식적으로 돋아 있었다. 휘인의 검강에서 뿜어져 나오는 빛들은 눈을 멀게 하였다. 뇌운비의 권강이 그의 푸른빛을 덮어버리려고 악을 썼으나 성과는 없었다. 각 힘의 충돌이 정점에 이를 무렵 둘의 몸은 부들부들 떨리며 검과 주먹에 힘이 빠지는 것을 느꼈다. 그렇다고 힘을 뺄 수 없는 것이, 힘을 조금이라도 빼면 둘 중 하나가 튕겨 나가리라는 것을 잘 알기 때문이었다.

암흑신기는 폭발하는 특성이 있었으나 이상하게도 휘인의 검강 앞에서는 맥을 못 추었다.

콰과과광!

위태위태하던 둘의 충돌 상태는 이내 둘의 정제된 힘이 주위로 퍼져 나가며 끝이 났다. 하늘을 뒤덮는 먼지구름과 함께 충돌 장소에서 둘은 십 장 정도를 날아가 땅에 박혔다.

먼저 일어난 것은 휘인이었다. 그의 단정한 흑의는 볼품없이 찢겨져 있었고, 흑의는 어느새 먼지를 머금어 황색에 다 되었다. 그는 일어나 담담히 옷을 털었다. 표정을 보아하니 그다지 충격은 없어 보였다.

'대단한 무공이다.'

뇌운비의 무공은 상대의 내력을 조금씩 흩어지게 하는 특성이 있었다. 주먹은 검은 기운에 싸여 정확하게 어디를 내지르는지 예측하기 힘들어 일 보에 각 주먹을 네 번씩 빠르게 찌르는 수에 지독하게 당했다. 조금이라도 지체했다면 그 주먹의 수가 늘었으리라고 휘인은 확신했다.

뇌운비의 무공이 듣도 보도 못한 절세의 무공임에는 확신할 수 있었다. 다채로운 공격보다는 빠르고 파괴력을 중시하는 주먹이었으나, 많지 않은 공격의 수로 다변을 선보이는 뇌운비의 무공에 기가 질렸다.

휘인은 터벅터벅 걸어 쓰러져 있는 뇌운비를 내려다봤다. 그는 입술을 꽉 깨물며 인상을 찡그리고 있었다. 뇌운비가 신음성을 흘리는 것으로 보아 혼절한 상태는 아니었으나 제대로 운신을 하지 못할 정도로 내상을 입은 것에는 틀림없었다.

휘인은 한쪽 어깨에 뇌운비를 들쳐 메고 십 장 정도를 걸어 잠을 자고 있는 화린도 반대쪽 어깨에 들쳐 메고는 객잔을 향해 천천히 걸어갔다.

화린이 자고 있는 이유에는 다른 게 없었다.

휘인이 그녀의 차에 수면약을 집어넣었다. 그녀가 내력으로 조금은 버티는 듯싶었으나 휘인과 뇌운비가 본신의 능력을 다한 순간은 놓쳤다. 휘인은 그녀가 자신에 대해 많은 바를 아는 것을 꺼렸다.

횡하니 쓸쓸한 바람이 감도는 공터를 뒤로하고 휘인은 발걸음을 재촉하였다.

제5장

운비지명(雲秘之命)

“찾았다고?”

“그렇습니다.”

마기가 흐르는 좌중 가운데의 사내가 묻자 나이가 지긋한 노인이 고개를 끄덕이며 답했다. 자리에 모인 남자들은 대부분이 중년인이었지만 가장 상석에 앉아 있는 이는 그중에서는 조금 어려 보였다. 다른 이들은 짙은 마기를 흘리는데 눈썹에 붉은 기가 도는 사내만은 마기가 전혀 느껴지지 않았다.

“백 장로, 자세히 말해보게.”

냉면혹마(冷面酷魔) 백윤뇌 장로는 마교 서열 팔위의 고수로서, 차가운 얼굴과 잔인한 심성, 날카로운 손속, 그리고 피를 갈구하는 악마의 모습이지만, 교내에서는 그의 광기와는 다른 치밀하고 엄격한 모습을 보여준다. 무공도 뛰어나지만 심계가 깊어 군사 직과 함께 교내의 정보 기관인 비영대(秘影隊)의 수장 직을 겸하고 있다.

"특급 대원들이 암천마수 뇌운비의 위치를 파악해 냈습니다. 암천마수가 큰일을 벌였기에 쉽사리 찾아낼 수 있었습니다."

"그 치밀하기로 유명한 암천마수가 일을 벌였다고?"

눈썹 끝에 붉은빛이 도는 젊은 사내가 되물었다. 비영대의 특급 대원들이 십 단위나 움직이는 데도 불구하고 행적이 묘연하던 암천마수, 그의 행적에 대한 실마리도 아니고 위치를 찾았다는 말은 의외였다. 게다가 일까지 벌였다는 것이 사내의 호기심을 샀다. 암천마수는 철저하게 자신들의 이목을 속이고 있었는데 갑자기 모습을 드러내니 아귀가 안 맞았다.

"무당산에서 청청 진인을 죽였다고 합니다."

"무당산?"

소림사, 화산파와 함께 정파무림을 이끌어 나가는 무당파의 영역에 암천마수가 발을 디뎠다는 사실도, 암천마수가 무당산까지 도달하는 데에도 전혀 그의 행적을 파악하지 못했다는 사실도 사내의 경악을 샀다.

"네, 그렇습니다. 청청 진인인지, 혹은 무당파가 대상인지는 몰라도 개인적인 원한 관계에 있어 무당산까지 간 듯싶습니다. 그때부터의 모든 행적은 조사했고, 지금 현재 머물고 있는 객잔의 방 위치까지 파악해 놓았습니다.”

“후후, 수고했다. 그 녀석을 족치면 본 교의 세력이 적어도 사 할은 늘 것이다.”

암천마수는 손실된 마교의 무공을 배웠다. 어떤 경로로 암천마수에게 도달했는지는 모르지만 암흑신권은 마교의 전설적인 인물 이대 교주 천마(天魔)에 의해 완성된 무공이었다. 천마는 마교와 순수 정파의 무공을 적당한 선에서 복합하여 배웠고, 각 무공의 장단점을 추려내어 무공을 완성한 절대마인이었다. 후일 그가 완성한 무공의 결정판은 암흑신권이었다. 암흑신권은 그의 독문권법인 천마권과 소림 고승을 죽여 얻어낸 권법의 절정 소림권법 사본을 공부해 접목한 무공이었다. 소림권법의 주된 핵심은 동물의 흉내에 있었지만 천마는 그것들을 과감하게 자르고 동물을 흉내 내면서 이끌어지는 진기의 흐름을 외워 효율적인 힘 배분에 힘썼다.

무공에 대해 천고의 기재로서 천하의 모든 무림인을 내려다보던 천마가 심혈을 기울여 완성한 무공이니만큼 암흑신권의 권법은 이미 인간의 것이었다. 하지만 천마에 의해 쓰여진 무공 비급이어서 그 난해함은 이루 말할 수 없을 정도였다. 무학의 정점에 달한 천마의 관점에서 쓰여진 비급으로 간단한 몇 줄에도 심오한 무학이 담겨 있어 역대 암흑신권에 능통한 자가 없었다.

몇몇 교주는 평생을 암흑신권의 해석에 보낸 자들도 적지 않았다.

오랜 세월 끝에 암흑신권의 해석은 막바지에 달하게 되었다. 그렇게 되는 데에는 삼십 년 전에 죽은 무학 이론에 능통한 이면삼뇌(二面三腦) 혁린위 장로의 공이 컸다. 보통 인간의 뇌 세 개를 합한 것 같다 하여 그의 별호에 삼뇌가 붙었다. 그만큼 그의 두뇌 회전 속도나 이해력은 타의 추종을 불허했다.

최종 한 장을 남겨두고 혁린위 장로는 암살된 채 발견되었다. 당시 서열 이위 독안마귀(獨眼魔鬼) 비휘만의 혹살마권(酷殺魔拳)에 당했음이 판명났고, 그에 대한 대대적인 추적이 이루어졌으나 그는 흔적조차 남기지 않고 사라졌다.

그리고 이십오 년이 흘렀다. 암천마수라는 작자가 나타난 것이다. 처음에 그에 대해 마교가 관심을 가진 것은 그의 권법이 보이지 않으며 검은 기운이 그의 주먹을 감싼다는 무림인들의 입소문을 듣고 나서였다. 비영대는 총력을 소문의 진위 여부와 암천마수의 행적에 기울였다.

그리고 확인되었다.

지금의 마교 교주인 수라마제(修羅魔帝) 단가후는 마도천하(魔道天下)를 이루기 위한 많은 중요 안건 중에서 암흑신권의 회수를 가장 중시하고 있었다. 암흑신권을 잘 활용하면 단시에 많은 고수들을 배출해 낼 수 있으리라고 그는 믿었다. 애초에 천마가 완성한 무공이다 보니 다른 정종의 무공에 비해 속성을 띠지 않을까 조심스레 추측하는 그는 어떤 방법을 통해서이든 비급을 되찾고자 노력하고 있었다.

암흑신권을 회수하면 마교에 이로운 점이 많았다. 물론 무작정 마인들에게 보급한다 해도 단시에 모든 이가 극성으로 완성할 수는 없겠지만 그나마 배우기 시작하면 절세의 무공이다 보니 어느 정도의 절정 수준까지는 쉽게 오르지 않을까 조심스럽게 추측해 보는 수라마제였다.

정작 자신은 권을 주로 배우지 않았기에 절세신권에 특별한 욕심은 없었다. 오로지 마도천하를 꿈꿔왔고, 가장 현실적으로 마교가 성장할 방법이 그다지 많지 않았기에 그가 그렇게 암흑신권에 매달리는 것일지도 모른다. 게다가 천마가 후일에 완성한 무공이니 수라마제의 기대가 이만저만이 아니었다.

암흑신권의 위력이 암천마수의 것처럼 대단하다면 만약을 대비하여 중요 부분은 배제해 놓고 충성심이 강한 이들에게만 중점적으로 보급할 생각이었다. 암흑신권은 물론 교주들을 통해서만 전해지던 암흑마검도.

계획만 세워놨을 뿐이다.

이 계획은 오 년 전 암천마수의 발견 즉시 세워진 것이다. 그 당시 수라마제는 잠까지 설치며 암천마수가 끌려오는 그 날을 기다리고 있었다. 하지만 오 년이 흘러도 암천마수는 쉽사리 잡히지 않았다. 몇 개월이 지나니 아예 자취를 감춰 버렸다. 마교의 공작에 의해 특급 수배자가 되었음에도 불구하고 그의 행방은 항상 묘연했다. 그것이 수라마제를 미치게 했다.

하지만 드디어 손안에 암흑신권이 들어왔다.

"그런데 문제가 몇 가지 있습니다."

"문제?"

수라마제의 언성에 노기(怒氣)가 조금씩 섞여 들어갔다. 암천마수에 관해서라면 골머리가 썩을 정도로 골치 아픈 일이 많았다. 그런데 다시 '문제' 같은 일이 생기니 듣기 전부터 벌써 머리가 지끈지끈 아려온다.

"정파무림이 관심을 가지기 시작했습니다. 아직 무림맹까지는 아니더라도 무당파에서는 사람을 파견하겠지요. 어쩌면 개방에 정보를 의뢰하여 그들이 직접 암천마수를 칠지도 모릅니다. 청청 진인은 주위의 신망이 깊었던 자라 무당파에서 적절한 보복을 하지 않으면 주위에서 무당파를 비웃겠지요. 그러니 무당파에서는 나설 수밖에 없습니다."

"흐음, 그렇군. 또 다른 문제는?"

"예, 또 다른 문제는 암천마수의 무공이 생각보다 뛰어납니다. 확실히 암흑신권은 천마 조사님께서 직접 창시하신 만큼 뛰어난 절세의 무공입니다."

수라마제는 고개를 끄덕이다가 문득 냉면흑마의 말에 거슬리는 바가 있었다.

"청청 진인 따위를 죽인 것 때문에 그의 무공이 강하다고 하는가? 그 노인네 따위는 우리 천마혈검대(天魔血劍隊) 아이 하나 둘만 보내도 되는 노물 아닌가? 만약 암흑신권이 그 정도밖에 안 된다면 실망이 큰데?"

천마혈검대는 마교 역사상 가장 오랜 전통을 자랑하는 단체이다. 그 수는 오백 정도로, 적은 수이긴 해도, 그들의 실력은 능히 구파일방의 장로와 겨룰 수 있었다. 이대 교주이자 역대 마교도 중 가장, 아니, 지금까지 기록되는 중원무림 전체의 무림인 중에서 가장 현묘한 경지에 올랐다고 할 수 있는 천마의 직속 부대였다.

마교의 서열 십위 중 일곱이 천마혈검대 출신일 정도로 마교도라면 천마혈검대에 입단하기를 갈망한다. 명예는 물론이고 대우도 파격적이다. 수련을 할 수 있는 가장 안락한 상황을 만들어준다. 물론 그런 상황을 만들어주는 것 역시 고된 수련의 연장이다. 마음이 늘어져 수련을 게을리 하게 되면 즉시 천마혈검대에서 빠지고 쟁쟁한 후배가 올라온다. 수련할 수 있는 안락한 상태는 오히려 나태한 정신을 낳는다.

마교는 냉정하다.

천마혈검대는 유혹을 완전히 뿌리칠 수 있는 정신적 수양이 완벽히 된 자들로 이루어진, 각 개인이 뛰어난 무공을 지닌 마교의 최정예 단체이다. 만약 암흑신권이 이들 둘만 간신히 물리칠 정도라면 지금껏 수라마제의 고생은 헛된 것이라 말할 수 있었다.

"물론 청청 진인을 죽인 것만으로 그렇게 추측하는 바가 아닙니다. 끄나풀 중 하나가 무당산에서 암천마수를 뒤따랐다고 합니다. 본 교 분타에 전서를 보냈지만 교주님이 아시다시피 그 일대는 무림맹과 무당산의 경계가 심해 본 교의 분타가 들어서지 못하고 있지 않습니까? 호북성에 이르기까지 시간이 조금 걸려 인원이 충당될 때까지는 그가 암천마수를 쫓기로 한 모양입니다. 암천마수는 두 시진가량 쉬다가 객잔에 들어섰답니다. 그 다음날부터의 일 때문에 저는 감히 암흑신권의 무공이 고금무적제일권(古今無敵第一拳)이라 말할 수 있습니다."

"호오, 무슨 일이 있었던가?"

수라마제의 눈에 이채가 돌았다. 분명 예사의 무공이라 생각하지는 않았다. 무엇보다도 겨우 하나의 무림인이 마교의 추적대를 피할 수 있는 이유가 운이라고는 생각하지 않았다. 겨우 하나의 무림인이 마교의 추적대를 피할 수 있는 데에는 고금무적제일권이라 칭할 수 있는 인간 범주에 벗어난 무공을 배웠기에 가능했다고 생각했다. 그래서 지금껏 포기하지 않고 그를 쫓은 것이다.

"암천마수의 경지가 권강까지 시전할 수 있는 단계까지 이르렀습니다. 최악의 상황으로 가정해 보자면 세인들이 흔히 말하는 현경(玄境)에까지 이른 것 같습니다."

"뭐라?"

탕!

수라마제는 탁자가 으스러질 정도로 강하게 주먹을 내리찍었다.

세인들은 무림인을 크게 다섯 단계로 나누었다. 인간들은 숫자를 좋아했으며, 등급 매기기를 즐겼다. 남들과의 우위를 점하는 행위 역시 세인들이 흥미를 가지는 일이었다. 자신들이 남들보다 낫다는 우월감에서 비롯된 행위들이었다. 단계에는 특별한 기준은 없었으나 각 무공의 특징과 수준을 비교하여 나누었다.

입문(入門).

이제 갓 무공에 입문한 단계가 있다. 기초적인 체력 단련과 함께 단전호흡(丹田呼吸)을 수련하는 무림인들을 입문의 단계라고 한다. 이들뿐만 아니라 내공을 조금이나마 운기할 줄 알고, 한 줌의 진기를 간신히 운용할 수 있는 자들 역시 입문에 속한다.

무인(武人).

운기조식을 밥 먹듯이 쉽게 자주 하며 진기를 전체는 아니더라도 적어도 몇십의 혈도로 보내어 자유로운 진기 운용이 가능한 단계를 흔히 무인이라 칭한다. 사용하는 병기가 무엇이든 진기로 근력(筋力)의 한계를 넘어서는 정도의 힘을 사용할 수 있는 단계로 단칼에 뼈가 나간다.

절정(絶頂).

절정고수는 보통의 무인이 아니다. 진기 운용에 어느 정도 도가 터, 어느 상황이든지 무의식적으로 필요한 혈도로 진기를 주입할 수 있으며, 미약하게나마 검에 기를 덧씌우거나 휘둘러 쏘아낼 수 있는 검기를 사용할 수 있는 단계를 칭한다. 일반인이 휘두르는 검이 박히지도 않는 호신강기를 사용하기 시작하는 단계이기도 하다.

화경(化境).

화경, 또는 조화경(造化境)이라고도 하는 단계로 오행(五行), 즉 수목금화토(水木金火土)의 다섯 기(氣)를 몸 안에 이루어낼 수 있는 오기조원(五氣造元)의 고수를 뜻한다. 천고의 기재도 육십 평생을 바쳐도 이루기 힘들다는 벽이 화경이다. 절정에서 태산과도 같은 하나의 벽을 깨면 화경을 이루게 된다. 화경을 이루게 되면 몸이 단전을 중심으로 바뀐다고 전해진다. 기를 받을 수 있는 최적의 상태로 환골탈태(換骨奪胎)를 한다는 자도 있고, 원체 좋게 태어난 무골의 경우에는 피부가 좋아지고, 외양과 내적으로 몸이 알아서 재구성되어 건강이 좋아지며, 주어진 수명보다 더 산다고 알려져 있다. 그 예로, 화경을 이룬 고수들은 백수를 바라볼 때까지도 살아 있었다. 일반 무림인들이 화경의 고수를 알아보는 방법은 검강을 펼칠 수 있는가에 대한 여부를 확인하는 것밖에 없다. 무공을 견식하지 않고도 화경의 고수임을 한눈에 알아볼 수 있는 자는 같은 화경 급의 고수가 아니라면 불가능하다.

현경(玄境).

현경은 보통 입신(入神)의 경지라고 칭한다. 뜻[意]만으로도 사람을 죽일 수 있는 경지로, 손에 잡은 모든 사물, 혹은 식물이 살인 병기가 될 수 있고, 한 걸음에 산을 넘을 수 있다는 말까지 있다. 화경에 이르면 몸이 최적의 상태로 재구성된다고 하면, 현경에 이르게 되면 아예 뼈부터 새로 돋는다. 화경의 고수는 젊은 외양에 비해 나이를 속이지 못하는 누런 이가 특색인 반면, 현경의 고수는 뼈까지 새로 돋기에 몸이 완전하게 젊은 시절로 돌아간다고 볼 수 있다. 아니, 젊은 시절의 그 몸보다도 이상적인 상태가 된다고 전해진다. 또한 몸이 진기에 의해 다시 생성되기에 고수 특유의 기도(氣道)는 전혀 드러나지 않게 된다. 지금까지 역사상 천마 이래로 검존, 도악, 신승, 그리고 소림사의 장문인만이 그 경지에 있다고 알려져 있다.

또 전설의 단계가 있기는 했으나 현실적으로 이루어질 수 있다고 진지하게 생각하는 자가 없었다. 아니, 있기는 했으나 많지는 않았기에 무극은 단계로 쳐주지 않았다. 불로불사의 경지라고들 떠들어댔고, 신이라 사람들이 칭하였으나 그 누구도 이루지 못한 단계로 무림의 전설로 낙점되었다.

"확실한 정보인가?"

현경은 함부로 입에 담을 수 있는 경지가 아니다. 화경만

되더라도 중원무림에 알려진 수는 정파무림에서 열, 사파무림에서 일곱이었다. 은거 기인들까지 치면 더 있겠으나 현재 알려진 화경 고수는 총 열일곱 정도였다. 바닷가의 모래알보다 많다는 기인이사들. 그런 기인이사들이 배는 족히 넘는 무림인들 중에서 화경의 고수는 겨우 두 손, 두 발로 셀 수 있을 정도로 적었다.

화경이 그런 실정인데 현경은 어떻겠는가?

지금의 무림은 전성기라 할 수 있었다. 짧게는 삼백 년, 길게는 천년무림이라 할 수 있는 중원무림 역사상 기록되는 현경의 고수는 지금껏 단 하나. 이제 기록될 자가 무림맹에 셋, 소림사에 하나, 그리고 마교에 하나였다. 근래에 들어 수라마제 역시 암흑마검을 대성하여 현경의 초입에 들었다. 무공을 배운 흔적이 전혀 없는 묘한 경지였다.

천년무림에 현경의 고수가 하나 기록되었는데 세대가 공존하는 현재라 하더라도 현경의 고수가 총 다섯이나 되었으니, 그야말로 중원무림 역대 최고의 전성기라 할 수 있었다. 그런데 하나가 더 있다니……. 검강의 경우 화경의 고수들도 어렵지 않게 펼칠 수 있으나 권강이라 하면 달랐다. 주먹으로 강기를 펼친다는 말은 이제껏 들은 바가 없었고, 권기만으로도 검강의 고수와 비슷비슷한 승부를 볼 수 있기에 권을 쓰는 자들은 권기를 자유자재로 펼쳐도 화경의 고수라 불렸다. 권강은 지금껏 역사상에 무림의 표면에 드러나지 않은 종류의 무공이었다. 만약 권강을 펼친다면 현경의 고수라 불려도 과언이 아니다. 청천벽력 같은 말에 수라마제는 제정신을 찾기가 힘들었다.

"거의 확실하답니다. 물론 화경의 극(極)에 달해 있다고 말할 수 있겠습니다만 그는 현경이라 확신한다더군요. 확실히 암천마수가 비무를 가졌던 장소의 흔적은 현경급 고수의 파괴력을 증명했습니다. 땅은 족히 오 장이 파였고, 주위의 풀이 모두 날아가 버렸을 정도입니다."

"비무라 했나, 지금?"

수라마제의 언성은 상당히 높아져 있었다. 아무리 화가 나 있더라도 그의 정기는 항상 잘 갈무리되어 전혀 흔적을 내지 않았으나 좌중에 그의 패도적인 기도가 느껴지기 시작했다. 마(魔)의 극(極)이라 칭할 수 있는 극마(極魔)에 준하는 실력자들도 숨이 턱하니 막히는 듯했다.

"일단 사상자의 시체나 피의 흔적이 없었으니 비무라 볼 수 있습니다. 물론 혼자의 수련이라 볼 수 있으나 크게 다른 두 가지 무공의 흔적으로 보건대 아마 비무가 아니었을까 싶습니다. 특별한 근거는 없……."

"비무냐고 물었다!"

화가 극에 달했는지 수라마제의 주먹은 굵은 탁자를 단번에 부숴놓았다. 만년철목(萬年鐵木)은 아니지만 백년철목(百年鐵木)으로 어지간한 검법으로도 썰리지 않는 단단한 나무인데다 그 두께가 사람의 다리만하여 어떤 무공으로도 깔끔하게 부수기에는 무리가 있었다.

하지만 수라마제 단가후는 현경의 고수였다. 백년철목의 탁자가 정확하게 반으로 나뉘어졌다. 하지만 그것으로도 화가 풀리지 않는지 수라마제의 얼굴은 벌겋게 상기되어 있었다. 그의 성난 모습에 좌중은 공포에 의한 침묵을 지켰다.

"네, 비무였습니다. 상대가 분명 있었습니다."

수라마제는 미소를 지었다. 믿을 수 없다는 듯이.

"현경급의 고수와 비무라……. 게다가 땅을 아주 파내었는데도 시체는커녕 피 흔적조차 없었다라……. 후후, 정말 놀라운 일이군. 놀라워."

수라마제는 미친 듯이 '놀라워'를 연신 중얼거렸다. 암흑신권을 극성으로 수련하면 현경의 길이 열리는 것에는 그다지 놀라울 일이 아니다. 천마는 사상 처음으로 현경을 기록하는 대마(大魔)였다. 그런 그가 완성한 무공이 현경에 이르지 못하면 아귀가 안 맞는 일이다. 오히려 독학을 했을 듯한 암천마수가 현경에 도달했다는 사실은 기뻐해야 할 소식이었다.

그만큼 마교에 득이 있을 테니.

물론 새로운 현경의 고수 출현으로 상황이 난처해진 것은 사실이다. 현경의 고수라면 포섭하기는 물론 뒤처리에도 막심한 피해가 있다. 현경 고수 하나를 죽이려면 천마혈검대의 반을 투입해야 할지도 모른다. 피해가 가는 일을 왜 하냐? 마교의 궁극적인 목표는 바로 마도천하(魔道天下)의 대의를 이루는 것이다. 무림맹의 귀에 암흑신권의 존재 여부가 들어가서는 안 된다. 아니, 마교의 재건이 완벽하게 이루어졌다는 것조차 숨겨야 할 마당이다.

그러니 마도천하를 눈앞에 두고 밥에 재를 뿌리는 일 따위는 조심해야 한다.

청청 진인의 죽음으로 안 그래도 이목을 받는 암천마수인데 그의 경지까지 발각되면 세인들의 이목뿐이 아니라 무림맹의 이목까지 받을 것이 분명했다. 무림맹의 이목이 쏠리게 되는 이상 마교는 그를 포기함과 동시에 마도천하의 대의까지 접어야 할지도 모른다.

"백 장로, 묘안이 있나?"

"정말 그가 현경의 고수인지는 알 수 없습니다. 끄나풀이라는 작자의 무공이 그다지 깊지 않아 과연 화경과 현경을 구분할 수 있을지가 불분명합니다. 사실 저조차도 과연 화경과 현경의 경지를 구분할 수 있는지가 궁금합니다. 현경을 표시하는 이기어검 같은 경지가 있다고는 하나 꼭 이기어검을 사용하지 않는다고 현경의 고수가 아니라고 볼 수도 없고, 그렇게 난해한 경지들을 끄나풀이 구분한다는 것은 어불성설입니다."

주위의 마인들도 고개를 끄덕였다. 아직 그들은 그 경지에 도달해 보지 못했기에 아는 바가 없었다. 알지 못하는 경지를 알아본다는 것은 확실히 아귀가 맞지 않았다.

냉면혹마는 주위의 반응에 힘입어 다시 자신있게 입을 열었다.

"피 흔적이 없다는 것 역시 서로를 죽이는 것보다는 실력을 뽐내는 데 목적이 있다는 사실을 증명합니다. 아무리 사소한 무인들의 비무라 하더라도 피는 튀기게 되어 있습니다. 하지만 어쩌면 주위의 시선을 살 목적으로 주변을 초토화시켰다면 이 모든 현상들의 아귀가 척척 맞습니다."

"흐음."

수라마제는 턱을 매만지며 냉면혹마의 추측을 검토하였다. 아무런 허점이 없었다. 아니, 한 가지 흠이라 하면 끄나풀에 대한 증언과 약간 다르다는 것. 하지만 한낱 끄나풀의 경지는 그다지 깊지 않으니 무공에 대한 안목 역시 상당히 부족하다 볼 수 있었다.

"그럴 수도 있겠군."

냉면혹마는 고개를 끄덕였다.

"그렇습니다. 하지만 그가 젊다는 데 관심을 가져야 합니다. 암흑신권이 소실된 지 삼십 년. 아무리 높게 잡아도 암천마수의 나이는 사십 안팎입니다. 아직 성장기라는 말이죠. 이후 세월이 흘러 나이가 제법 차게 된다면 정말 현경에 도달할 수도 있습니다. 천마 조사님이 직접 완성하신 무공인데 그 정도는 되지 않겠습니까?"

"백 장로의 말은 그에 대한 처리를 신속하게 판단해야 한다는 말이군."

"맞습니다. 이대로 방치해 두면 상황이 악화되기만 할 뿐입니다. 이제는 수집되는 정보에만 의존할 때가 아닙니다. 무림맹의 관심이 아직 가지 않은 지금, 지금 움직여야 합니다. 지존(至尊)의 결단이 시급합니다."

"흐음."

수라마제는 다시 턱을 매만졌다. 어차피 바로 움직일 생각이었다. 그냥 두기에는 너무도 위험하다. 마교의 완벽한 재건과 진보를 위해서는 암흑신권의 빠른 회복이 필요했다. 암흑신권뿐만 아니라, 암천마수 역시 마교에 입교한다면 더 바랄 바가 없다. 부교주의 파격적인 자리를 내줄 의향도 있다.

마교는 강자지존의 사상이 굳건하게 박혀 있는 세계이다. 그렇기에 피가 들끓는 마인들을 질서있게 관리할 수 있는 섯이지, 다른 이유가 있어서는 아니었다. 암천마수는 애초에 마교의 무공을 배웠고, 강하니 그가 부교주가 된다 하더라도 크게 반대할 사람은 없었다.

"독리광호(毒利狂虎)!"

"존명!"

"사천혈마(死天血魔)!"

"존명!"

　독리광호와 사천혈마는 각각 마교 서열 이위와 삼위로 둘 모두 부교주 직을 맡고 있으며, 독마검대(毒魔劍隊)와 혈마검대(血魔劍隊)의 대주 직을 맡고 있었다. 독마검대와 혈마검대는 마교의 손꼽히는 음행과 살행 단체이다. 하나의 단체로 가히 명문문파 하나를 지워 버릴 수 있다고 자신할 정도로 그들의 사기와 무력은 하늘을 찌르고 있었으며, 지금도 상승세를 타고 있는 단체들이다.

　"정예만을 차출하여 암천마수를 생포해 온다. 신속을 중점으로 하되 절대 다른 단체에게 포착되지 않도록 마기가 가장 옅은 이들만 소수 데려가라!"

　"존명!"

　"존명!"

제6장

효랑지일(哮狼之日)

　화산의 운치는 산을 모르는 평범한 사람이라 해도 절로 신
선경(神仙境)에 들게 하는 마력이 있다. 화산의 봄은 산들바
람과 함께 끝을 마무리한다.

　거의 봄의 끝에 다다라 싱그러움이 많이 사라졌으나 늦봄
만의 매력인 싸늘하지 않은 선선한 바람이 있었다.

　그런 아름다운 환경 속에서 가부좌를 틀고 명상에 빠진 노
인이 있었다. 평상시에는 거의 드러나지 않았지만 가끔 표정
이 변할 때 주름살이 드러났다. 인자한 동네 할아버지를 연상
하게 했지만 조금은 눈이 사납게 생겨 친근하게 대하기에는
무리가 있었다.

"하아, 방법이 없을꼬."

매화옥검 진효랑은 한숨과 함께 눈을 떴다. 그의 얼굴에 근심은 이미 과포화 상태를 이루고 있었다. 화산파 제자들의 우상이나 다름없고, 화산에 있어서는 북두 같은 존재여서 근심이 하나도 없을 것 같았으나 그도 그 나름의 근심이 있었다.

바로 흑의인, 그러니까 휘인에 대해 생각하면 그는 미쳐 버릴 것만 같았다. 운기조식을 하는 도중 물아지경(物我之境)에 빠져도 결국에는 휘인과의 한 판이 떠올라 주화입마 직전까지 빠지게 되어 마인이 될 뻔한 적도 한두 번이 아니었다.

'그냥 아무 일 없었다는 듯 지나가기에는 성질이 울고, 그렇다고 당장 달려가 목을 치자니 왠지 모르게 오한이 서리고. 후우~ 효랑아, 어쩌다 이런 신세가 됐니.'

상대가 어떤 사술을 사용했는지는 아직도 판명나지 않았다. 가끔은 정말 그가 순수하게 자신보다 높은 무공을 지니고 있지는 않은지 가정을 해보았지만 피도 안 마른 녀석의 안면을 떠올릴 때면 다시 주화입마의 기운이 들끓는다.

천하의 진효랑이 아무런 보복, 복수 없이 이 일을 묵인하는 것은 말도 안 된다. 어불성설이었다. 아니, 마음속 깊이에서는 그냥 넘어가자고 속삭이기는 하나 자존심이 울고, 자신의 명예가 운다.

물론 자기 혼자서 대패를 했더라도 울분이 가시지 않았겠지만 문제는 제자와 함께였다는 것이다. 물론 제자가 아직까지는 입을 꽉 다물고 있으나 언제 열지는 아무도 모른다. 화산파의 인물에게는 물론, 그의 친족에게 그 사실이 귀에 들어가면 진효랑은 다시는 얼굴을 들 수 없게 된다.

지금까지 쌓은 명예가 하루아침에, 아니, 한 시진에, 아니, 일각이면 충분히 무너진다. 제갈손이 생각은 있어 입을 다물고는 있지만 그래도 항상 제자의 모습을 볼 때 자신감이 조금씩 깎인다. 게다가 예전 같았으면 그가 간단한 무학의 묘리조차 깨닫지 못할 때 쥐어박기라도 했는데 이제는 무서워서 감히 그렇게 못한다.

'이러니 내가 화산파의 장로가 맞냔 말이다.'

이미 하루의 반이 신세 한탄이 된 지는 몇 주 되었다. 이 한을 풀지 못하면 죽을 때까지 뒤를 안 닦은 것 같은 느낌에 시달릴지도 모른다. 아니, 죽고 귀신이 되어서도 휘인을 졸졸 따리다니며 저주할 가능성도 높다.

거기에까지 생각이 미치자 진효랑은 자리에서 벌떡 일어났다.

"절대 안 되지. 흐흐흐, 이 천하의 진효랑의 그렇게 소인배로 보이더냐!"

보이지도 않는 휘인을 향해 소리를 질렀다.

"매화검수 몇을 데리고 흑의인 사냥에 나서야겠다."

명분은 복수이다. 남들에게는 다른 그럴듯한 변명을 대야 했지만 그래도 그 정도의 귀찮음은 감수할 수 있었다. 자신은 한다면 한다는 사람이다. 절대 말만 꺼내고 아무런 보복을 하지 않는 소인배와는 차원이 달랐다.

매화검수(梅花劍手).

매화검수는 매화이십사검을 완전히 독파한 이들로 구성된 화산파 최고의 세력이었다. 절정고수로 이름을 떨치고 있으며 매화검수 중에서도 검에 조예가 깊은 이들은 자유로운 검기 구사가 가능할 정도로 검파에 걸맞는 실력자들이다.

장로의 권환으로 매화검수 몇을 부려먹는 일은 식은 죽 먹기다. 마음먹은 이상 거리낄 것은 전혀 없었다. 그는 당장 발걸음을 놀려 화산파로 내려갔다.

"으응……."

화린은 머리를 쥐어 싸며 이불을 걸어찼다. 솜이 가득 든 폭신폭신한 침대 대신에 얇은 이불 하나만 깔려 있어 머리가 상당히 아팠다. 잠은 또 얼마나 험하게 잤는지 베개는 발이 베고 있었다. 눈곱을 떼며 눈을 비비는 중 문득 기분이 묘했다.

'언제부터 내가 객잔에서 잠을 자기 시작했지?'

머리가 지끈지끈 아파오는 가운데 그녀는 어제의 기억을 회상하기 시작했다.

'맞아, 암천마수!'

그녀의 기억 속에 암천마수가 떠올랐다. 그리고 휘인. 생사를 건 결투인지, 아니면 간단한 비무였는지는 몰라도 그 둘의 격돌을 떠올릴 수 있었다. 그들이 펼치는 무공 하나하나는 절세의 무공에 가까웠다. 그리고,

'검강? 마지막에 푸른 검강을 본 것 같기도 하고. 꿈이었나?'

그러고 보니 언제서부터 잠을 잤고, 어디까지가 현실인지를 그녀는 분간하기 힘들었다. 객잔에 들어선 기억도 없었고, 지금 떠오르는 기억 전부도 하늘에 떠 있는 듯 몽연했다. 아니, 그들의 결투 자체가 꿈만 같았다. 생각을 해보니 그들의 나이에 절세의 신위를 가지고 있다는 것 자체가 말이 안 되었다.

'꿈이었겠지. 이 객잔을 보니 잠이 들었던 곳이 맞는 것 같기도 하고.'

휘인은 그녀를 다시 어제의 객잔으로 데려왔기에 그녀의 혼란은 컸다.

그녀는 어제의 결투 자체를 꿈으로 치부하고는 다시 누웠다. 폭신폭신하지는 않지만 그래도 온기가 남아 있어 포근함은 있었다. 문득 그녀의 눈에 잡히는 것이 있었다. 처음에는 벽인 줄 알았지만 이내 꽃 내음이 나는 사람이라는 것을 알 수 있었다, 그것도 여자가 아닌 남자라는 것 역시.

'남자!'

처음에는 휘인일까 지레짐작해 봤지만 휘인은 흑의를 즐

겨 입었다. 다른 색의 옷은 단 한 번도 입은 것을 그녀는 본 적이 없었다. 누워 있는 사내는 백옥과 닮은 고급 백의였다. 어디서 본 듯한 느낌에 그녀는 기억을 더듬었지만 쉽게 생각나지는 않았다.

그녀는 조심스럽게 일어나 그의 어깨 너머로 얼굴을 파악하려 했다.

기다란 생머리가 가슴패기까지 흘렀고, 턱 선도 상당히 가늘어 가슴을 두근거리게 했다. 아주 향기로운 꽃 내음은 아니었으나 오히려 봄꽃처럼 은은하게 도는 향이어서 이 남자에게 더욱 어울렸다.

"암천마수!"

화린은 기겁을 하며 뒤로 꽈당 넘어졌다. 그녀의 놀람은 이루 말할 수 없을 정도로 컸다. 꿈으로 치부했던 부분이 사실은 꿈이 아니었다는 점과 자신의 옆에 그 무시무시한 무공의 소유자가 누워 있다는 사실은 그녀를 경악에 빠지게 만들었다. 또 하나, 밤을 같이 지새웠다는 사실 역시 떠올랐다.

꽤나 큰 소리로 외쳤음에도 불구하고 암천마수는 꿈쩍도 하지 않았다. 보통의 고수들은 선잠을 자기 마련인데 이상하게도 암천마수는 숙면을 취하고 있는 듯했다, 마치 고된 하루를 보낸 일꾼처럼 곤히.

그가 숙면을 취하고 있다는 사실에 안도함과 동시에 호기심이 생겼다. 그녀는 조용히 앉아 확실히 그가 꿈, 아니, 기억

속의 암천마수가 확실한지 확인하고 싶어 천천히 다가가 얼굴을 보려 했다. 암천마수는 등을 자신 쪽으로 돌리고 있었기에 조금 가까이 다가가야 했다. 긴 머리가 살짝 그의 얼굴을 가렸기에 그녀는 손을 조심스럽게 움직여 그의 머리를 치워 내려 했지만,

"무슨 짓이지?"

목소리만으로도 상대를 겁에 질리게 할 수 있는 남자, 암천마수 뇌운비는 화린의 팔목을 잡아 그녀를 저지했다. 화린은 그가 움직일 줄 몰랐기에 놀라움은 컸다. 머리에 든 말들이 백지화되면서 그녀가 안절부절못하는 사이, 누가 방문을 열었다.

"일어났군."

"크크, 덕분에 잘 잤는데?"

비릿한 미소와 함께 뇌운비는 몸을 일으켰다. 화린은 벽으로 내동댕이쳐져 얼굴을 찌푸리며 역시 몸을 일으켰다. 일단 상황 파악이 시급했다.

"오라버니, 만약 암천마수와 오라버니의 결투가 꿈이 아니었다면, 아니, 그러고 보니 저는 언제부터 잠을 잤는지 아세요?"

어제의 일이 꿈이 아니었다면 도대체 자신은 언제부터 잠을 자기 시작했고, 어떻게 객잔에 와 있으며, 왜 옆에는 암천마수가 누워 있는 것일까. 쏟아지는 의문에 그녀는 눈빛으로

휘인을 재촉하였다.

"결투 도중 잠을 자더군."

"……."

발전을 갈망하는 무림인이라면 누구든지 보고 싶어할 만한 실력자들의 결투 도중 잠에 빠지는 경우가 도대체 어떤 경우인가. 화린은 이해하지 못하겠다는 듯 다시 휘인에게 질문을 하려 했지만 휘인은 어느새 뇌운비와 함께 식사를 하러 내려가고 있었다.

"내가 왜 잠이 들었지?"

그녀는 어쩔 수 없다는 듯 고개를 저으며 휘인을 향해 달려갔다. 어찌나 휘인과 뇌운비의 발걸음이 빠른지 그들은 이미 자리를 잡고 앉아 있었다. 화린은 휘인의 옆에 앉았다.

"어제 저 사람이랑 결투한 거 아닌가요?"

휘인은 끄덕임으로 대답을 대신했다.

"그리고 오늘은 같이 식사를 하는 거네요?"

휘인은 재차 고개를 끄덕였다. 얼굴에는 짜증이 조금씩 물들기 시작했다.

"특급 수배령이 내려진 수배자와 결투 후 다음날 식사를 같이 하는 것은 왠지 상당히 모순적으로 보이는데, 휘 오라버니께서는 어떻게 생각하세요?"

휘인의 얼굴이 잠시 경직되었다. 휘 오라버니. 왠지 상당히 어색했지만 이미 오라버니라고도 부르는데 지금에 와서 뭐라고 하기에는 늦은 감이 있었다.

"내가 같이 식사하자고 한 것이 아니다. 그냥 그가 여기에 앉은 것뿐."

"……."

이렇게 어처구니없는 대답은 없었다. 하지만 화린은 휘인의 기세에 주눅이 들어 더 이상 그 부분에 대해서 캐물을 수가 없었다. 시킨 만두가 나왔으니 절대 말을 걸어서도, 웃기는 행동을 해서도 안 된다. 다시는 만두 세례를 받고 싶지 않았기에 그녀는 행동을 조심히 했다.

화린은 주문한 차가 나오자 요번에는 상당히 조심스럽게 찻잔을 들어올렸다. 어제의 사건으로 그녀는 절대 차를 한번에 들이키지 않고 조심조심 혀로 차를 살짝 핥아 온도를 측정했다.

"이, 차는 왜 이렇게 뜨거운 거야."

짜증을 내며 그녀는 차가 조금 식도록 내려놓았다. 시선이 느껴져 고개를 들어보니 뇌운비의 날카로운 눈이 그녀를 내려다보고 있었다.

"어제 그렇게 무서운 무공이 오고 갔는데 이상하게도 옷과 몸 전부가 멀쩡하네요?"

휘인을 올려다보며 물었다.

"옷은 새로 갈아입었다."

휘인의 딱딱한 대답에 화린은 그러려니 했다. 이미 내성이 생겼다. 하지만 호기심에 대한 내성은 생기지는 않았다.

"어제 도대체 무슨 일이 있었던 거예요?"

휘인이 다시 만두를 베어 먹으려는 찰나였다. 휘인은 다시 만두를 내려놓으며 인상을 확 썼다. 하지만 화린은 아무렇지도 않다는 듯 싱글벙글 웃고 있었다.

"결투가 있었고, 무승부로 끝이 났다. 그리고 너와 뇌운비를 방에다가 놓고 나는 운기조식에 들어갔다. 더 궁금한 것이 있나? 없다면 나는 식사를 하도록 하……."

"질문 아직 많~이 남았아요. 그러니까 만두는 잠시 기다려야겠네요. 뇌운비? 암천마수의 이름인가요? 어쨌든 그를 왜 저랑 같은 방에 뉘었어요? 다 자란 남녀를 같은 방에 넣다니, 어떻게 남자가 그렇게 몰상식할 수 있어요? 설마 방값 아깝다고 한 방에 처넣은 것은 아니겠죠?"

휘인의 눈썹이 파르르 떨렸다. 하지만 그 정도가 미미하여 뇌운비의 경우는 그냥 지나칠 정도였다. 하지만 화린은 눈썰미가 좋은 여자였다.

"아이고, 남자가 그렇게 소갈딱지가 쪼잔할 수 있어요? 그리고 이 암천마수, 앞으로 이 작자는 어떻게 할 거예요? 무승부라는 관에 처넣을 수도 없고. 아차, 무승부. 어제 전부는 못 봤지만 오라버니, 검의 수법을 그새 바꾸셨나요?"

무학에 끝없는 호기심은 무림인임을 증명하는 증표나 다름없다. 화린이라고 다를 수 없었다. 무인들의 결투라면 피가 끊고, 고수들의 한 수에 흥분을 하는 것은 일반 무림인과 다름없었다.

단 한 번 그의 수를 구경한 적이 있었다. 호북성으로 넘어올 때 마땅한 객잔이 없어 노숙을 하게 되었을 때, 그가 멧돼지를 잡는 모습을 보게 되었는데, 그는 옆으로 자세를 약간 낮추며 단번에 멧돼지의 이마를 꿰뚫는 신묘한 수를 보여주었다. 하지만 어제, 자세히 기억이 나지는 않지만 그래도 확연히 기억나는 몇 부분이 있었다. 휘인은 별다른 자세 없이 몸만을 살짝 낮추었다. 그리고는 옆으로 서서 미간을 눈 깜짝할 새에 찌르는 무공을 선보였다. 하지만 암천마수를 상대하면서는 그런 그 특유의 자세를 잡지 않은 일이 그녀의 호기심을 산 것이다.

휘인의 입술이 다물어졌다.

"아니, 형편없었다고 말하는 것이 아니고요, 검법을 펼치는 데 여러 자세를 사용하느냐고 간단히 묻는 거예요. 아무리 검에 능통하여도 가장 익숙한 자세에서 발전을 꾀하는데 휘 오라버니는 조금 다른 것 같아서. 아니, 검강! 맞아요! 도대체 어디에서 도를 닦으셨기에 검강을 사용할 수 있는 거예요?"

의문은 점점 점입가경(漸入佳境)에 빠졌다. 동행이 오래되지는 않았기에 안 그래도 모르는 것투성이였지만 그래도 조금은 알게 되었다고 생각했는데 이제 보니 그에 대해서 아는 게 없었다. 그는 자신과 차원이 다른 종류의 고수였다. 이제

겨우 절정에 다다른 자신과는 달리 그는 화경의 극, 혹은,

"혹시 현경의 고수이신가요?"

화린이 그가 현경의 고수라 짐작하는 데에는 이유가 있었다. 보통 검강을 시전해 보이는 화경의 고수라 할지라도 휘인의 것처럼 눈이 부실 정도로 강력한 빛의 검강을 시전해 보이지 못한다. 하지만 휘인은 아무런 어려움 없이 강력한 검강을 휘둘렀다.

휘인은 아무리 그녀를 무시하려 해도 그럴 수 없는 게, 대처를 하지 않은 채 시간이 경과하면 할수록 그녀의 질문은 무시무시해지기 시작했다. 가만 놔두기에는 주위의 시선만을 사기에 좋았다. 게다가 만두도 식어가고 있으니 휘인은 어쩔 수 없다는 표정을 역력하게 드러내며 입을 열었다.

"무학의 이해만으로는 그럴지도. 하지만 아직 몸이 따라오지를 못한다. 심법을 극성으로 깨치지 못해서이기도 하겠지만 깨달음이 부족하다 해야겠지. 또 식사를 방해하면 그냥 놔두고 가겠다."

"그럼 한마디만 할게요."

"……?"

드디어 파도와 같이 몰아치는 그녀의 입이 닫힌다는 데 한마디 못 들어줄 이유는 없었다. 질문도 아니고 한마디라는 대목에 휘인은 식어가는 만두를 잔뜩 물고 씹었다.

"식사 방해 안 하면 계속 데리고 다닌다는 말과 똑같네요?

호호."
　"푸읍."
　"……."
　어제아침과 오늘 아침 또한 다를 바가 없었다. 단지 그들의 인원에 세상을 세계에서 가장 증오할 듯한 얼굴을 하고 있는 절세의 미남 하나가 늘었을 뿐이다.
　또다시 만두 세례를 받은 화린은 어제와 다름없이 씻기 위해 뛰쳐올라 갔다. 당연히 휘인을 쏘아보며 갔지만 휘인은 애써 그녀의 눈길을 피했다.
　"사이가 좋군."
　"……."
　휘인은 다시 씁쓸하게 만두를 치웠다. 다시 하나를 시키려다 대충 배를 채운 것 같아 말았다.
　"그나저나 저 여자의 말은 상당히 흥미가 있군."
　"무슨 말이지?"
　"자세를 바꿨다는 말. 자네가 이 나를 상대로 봐준 것인가?"
　암천마수 뇌운비의 말투는 상당히 부드럽게 바뀌어 있었다. 그 대상이 휘인이기 때문이겠지만 그래도 저번과는 상당히 대조가 되었다. 휘인은 그 점을 알아차렸지만 그런 사실을 언급할 필요성을 느끼지 못했다. 대신 뇌운비의 질문에 대한 생각을 했다. 그것도 잠시. 그는 금세 입을 열었다.

"맞다고 해두지."

휘인의 무공은 쾌속한 찌르기를 정통으로 수련한다. 한 번의 찌르기면 충분하다. 그 어떤 고수라도 방심하는 기색이 있으면 곧바로 염라대왕에게 소환된다. 휘인은 특기를 버리고 어렵게 돌아갔다.

"그러고도 나와 무승부를 겨뤘다라……. 무승부도 자네의 거짓말이지. 자네는 일어났고, 알다시피 나는 혼절했고. 하아, 처음으로 삶에 대한 회의가 드는군."

그의 비웃는 듯한 눈에 이채가 돌았다. 나이도 많지 않은데 삶의 회의에 대해 언급하니 웃겼으나, 휘인은 그 이외의 감정이 그의 눈빛에 서려 있는 것을 알았기에 진중하게 그의 모습을 지켜봤다.

"뇌운비, 너는 이제 어디로 떠날 생각이지?"

"크크, 이 몸은 함부로 움직이기에는 너무 뜨거워서 말이지, 생각을 좀 해봐야겠군."

휘인은 고개를 끄덕였다. 그는 이미 충분한 관심을 받고 있다. 그의 얼굴을 정확하게 아는 사람은 없다. 수배지에 그려진 얼굴로는 도저히 알아볼 수 없다. 예전의 수배지로는 안심할 수 있겠지만 문제는 무당산의 일로 목격자가 많아 새로운 수배지가 돌 것이라는 점은 앞으로 그의 무림 행보에 어려움이 많을 것이다.

무당산의 일로 얼굴이 알려짐은 물론, 무림맹과 무당파의 시선까지 집중시켰다. 아직 무림맹의 시선은 호기심에 의한 관심 정도밖에 되지 않지만 무당파의 시선에는 살기가 짙게 서려 있었다. 피를 요구하는 그런 살기를 말이다.

"무당파가 일단 고비로군."

남의 일이라는 듯 자신의 이야기를 나직이 읊조리는 뇌운비의 말에 휘인이 정정해 주었다.

"마교도 있겠지."

"……!"

이전 뇌운비가 지나가는 듯이 마교를 언급한 적이 있었다. 마교도냐고 묻는 그의 얼굴에 살의(殺意)가 깊게 서려 있던 모습을 휘인이 잊을 리 없었다. 그것을 감안하여 대략 찔러본 것이었고, 예상은 적중했다.

"자네는 말하지 않아도 많은 것을 알고 있군. 크크, 그래, 그 정도는 되어야지. 나는 마교에게도 쫓기고 있다. 자세히 말해줄 수는 없지만 그들은 나에게 무엇을 원한다. 나는 빼앗기지 않기 위해 피하는 중이다."

"마교에서도 위치를 파악했으니 곧 손을 쓰겠군."

그것이 뇌운비의 걱정이었다. 무리하여 복수의 한 단계를 마무리하고 다시 잠적에 들어가려 했으나 자신이 계획했던 그 어떤 것도 이루어지지 않았다. 복수에 한 발짝 다가섰을 무렵, 무당의 청청 진인과 또 하나의 노인 때문에 일을 그르쳤다. 간신히 둘의 합격을 무너뜨리고 청청 진인은 죽였으나 그 노인만은 어떻게 하지 못했다.

"체면 때문이라도 무당파는 아마 필요 이상으로 힘을 쓰려 하겠지. 그렇게 생각하지 않나?"

"너라면 그다지 문제되지 않을 텐데?"

청청 진인은 화경 급의 고수가 아니었다. 아니, 무당파에 화경을 기록하는 고수는 지금은 은거에 들어간 전대 장문인 한 사람밖에 없다. 그러니 무당파 전체가 움직이면 목숨을 각오하고 전면전을 치르겠으나 고수 몇몇만 차출할 경우 크게 어렵지 않을 것이다. 단지 조금의 피해가 있을 뿐.

뇌운비는 고개를 저었다.

"그렇게 간단한 문제가 아니다. 비록 첫 번째 선발대를 죽여놓는다고 해도 무당파에서 끊임없이 증원을 하겠지. 그 모두를 죽이면 일이 걷잡을 수 없을 정도로 커져 결국에는 무림 맹까지 개입할지도 모른다. 이미 자취를 감추기에는 힘에 벅차다. 개방의 떨거지들이 이미 움직이기 시작했으니 일방적인 도망은 불가능하지. 크크."

그렇게 좋아할 일이 아닌데도 불구하고 그는 웃었다. 물론 유쾌한 웃음이라기보다는 특유의 비웃음이었다. 허탈한 심정에서 올라오는 비웃음일지도 모른다.

"정확한 계획은 뭐지?"

휘인은 그렇게 말을 하면서도 오한이 느껴졌다. 왠지 물으면 안 될 듯한 질문. 하지만 입에서 튀어나갔다.

"자네에게 빌붙을 생각이지."

"……"

너무도 당당하게 말을 하니 말문이 막힌다. 휘인은 뇌운비의 눈에 시선을 고정했다. 아무리 노려봐도 그는 눈을 피하거나 움츠러들지 않을 정도로 철면피였다. 상대가 말을 거두지 않으니 자신이 입을 열었다.

"절대 안 돼."

"크크, 어차피 자네도 피할 수 없을 텐데? 이미 나와 자네가 같이 있다는 것쯤은 이곳 일대의 무림인은 몰라도 개방에게 정보를 받은 무당파는 알 테고, 자네와 나의 만남이 무관하다고 생각지는 않겠지. 우리의 비무 아닌 비무에 대해서는 몰라도 같이 밤을 보냈다는 것쯤은 알겠지."

하루를 같이 지냈다는 것은 꽤나 친밀한 사이임을 뜻한다. 낯선 사람과 같이 밤을 보내지는 않는다. 어지간한 접촉만으로도 관심을 가질 상황인데 같은 객잔에 같이 들어가 다음날 같이 나오면 무슨 중대한 이야기가 오갔을 수도 있다.

무리한 추측이지만 최소한의 관계를 가지고 있는 것쯤은 알 수 있으리라. 그러니 휘인과 아무 관련이 없다고 보기는 어렵다.

"차라리 이쯤에서 찢어지는 것이 오해를 덜 사는 방법이 아닌가?"

이후부터 같이 행동을 하는 경우 확실히 발을 뺄 수 없게 되어버린다. 이유가 없었다. 휘인과 뇌운비는 아무런 이해 관계가 없었고, 정이라고는 눈곱만치도 없었다. 도와줄 방법도 없었다. 도움을 줘봐야 까다롭게 일이 꼬일 뿐, 깨달음이 목표인 무림행인데 무공의 진전은커녕 무림맹에 쫓기며 살게 될지도 모른다.

"무당파의 첫 번째 습격이 있을 때까지만 같이할 생각이지. 그렇게 되면 최적의 상황을 바랄 수 있다. 개방의 정보 수집단이 반으로 나뉠 테고, 주위의 시선도 나와 자네로 나뉘겠지. 자네야 아무리 탈탈 털어도 먼지 날 일이 없으니 꺼릴 이유도 없지 않나?"

확실히 그 정도는 도와줄 수 있다. 뇌운비가 마교에게도 쫓기는 마당인데 최소한 그 정도는 해줄 수 있었다. 어차피 같이 다니기만 하면 되는 것 아닌가. 무당파에서 차출해 내는 고수들 역시 자신들의 손 안 빌리고 뇌운비 혼자서도 충분하리라 예상이 되니 적정한 선이라고 휘인은 생각했다.

휘인은 조용히 고개를 끄덕였다.

'별문제야 없겠지.'

'별문제가 있군.'

"아니, 우리가 왜 암천마수를 도와줘야 하냐고요. 말이 돼요? 암천마수라 함은 이 평화로운 중원무림에 차가운 물을 끼얹는 극악무도한 자로서, 보는 즉시 관에 넘겨야 하는 그런 마두라고요! 관에 넘기지 않는 것만 해도 성은이 망극하옵니다라고 해야 할 상황에 도와줘요? 사람이 개념이 있는 거예요, 없는 거예요?"

화린은 열혈여아(熱血女兒)였다. 정의가 승리한다는 어린아이와 같은 구호를 찰떡같이 믿고 있었고, 정의가 아니면 악이라는 흑백 논리적 사상을 가지고 있었다. 다른 일이라면 휘인보다도 유유히 넘길 그녀가 악에 관한 한 옆에서 침을 튀어가며 연설을 늘어놓고 있었다.

말을 아끼는 휘인으로서는 상당히 괴로웠다.

정작 욕을 먹는 당사자는 휘인의 오른편에 걸으며 사태를 묵인하고 있어 휘인 역시 귀는 따가우나 참을 수밖에 없었다. 그러나 모기가 왱왱거리듯 그녀의 말이 끊임이 없자 결국에는 한마디를 하기 위해 입을 열었다.

"직접 말하던가."

"……."

화린은 뚱한 표정으로 입을 다물었다. 자신의 상황을 믿을 수 없었다, 다시없을 천하의 마두와 동행을 하고 있다니. 하지만 실력이 미천하여 정작 자신은 마두에게 한마디도 하지 못했다. 정의는 힘있는 자의 것이다.

"그런데 오라버니, 지금 어디로 가는 거예요?"

현재 그들은 호북성의 남쪽 하남성 방향으로 내려가고 있었다. 하남까지 갈 생각은 없지만 뇌운비가 하남 쪽으로 도망

경로를 잡고 있었기에 편의 하에 방향을 이쪽으로 잡게 된 것이다. 하남까지는 당연 며칠이 걸리지만 무당파에서 손을 쓰는 그날 헤어질 것이다.

"당장은 하남 쪽으로 간다."

"아, 이놈을 소림사에 맡겨놓게요?"

"……."

휘인은 입을 꾹 다물었다. 그러다 문득 자신이 어쩌다가 화린 같은 여자에게 시달리게 되었는지를 떠올렸다. 무림에 들어선 지 얼마 안 된 그날이 떠올랐다.

'그러고 보니……'

"화린."

"예?"

"너를 쫓는 무사들이 근래에 안 보이더군."

"아아……!"

화린도 머리를 탁 쳤다. 어떻게 잊게 되었을까? 무림맹의 무사들이 요즘 보이지 않았다. 자신의 행동반경에는 항상 무사들이 검문을 하고 있었는데 휘인과 같이 다니다 보니 그들에 존재에 대해 거의 무관심하게 됐다. 휘인이 언급한 이제야 이상한 점을 알아챌 수 있었다.

"특별한 이유가 있다고 생각하나?"

이미 휘인의 말은 그녀의 뇌에까지 미치지 못했다. 그녀는 골몰히 생각에 빠졌다.

'할아버지가 수색령을 철회하셨나? 아니면 혹시 포기하셨
나?'

가출과 수색.

자신과 할아버지만의 놀이(?)였다. 자신은 새장에 갇힌 새
에 가까웠다. 그렇기에 가출을 시도하면 항상 할아버지는 사
냥꾼처럼 다시 자신을 되찾았다. 나이가 들고 가출 상태의 기
간이 늘어가면서 자신의 실력이 향상되었음을 느꼈다. 검존
역시 경험이 중요하다 생각하여 가출을 시행하는 단계에서
보다 포위망에서 벗어난 기점을 시작으로 수색을 명한다. 서
로의 사랑(?)을 확인하는 놀이였다.

그런데 수색령이 철회되었다?

'중요한 일이 있으신가?'

무림맹 무사들은 고급 인력이다. 보통 무림맹에서 각 지역
에 볼일이 있으면 근처의 문파에 고수를 요청하여 일을 해결
한다. 무림맹의 무사들이 나설 때는 오로지 중요한 안건이 있
을 때뿐이었다. 그러니 항상 무사들을 화린과의 놀이에 사용
할 수는 없었다. 특히 시간이 경과하면 경과할수록, 사태가
심각하면 심각할수록 더욱.

'……!'

순간 뇌리를 스치는 생각이 있었다.

"제가 떠나기를 바라시는 건가요?"

휘인은 쉽사리 답하지 못했다. 자신과 화린의 동행 관계를

이어주는 단 하나의 끈이 있었다. 바로 화린의 필요 관계에 의한 끈. 물론 휘인이 그녀와의 동행에 개입한 바는 전혀 없었으나 운명이라는 것이 자기 마음대로 되는 개념이 아니라 묵인해 오고 있었다, 끈이 있다는 핑계로.

하지만 이제 끈이 없어졌다. 무림맹 무사들이 무슨 이유에서인지 사라졌다. 휘인은 의문이 들어 물었지만 생각해 보니 더 이상 같이 다닐 이유가 없다는 간접적인 표현이 되어버렸다.

"제가 떠나기를 바라시죠?"

화린은 고개를 숙였다. 무림맹 무사들이 철수한다는 생각을 해본 적이 없어 지금의 상황을 어떻게 넘겨야 하는지 그녀는 알 수 없었다. 지금까지도 물론 자신의 계획에 맞아떨어가는 일은 없었지만 그 어떤 일도 자신의 계획대로 돌아가지 않으니 그녀는 왠지 서글픈 느낌이 들었다.

"온다."

한마디도 하지 않고 같이 다니기만 하던 뇌운비가 입을 열었다. 뇌운비가 말하지 않았더라도 휘인과 화린은 알았을 것이다. 화린은 그들의 기척이 느껴지자마자 그들에게 숨듯 기를 죽이며 적당한 수풀에 몸을 숨겼다.

휘인 일행은 사람이 거의 다니지 않는 산로를 타고 왔다. 물론 사람이 거의 다니지 않는다고 해서 개방과 무당파의 눈을 피할 수 있는 것은 아니었지만, 그렇다고 해서 사람이 많이 다니는 대로로 다니면 감시하는 대상이 많아진다. 물론 사람이 많은 만큼 도망을 치거나 숨을 수 있는 장소는 많아지지만 영원히 그들의 눈을 피할 수는 없다.

이내 무당파의 표식이 그려진 도복을 입은 무당파 사람들이 시야에 담겼다. 그다지 빠르지도 그렇게 느리지도 않은 경공술로 다가오던 무리들은 단아한 도복을 입은 작은 키의 노인의 손짓과 함께 멈췄다.

"특급 수배자 암천마수! 청청 진인의 음해죄를 죽음으로 대신해라!"

노인을 포함한 중년인들은 다섯이었다. 그들은 대열을 가다듬기 시작했다. 서 있는 위치를 바꾸기만 하고 있음에도 불구하고 이상하게 장내의 기운이 바뀌기 시작했다. 그 모습을 본 휘인이 나직이 중얼거렸다.

"…오행검진."

다섯 사람일 때부터 알아봤다. 중원무림에 초행이기는 하나 휘인은 사부에게서 필요한 지식을 습득했다. 그중 사부가 그에게 유별히 강조한 부분이 있었다. 소림사의 나한진과 무당파의 오행검진은 피하라는 것. 각 진법에 대한 공부가 깊으면 깊을수록 검진의 위력은 배가되고, 아무리 날고 기어도 그 검진을 피해갈 수 없다 하여 휘인은 검진에 대해 기억하고 있었다.

주위의 기세가 바뀐 것이 시작이다. 시간이 흐르면 흐를수록 검세는 파도처럼 면밀하여져 꼼짝도 하지 못하게 한다. 오행검진은 그것만이 다가 아니다. 오행에 대한 상생과 상극의 변화를 연구, 깊이 공부하였다면 검을 교차시키며 펼치는 공세 속에서도 정방위로 변형을 하다 또 역방위로 돌아와 변화무쌍한 심오한 검식을 펼칠 수 있게 된다.

뇌운비 정도라면 오행의 이해는 극에 달해 있겠지만, 그렇다 하더라도 공수의 천변만화를 전부 헤아려 적절한 대응법을 찾기란 한계가 있을 것이다.

'뇌운비에게 선택은 하나밖에 없다.'

그와 동시에 검은 물결이 일렁이는 것을 휘인은 볼 수 있었다. 검은 물결은 다름 아닌 하늘을 향해 물결을 치는 뇌운비의 머리카락이었다. 그의 눈동자가 검게 변하는 상태. 그는 암신을 발동하며 다섯의 도인이 오행검진을 완벽하게 펼치기 이전 손을 쓰려 했다.

당연히 도인들은 혹시 모를 기습에 대비하고 있었다. 언제든지 뇌운비가 달려들면 공격을 가할 수 있도록 검을 고쳐 쥐며, 눈은 그에게서 떨어지지 않았다. 조금은 거리가 있어 안심을 하며 검진을 구축하고 있었으나, 뇌운비가 움직였다는 사실을 뇌에서 인식한 그때, 그는 이미 주먹을 휘둘러 가장 앞에서 검진을 맡고 있던 노인을 방해했다.

노인은 일단 침착하게 그의 주먹을 막으려 했다. 급작스런 느낌이 없잖아 있어 힘이 조금 덜 들어가기는 했으나 그 정도면 충분하다 생각한 것이다.

콰광!

하지만 충분하지 못했다. 암신의 상태에 있는 뇌운비의 주먹에는 은연중에도 폭발적인 힘이 담겨 있는데, 마음먹고 기습을 하는 주먹에는 팔 할의 공력이 담겨 있었다.

노인이 검으로 그의 주먹을 막아냈다고 생각한 그 순간 둔탁한 느낌에 이어 암흑신기가 노인을 향해 쏟아졌다. 그의 주먹을 둘러싸고 있던 단단한 암흑신기는 그의 의지에 따라 변형될 수 있었다.

암흑신기는 노인을 향해 검은 회오리를 형성하며 뿜어졌다. 노인은 권풍은 짐작도 못했는지라 몸으로 권풍을 전부 받아버렸다. 은연중에도 호신강기가 그 굳셈을 자랑했지만 사력을 다하여 형성하지 않아 그는 오 장 밖으로 날아갔다. 마치 검풍에라도 당한 듯한 날카로운 치명상이 무당 도사들의 입을 벌리게 했다. 하지만 그것도 잠시였다. 다시 봄을 날려 주먹을 앞세우는 무당 도사들은 각기 특기를 세워 준비하고 있었다.

이미 오행검진은 끝이 났다.

오행검진은 다섯의 인원을 필요로 하는데 오행검진의 중요한 위치를 맡은 도사가 쓰러졌으니 오행검진은 그 세를 유지할 수 없었다. 그들은 오행검진을 버리고 오로지 자신 목숨을 위해 무당파의 검을 휘둘러야 했다. 무당파에서는 오행검진이면 충분히 암천마수를 사살할 수 있다 믿었는데 크나큰 오산이었다는 것을 남은 네 명의 도사는 뼛속에 새겨질 정도로 깊이 깨달았다. 자신들과 차원이 다른 고수이다.

검은 기의 물결이 일렁이는 듯싶더니 이내 도사 하나하나는 노인과 마찬가지로 강한 충격에 기절하며 쓰러졌다.

"죽이지는 않았군."

"크크, 의외인가?"

"이들을 살려 둘 정도로 선한지는 몰랐군."

휘인이었으면 이들을 죽였을지도 모른다. 자신을 향해 검을 들면 일단 죽인다. 그것이 휘인의 철학에 알맞은 행동이었다. 무인이 검을 들었다는 사실은 목숨을 각오했다는 말이 된다. 고로 진정한 무인에 대한 적절한 예의는 죽음을 선사하는 것. 적어도 그는 그의 사부에게서 그렇게 들었다.

"이들을 살려놔야 무당파의 추격이 늦어진다. 자신만만해 그들이 특별한 수색대를 파견한 것 같지는 않으니 시간이 흘러야 움직이겠지. 게다가 증원된 인원이 이들을 발견하면 몇몇은 이들을 끌고 무당파로 가야 하니 숨통이 트인다고 볼 수 있지."

"그래도 개방이 남아 있다."

"그러니 이들을 살려둔 것이지. 적어도 무당파의 인원은 줄어들 테니."

"그렇다 하더라도 시간만 번 셈이 아닌가, 도사들의 증언으로 대규모 차출이 있을 텐데?”

“크크, 그들이 늦은 상태로 출발하는데 나를 쫓을 수 있을 거라 생각하나?”

“…개방의 눈은 어떻게 할 생각이지?”

“가면서 봐야지.”

“그럼 가요!”

화린은 수풀에서 몸을 번쩍 일으키며 외쳤다. 그녀는 무인의 피가 조금씩 끓고 있는 상태였다. 암천마수 뇌운비. 그 또한 대단한 신위를 지녔다. 자신과 나이 차가 얼마 나지 않는데도 선망의 경지라는 점이 그녀의 질투를 샀다.

“왜 숨었지?”

“오라버니가 알 바 없잖아요? 연약한 저까지 싸우게 하려한 것은 아니겠죠?”

근래에 들어 그녀의 말에는 가시가 있었다. 결투를 목격한 그때부터 그녀는 괜한 배신감을 느꼈던 것이다. 동행인 자신까지 속였다는 배신감에 혼자 빠져 있었다.

“벌써 증원이?”

조금 늦장을 부렸다지만 아무리 증원이 빠르다 하여 벌써 올 리는 없었다. 무당파의 도사들을 쓰러뜨리고 나서 겨우 한 숨을 돌렸는데 증원은 말도 안 된다. 하지만 그 말도 안 되는 일은 민감한 기감을 통해 증명되었다.

“매화검수!”

화린이 탄성을 자아냈다. 소림사와 함께 가히 정파무림의
양대산맥이라 할 수 있는 화산파의 최정예 고수 단체였다. 오
랜 세월 절정의 무공을 발전시킨 명문문파의 최정예들인만큼
기도가 달랐다.

무당파에서 내려온 도사들도 고수라는 칭호를 받기에 부
족하지 않은 실력들을 지녔지만 이들과 비교하기에는 무리가
있었다. 도사를 이끌고 왔던 노인이라면 매화검수들보다는
조금 뛰어난 편이라 볼 수 있었으나 나머지 중년 도사들은 이
들에 미치지 못하였다.

무당파는 암천마수를 얕잡아봤다.

'화산파에서 손을 쓸 정도의 명분이 있었나?

휘인은 곰곰이 생각을 해봤지만 답은 나오지 않았다. 물론
화산파에서 이곳은 그다지 먼 곳이 아니고 무당파와 화산파
는 상당히 우호적인 관계라 할 수 있어 화산파에서 무당파를
위해 고수를 차출하는 일은 적지 않았지만 요번의 일은 아직
그렇게 심각한 화두가 아니었다.

부채질을 해주면 불이 잘 번지는 일에는 틀림없지만 아직
까지는 해당 문파 이외의 세력에게 손을 벌릴 정도가 아니었
다. 무당파는 정파무림의 삼대세력에 속했고, 정파를 상징하
는 구파일방의 한자리를 꿰차고 있었다. 이런 일로 다른 문파
가 손을 빌려준다는 것은 무당파를 무시하는 행위나 다름없
었다.

'낯이 익은데?'

정심한 기도의 노인이 천천히 다가왔다. 노인은 하얗게 센 백발과는 달리 건강한 피부를 가지고 있어 나이를 짐작하기 어려웠다. 은은한 미소가 선한 인상을 풍겼으나, 다혈질의 끼를 완전히 숨기기에는 무리가 있었다. 나이에 어울리지 않게 매화가 수놓아져 있는 붉은 영웅건을 착용하고 있었다.

그 옆에는 화려한 청색 의복을 입은 미남이 자신감에 가득 찬 눈빛을 하고 서 있었다. 윤기가 흐르는 흑발과 고운 눈매는 여자들의 가슴에 불을 지를 것이다. 아직 어려서인지 얼굴만을 봐도 속이 좁다는 것이 딱 표가 났다. 그런 소인배의 모습이 비쳐짐에도 불구하고 그의 튼튼한 골격이 앞으로의 성장을 기대하게끔 만들었다.

그들 뒤로는 매화검수만의 표식이 수놓아진 똑같은 의복을 착용한 매화검수들이 포진하고 있었다. 그 수는 적어도 열을 넘어섰다. 매화검수의 전체 숫자를 고려할 때 화산파에서 꽤나 많은 전력을 차출했음을 알 수 있었다. 매화검수들 중에서도 검에 조예가 깊은 자들인지 내뿜는 기세가 사뭇 달랐다.

'목표는 암천마수가 아니다.'

"자네, 신수가 훤해졌구먼. 역시 여자가 옆에 있어서인가? 얼굴색이 좋아졌어. 진옥봉께서도 안녕하셨는가? 과연 세월이 흐를수록 아름다움을 숨기지 못하는구려."

배분은 자신보다 까마득하게 아래라고 말할 수 있었지만

검존의 손녀라는 자리는 무림에서 중요하게 여기는 배분을 무색하게 만들 정도로 검존의 이름은 드높았다. 자존심이 강하기로 유명한 진효랑이라고 다르지는 않았다.

"매화옥검을 뵙사옵니다."

화린은 이제껏 단 한 번도 보여주지 않았던 다소곳한 인사를 진효랑에게 깍듯이 했다.

"허허, 연유는 좋지 않지만 그래도 이렇게 만나니 좋구려."

매화검수를 대동하고 화산파에서 내려온 자는 다름 아닌 매화옥검 진효랑과 근래에 깨달음에 깨달음을 거듭하여 사룡이봉(四龍二鳳)에서 사독룡(邪毒龍)을 꺾고 그 대신 무천룡(武天龍)의 별호를 받은 제갈손이었다. 무천룡이란 과분한 이름을 얻게 된 데에는 제갈가주의 지나친 아들 애(愛)에 있었다고 볼 수 있다. '무의 세상을 지키는 용'이 되라는 의미에서 무천룡이라는 별호가 생겼다.

제갈손은 처음 눈을 들지 못하다 얼굴을 살짝 붉히며 휘인을 언뜻 보고는 다시 황급히 고개를 숙였다. 마치 연모하는 님의 얼굴을 훔쳐보는 듯한 모습에 화린은 입이 벌어졌다.

'휘 오라버니는 남자의 사랑도 받으시는구나.'

정작 제갈손의 생각과는 조금 달랐다. 사랑이라 하면 사랑이라 할 수 있지만 우상에 대한 사랑이었다. 휘인이 말해주었던 '검을 들었다는 건 죽음을 각오했다는 의미이다'는 아직도 제갈손의 가슴을 뜨겁게 하는 명언이었다. 게다가 남자다운 풍모에 말을 아끼는 묵직함은 남자로서 우상으로 섬기는 데 충분한 이유가 되었다.

"휘인, 저자를 아나?"

휘인은 인상을 쓰며 고개를 끄덕임으로써 독기가 가득 차 있는 뇌운비의 말에 긍정의 뜻을 표했다.

"나보다는 자네에게 관심을 가지고 있는 듯한데?"

"그렇다."

"저자의 얼굴을 보니 밟아줬나 보군."

휘인은 다시 고개를 끄덕였다. 다시 보고 싶은 인물은 아니었는데 이렇게 절묘한 시점에 만나게 되니 기분이 씁쓸했다.

"자네가 죽이지 않았다니 의외인걸?"

왜 무당 도사들을 죽이지 않았느냐고 물은 것이 후회가 되었다. 사실 휘인은 그를 죽이려 했다. 조금만 깊숙이 찔렀다면 노인은 저렇게 눈을 뜨고 있지 않을 것이다. 하지만 마지막 일격에 마음이 흔들렸다. 자신을 쳐다보고 있는 두 눈. 제갈손의 눈을 보고 흔들렸다. 자신과 사부가 떠올랐기에 마지막에 주춤했다. 이미 검은 힘을 잃었고, 결과로 검은 끝내 그의 두골을 뚫지 못했다. 다시 검을 휘두르는 것은 왠지 내키지 않았다. 그렇기에 아무리 검을 들었으며, 게다가 악의를 가지고 비무를 신청했음에도 불구하고 흉터가 남을 만한 상처만을 남겨놓고는 떠났다.

"나의 유일한 실수이지."

이 대화를 둘이서만 공유하고 있었다면 문제가 될 바는 단 하나도 없었다. 그들은 서로의 성격을 잘 알고 있었다. 하지만 이들 이외의 인물들이 그들의 대화를 듣고 그들처럼 그러려니 하고 넘기기란 불가능에 가까운 게 아니라 불가능이다.

진효랑은 완전 개무시당하고 있는 것에 대해 간신히 화를 참고 있었다. 특별히 자신의 인내심이 부처와 같아 참는 것은 아니었다. 참는 이유는 단 하나, 거사가 치러질 직전인데 일부러 화를 내는 추한 모습을 보여줄 필요가 없기 때문이다. 무림 명숙다운 풍모로 그들을 응징할 필요가 있었다.

"그렇다면 난 가봐야겠다. 이 몸을 쫓는 세력이 한둘이 아니니."

그 말이 끝남과 동시에 그의 몸에서 검은 기운이 모락모락 피어오르기 시작했다. 뇌운비는 경공을 사용할 생각이었다. 빛에 준하는 속도로 튀어나가려는 찰나,

"허허, 어디를 가시나?"

그렇게 말함과 동시에 진효랑은 매화청심장(梅花淸心掌)을 펼쳤다. 잔상만 흐릿하게 남기며 쏘아진 그의 신형은 매화청심장에 격중하고 말았다. 극성으로 익힌 것은 아니지만 그래도 팔성의 공력이 담겨 있어 상당한 위력을 가지고 있었다.

진효랑의 신묘한 수에 매화검수들은 '과연'이라 말하며 감탄했으나 정작 놀란 것은 그 신묘한 수를 펼친 진효랑이었다.

‘몸이 금강불괴(金剛不壞)도 아닐 터인데……!’

장법을 펼친 자신의 오른손이 화끈 달아올랐다. 쉿덩이리를 맨손으로 친 것과 같이 손이 얼얼했다. 게다가 자신의 손은 고통에 물들었는데 장법을 아무런 방비 없지 정통으로 받은 당사자는 멀쩡한 얼굴이었다.

암천마수 뇌운비는 진효랑의 앞에 섰다. 서로의 거리는 주먹을 내뻗으면 뺨을 후려칠 수 있을 정도로 짧았다. 뇌운비는 ‘감히 내게 손을 썼냐?’ 라는 얼굴로 진효랑을 노려봤다. 사고를 불허하는 뇌운비의 기도에 휘인은 진땀을 흘렸다.

‘암천마수마저 괴물 같다니!’

사실 휘인 하나로도 힘에 벅차다고 생각하는 차였다. 진효랑은 이들의 위치를 알아내면서 암천마수가 일행에 껴 있다는 사실까지 알아내었다. 암천마수가 비록 특급 수배자이기는 하나 범죄자들 사이에서만 유명했지, 진효랑은 그를 하찮게 여기고 있었다. 게다가 천하의 매화옥검이 자리에 있는데 특급 수배자를 보내주면 주위의 시선이 얼마나 따갑겠는가.

급한 김에 손을 쓰기는 했으나 암천마수는 자신이 상상하던 그런 하찮은 존재가 아니었다.

퍽!

뇌운비는 초점이 풀린 상태로 진효랑의 앞을 왔다 갔다 하며 매화검수들과 진효랑의 긴장을 고조시키던 도중 결국 주먹을 썼다. 암신의 상태도 아니었고 암흑신기를 끌어올린 것도 아니었지만 순수한 공력만으로도 위력은 충분히 강했다.

진효랑은 급작스럽게 뺨을 허용했다. 그의 턱이 한계 이상보다 약간 돌아갔고, 우드득거리는 소리가 들려왔다. 진효랑은 화가 머리끝까지 치솟아올라 발도와 함께 뇌운비를 두 동강 내려 했다.

"악!"

왼쪽 허리춤에서 검을 뽑으려던 찰나 뇌운비는 그의 오른손목을 손날로 내려쳤다. 주위에 비쳐지는 모습으로는 손날로 살짝 장난치듯 내려친 것으로 보였으나 당하는 당사자로서는 마치 튼튼한 나무 막대기로 무식하게 내리찍은 것 같은 통증이 느껴졌다.

그 장난처럼 살짝 내려친 듯한 모습에 체면상 인상도 구길 수 없었다. 단지 그는 칼의 손잡이에서 손을 떼고 손목을 쓰다듬었다.

'무식한 놈!'

카릉!

뇌운비가 진효랑의 뺨을 후려치고 그의 발도를 막은 것은 모두 순간에 일어난 일로써, 매화검수들은 미처 반응하지 못하고 뒤늦게 검을 뽑아 들었다. 매화검수가 열이 넘게 있는데도 그들이 마치 존재하지도 않는다는 듯, 아니, 천하의 매화옥검을 무시하는 듯한 싸가지없는 눈빛을 하고 있는 뇌운비가 그들은 마음에 들 리 없었다.

하지만 칼을 뽑아 들자마자 그들의 살기는 주눅 들었다. 며칠은 굶주린 사나운 야수가 먹이를 한번에 쳐 죽이기 전의 눈빛과 마주친 것이다. 뇌운비의 표정은 차갑게 굳었고, 눈에는 분노가 들끓고 있었다. 무엇보다도 그의 눈은 강한 살기가 담겨져 있었다.

살의에 반응이라도 하듯 그의 몸에서는 절로 고개를 숙이게 하는 듯한 지독한 살기가 뿜어져 나왔다. 자신있게 검을 뽑아 든 매화검수들의 검에 힘이 사라졌다. 검을 뽑은 듯, 안 뽑은 듯 검의 끝은 하늘에서 땅을 쳐다봤고, 이미 예기가 죽어버렸다. 절대적인 공포.

매화검수들이 공포에 몸을 부들부들 떨지 않는 것만으로도 휘인은 감탄을 했다. 뇌운비의 경지도 경지이지만 직접 경험해 본 그의 암흑신기는 강력한 것만이 그 특성이 아니었다. 보이지 않는 주먹에 대한 공포, 그리고 암흑신기를 마공이라 칭해도 부족하지 않을 정도로 기 자체에 상대를 제압하는 듯한 공포가 심겨져 있었다.

"늦지 않았나?"

긴장된 공간 속에서 오로지 휘인만이 입을 열었다. 매화검수들은 어느새 식은땀을 훔치며 고개를 조아린 채 땅에 시선을 고정하고 있었다. 누구도 암천마수의 눈을 직시할 수는 없었다. 오로지 진효랑만이 반 오기로 암천마수를 노려보고 있었으나 노려보고 있다고 하기에는 눈동자가 약간 떨리고 있어 간신히 눈만을 맞추고 있다는 표현이 맞을 것이다.

"이미 늦었지."

뇌운비의 입꼬리가 한쪽만 올라갔다. 일이 틀어졌다. 보이지는 않지만 개방의 정보 수집대가 근처에 꽤나 있다는 것이 느껴졌다. 추측이나 아마 무당 도사들이 쓰러져 있는 모습을 봤을 가능성이 높았다. 그 말은 이곳에서 멀지 않은 무당파에서 다시 증원을 보냈다는 말과 일맥상통했다.

휘인은 고개를 숙이며 살짝 고개를 저었다.

"일이 한없이 커지겠군."

화산파.

무당파.

마교.

이제 무림맹의 개입은 시간문제이다. 무림맹의 개입 때까지는 꽤나 멀리 도망칠 것을 계획했던 뇌운비는 이를 갈았다. 이렇게 되면 처음서부터 끝까지 정면 돌파밖에 없다. 어쩌면 무림 전체를 상대해야 할지도 모른다.

"이들은 두고 출발하는 게 차선책이라고 생각한다."

뇌운비는 고개를 끄덕였다.

개방 떨거지들의 장점은 방대한 정보 수집력에 걸맞는 인원이다. 개방도는 아니지만 거지들 대부분이 개방에 이름을 등록해 놓고 정보를 주는 조건으로 밥 한 끼를 얻어먹는다. 아무리 사소한 정보라도 정확하다면 밥을 거저 한 끼 주니 거지들 전체는 개방에 속해 있다고 봐도 과언이 아니다.

이처럼 수는 많다. 하지만 실력있는 정보 수집단의 수는 적다. 뇌운비를 눈으로 쫓을 수 있는 자도 많지 않다. 그러니 개방이 체계적으로 정보 수집에 나서기 전 최대한 몸을 숨겨야 한다. 지금도 늦었다. 하지만 시간이 흐를수록 발을 뺄 수 없게 되어버린다.

"같이 갈 텐가?"

뇌운비가 휘인을 돌아봤다.

"지금 가지 않으면 너희들도 힘들걸?"

본의 아니게 이미 자신과 뇌운비는 관련이 되었다. 과연 개방의 정보가 자신과 뇌운비 사이의 관련이 거의 전무하다는 것까지 알아낼 수 있을지 생각해 봤으나 불가능했다.

휘인은 고개를 끄덕였다.

"주화린."

"예?"

"너는 여기 남아도 상관없겠군."

"……."

화린은 고개를 푹 숙였다.

휘인은 중원무림에 대한 전체적인 상황을 자세히 알고 있다. 그의 사부가 정보에 무지하면 크게 당할 수 있다고 연신 강조한 탓에 중원무림에 대해 자세히 배웠던 것이다. 하지만 사부 역시 은거에 들어간 지 이십오 년이 넘어 사람의 이름은 알지 못했다. 지금도 이름을 떨치고 있는 노고수들의 이름은 알았으나 그들의 수는 많지 않았다.

당대를 풍미하는 고수들의 이름을 휘인이 알 리 없었다. 그렇기에 진효랑도 몰랐던 것이다. 하지만 중원에 발을 디딘 지 몇 주가 흐르다 보니 객잔에서 얼핏얼핏 들려오는 고수들의 이름이 뇌리에 각인되기 시작했다. 유명한 고수들은 대부분이 어느 객잔에서든 한 번씩은 거론된다.

휘인은 식사를 하며 만두와 소면만을 열심히 씹었던 것이 아니라 정보 수집도 겸했다. 진효랑은 화린에게 진옥봉이라 불렀다. 사룡이봉. 휘인이 그들을 모를 리 없었다. 어느 객잔에서 식사를 하는 상인이나 무림인이나 사룡이봉에 대한 관심은 상당히 컸다.

무림고수의 분류에는 여럿이 있었다.

하나는 이미 오래전부터 최고의 자리에 군림하고 있는 천하제일고수. 세월이 흘러도 그 위치는 쉽게 바뀌지 않는다. 순위 변동이 없는 것이다. 하지만 다른 분류인 후기지수는 다르다. 이들의 순위는 순식간에 바뀐다. 적어도 노고수들에 비해서는 빠르게 바뀐다.

후에 날아오를 빼어난 젊은 세대의 무림인들의 집합을 후기지수라 부른다. 젊은 나이만큼이나 그들의 잠재력은 무한하다. 게다가 열혈이어서 무림에 이런저런 일을 일으키며 세인들에게 객잔에서 즐겁게 떠벌릴 만한 사건을 준다.

변동이 없는 노고수들보다야 후기지수들의 작은 세계가 더욱 즐거운지라 객잔에서는 후기지수들의 이야기로 가득 찬다. 객잔에서만 사는 휘인에게 진옥봉이란 별호는 이미 익숙했다.

"엇?"

문득 화린은 이상한 점을 눈치 챘다. 자신은 휘인에게 자신의 성을 말해준 적이 없었다. 그리고 휘인은 항상 자신을 화린이라 불렀다. 당연했다.

하지만 요번만큼은 그는 자신을 주화린이라는 온전한 이름으로 불렀다. 그 말은 자신이 정확하게 누구라는 것을 알고 있다는 말이 되었다. 자신에 대한 이야기는 어디에서나 얻을 수 있기는 하지만 그래도 새삼스러웠다.

'화린이 더 친근했는데…….'

그가 딱딱하게 주화린이라 부르니 가슴 한구석이 시립기도 했다.

화린은 휘인을 애틋한 눈빛으로 올려봤다. 그의 눈을 보면 그가 원하는 것을 알 수 있을 듯싶어 그의 눈을 직시했다. 하지만 원래가 그렇듯 그의 눈빛에서 읽을 수 있는 것은 단 한 가지도 없었다.

어차피 자신들의 동행은 오래갈 수 없었다. 화린은 그 점을 정확하게 알고 있었다. 언젠가는 자신이 시원시원하고 깨끗하게 먼저 떠나려고 했었다. 만남의 인사도 없었듯 이별도 불시에 하려 했는데 너무 갑작스러웠다.

"그래요, 오라버니. 동행, 즐거웠어요. 그럼 여기서 헤어져 야겠네요."

화린의 한마디 한마디는 차갑고 딱딱했다. 감정을 감추기 위해서인지는 모르겠으나 그녀의 눈동자 역시 일체 흔들림이 없었다. 그녀는 자신에게 백 번도 더 되뇌었다.

'끝이다. 끝이다. 끝이다. 미련은 없다. 미련은 없다. 미련 은 없다.'

휘인의 몸에서 진기가 피어올랐다. 뇌운비도 역시 마찬가 지로 검은 진기가 전신의 모공에서 피어올랐다. 진기가 멈춘 듯 정체를 보일 무렵,

휘잉!

바람의 일렁거림과 함께 그들의 뒤통수는 저 멀리 사라져 가고 있었다. 발을 한 번 뻗을 때마다 몇 장씩 멀어져 갔다. 다시없을 절세의 고수들이었다. 근원도 불분명하고 성격도 희한한 둘이었지만, 이상하게도 싫지만은 않은 이들이었다.

'한번쯤은 뒤돌아봐 주지.'

그들의 뒤통수가 육안으로는 파악되지 않자 이내 화린은 고개를 숙였다. 목이 메이는 듯한 감정이 가슴속에서 들끓었 다. 울컥하는 감정에 휘인을 욕하고 싶었다, '무슨 남자가 돌 아보지도 않느냐' 고. 하지만 목이 메어 목소리가 제대로 나 오지 않을 것 같았다.

'그래, 이제 모두 제자리로 돌아가는 거야.'

화린은 속으로 다짐했다.

갑자기 휘인이 진기를 거둬들였다. 그러자 뇌운비 역시 진기를 거둬들이고는 휘인과 함께 뒤를 돌아봤다. 안력을 최대한 돋우니 화린과 화산파 일행이 간신히 눈에 잡혔다.

"이대로 두고 가도 괜찮겠나?"

"오히려 너무 늦게 이루어진 일이네."

휘인은 애써 담담하게 대답했다.

뇌운비는 고개를 흔들며 휘인을 재촉했다.

"그렇다면 가자고."

휘인은 한참을 그렇게 화린을 직시했다. 그녀와의 온갖 기억들이 뇌리를 스치고 지나간다. 휘인은 입꼬리를 살짝 말았다. 그녀와의 기억들을 회상하며 웃지 않으면 자신의 기억들을 모욕하는 듯한 기분이 들었다.

"이 친구, 미쳤나?"

뇌운비는 단 한 번도 휘인이 웃는 모습을 본 적이 없었다. 언제나 딱딱하게 무게를 잡고 있는 자였다. 오히려 웃으면 안 어울릴 듯한 과묵한 남자였다.

'이제 보니 웃는 모습도 어울리는군.'

"가자."

휘인은 그렇게 말하며 먼저 몸을 날렸다.

“쑥스러워하기는.”
뇌운비 역시 돌풍을 남기며 몸을 날렸다.
지평선을 따라 그들의 모습이 점차 흐려지기 시작했다.

제7장

무명귀인(無名鬼人)

　지금의 무림은 정파와 사파가 공존하는 세계라고 할 수 있
다. 역사적으로 정파와 사파가 공존하는 시대는 없었다. 같은
하늘 아래에서 살고는 있었지만 틈이 날 때마다 서로를 헐뜯
고 칼질하기에 바빴다.

　그것도 소규모로 이루어졌지만 결국에는 모든 원한 관계
가 쌓이고 쌓여 정사대전(正邪大戰)이 일어났다. 정파고 사파
고 정사대전에 의해서 삼십 년의 회복이 필요했을 만큼 큰 피
해를 입었다.

　분노가 일어 대국들의 전쟁을 연상케 한 정사대전을 시작
했을 때는 몰라도 그 이후의 피해를 보고는 정파든 사파든 고

개를 숙여 반성했다. 하나의 뿌리에서 나온 동도들이건만 언제나 결말은 이렇다. 피가 강을 이루고 시체가 산을 이루었다. 땅은 피폐하기 그지없었다.

결국 정사대전의 말미에 각 수뇌부들은 사상 처음으로 공식적인 정사집회(正邪集會)를 가졌다. 그 집회로 무림 역사에 또 하나의 커다란 획이 그어졌다.

통과된 안건은 두 가지가 있었다.

一. 무림맹 창립.

二. 정파와 사파의 평화 공존.

정파와 사파의 수뇌부는 중간에서 자신들을 중재해 줄 강력한 단체를 필요로 했다. 정파와 사파의 수뇌부가 똑같은 영향력을 행사할 수 있는 단체.

모든 무림인의 필요 하에 검존, 신승, 도악이 승인하여 무림맹이라는 단체를 창립, 그리고 이끌게 되었다. 무림의 세별이 무림맹을 맡게 되었으니 앞으로 무림맹이 강력한 영향력을 발휘할 것은 물론, 공명정대한 이들이어서 정파든 사파든 차별 않고 대우할 것이 분명했다. 정파든 사파든 이들이 무림맹을 이끌어 나가는 데 불만을 품지 않았다.

정파와 사파의 평화 공존.

일단 이것이 가장 큰 문제였다. 무림맹이라는 단체를 마련해 둠으로써 더욱 수월하게 유지될 것 같기는 했으나 무림맹으로는 부족했다. 정파와 사파의 모든 문파는 일차적으로 무림맹에게 각서를 하나씩 보내었다.

공식적인 명칭으로는 '무림맹절대복종각서(武林盟絶對僕從覺書)'. 모든 문파들은 의무적으로 '무림맹절대복종각서'를 기입하여 무림맹에 바쳤다. 시기에 맞춰 보내지 않은 문파들은 전부 초토화한다는 반강제적인 상황 아래에서 이루어졌다.

무림맹은 정사무림의 질서를 위해 몇 가지 안건을 발표했는데, 그중 가장 먼저 통과된 것은 '절대 명분없는 시비를 걸지 않는다'였다. 명분이 있는 시비는 무림맹에서도 간섭을 할 수 없다. 은원 관계는 철저하게 풀어야 정사무림에 생기가 돈다. 은원 관계에 개입하게 된다면 정사무림은 더 이상 살아 있는 세상이 아니라 죽은 세상이 된다. 무림맹은 은원 관계에 있어서는 최소로 개입했다.

이 안건에도 틈은 있었으나 겉으로는 으르렁거리지 못하니 많은 발전을 무림맹이 이룩했음을 알 수 있었다.

그러나 정파와 사파의 평화 공존에는 큰 한 가지의 문제가 있었다.

바로 정파와 사파의 문파들의 위치.

정파는 무림 평정으로 안락한 위치에서 오랜 세월을 지내왔다. 사파는 종종 정파에 쫓겨 그 누구도 원치 않은 땅에서 문파를 세워 세력을 키워 나갔다. 그렇게만 지속되어도 그다지 불만이 없을 텐데 문제는 조금만 세력이 커졌다 싶으면 일어서는 정파의 세력 때문에 다시 사파는 초토화가 된다.

지리적인 문제를 먼저 해결해야 했다.

정파의 구파일방은 가장 전통이 오래되었고, 영향력은 이루 말할 수 없을 정도로 크기 때문에 그들에게 문파의 위치를 바꾸라고 하기엔 무리가 있었다. 그렇기에 그들의 문파가 위치한 성들은 모두 정파의 것으로 남았다. 그 점에는 사파도 불만이 없었다. 그 어떤 사파의 문파도 구파일방의 옆에서 문도를 꾸려 나갈 용기나 배짱은 없었다.

오대세가나 구파일방이 위치한 이외의 장소를 중심으로 사파의 영역이 구성되기 시작했다. 흑룡강성, 요녕성, 길림성, 강소성, 절강성, 복건성, 관서성, 호남성, 광동성, 귀주성이 대표적인 사파의 영역이었다.

대부분이 중원무림의 끄트머리에 위치하여 정파에서는 크게 개의치 않았다. 물론 호남성이든지 광동성은 따뜻한 지리이고 비옥한 대지가 있어 살기 좋아 그곳에서 문파를 꾸리던 자들은 불만이 많았으나 중원무림의 중심이 아닌 외곽의 문파들은 중심에 있는 정파무림의 문파와 문도들에 비해 숫자도, 무공도 부족했다. 비록 호남에서 세력을 키우던 정파 세력들이 적지 않았으나, 정작 이 안건에 영향력을 발휘할 수 있는 구파일방은 침묵으로 일관했기에, 아름답기 그지없는 동정호는 사파 세력에게 넘어갔다.

그렇게 중원무림의 중심은 정파의 차지, 외곽은 완전히 사파의 차지가 되었다. 사파는 더 이상 정파와 치열한 자리 싸

움과 일방적인 텃세에 당하지 않게 되었다. 물론 애써 명분을 찾아 정파는 시비를 걸었고, 그들의 세력을 축소시키려 노력했지만 사파도 호락호락하지 않았다.

사파의 세력들 역시 급속도로 안정을 찾고 세력을 키워가기 시작했다. 이내 그들도 정파의 오랜 역사에 의한 무공을 뒤집고 새로운 접근법의 과감한 무공을 선보였다. 사파는 더 이상 정파에 완전히 떨어지는 세력이 아니었다.

세월은 그렇게 오십 년이 흘렀다.

호북성은 정파의 영역이었고, 호남성은 사파의 영역이었다. 호북성과 호남성은 정파와 사파의 경계이다 보니 그 지역의 무림인들은 특히 사나울 수밖에 없었다. 정파와 사파가 물론 오십 년 동안이나 공존을 해왔지만 핏속에 서로에 대한 증오는 들끓었다.

특별한 이유는 찾기 힘들었다.

그들이 기억하기론 그들의 부모님이 정파, 사파 서로를 싫어했고, 그들의 사부도 서로의 세력을 싫어했다. 그런 부모들의 부모도, 사부들의 사부도 서로의 세력을 싫어했다. 증오는 순환된다. 몇백 년 동안이나 쌓여온 묵은 감정은 세대가 바뀌고도 쉽게 가라앉지 않았다.

호북성과 호남성은 정파와 사파의 영역 중에서도 각자 큰 세력을 이루고 있는 곳이었다. 호북성은 구파일방의 세 번째 자리를 꿰차고 있는 무당파와 오대세가의 제갈세가가 똬리를 틀고 있어 상당한 저력을 자랑했다.

호남성은 구파일방을 따라 자신들이 이름을 진 사벌이궁(四閥二宮) 중 가장 큰 연합 세력인 무황벌(武皇閥)이 자리를 잡고 있다. 무황벌은 호남연합세력을 지칭하는 명칭으로 수십 개의 중소 문파를 수족처럼 부릴 수 있는 단체였다. 수직형 연합이었기에 그 이름에 대한 공포는 더했다.

영역을 넘어선 정파인들을 호시탐탐 기회를 노리며 괴롭힌다는 악명은 이미 무림 전체에 자자했다. 정파와 사파를 구분하는 표식은 없었지만 대충 사용하는 무공이나 행동거지를 보면 쉽게 구분되어 정파인들은 절대 호남성에 발을 대지 않았다.

"곧 호남성이다."

휘인과 뇌운비는 호북성의 공안에 도착했다. 개방의 신속한 위치 전달에도 불구하고 무당파에서는 항상 휘인과 뇌운비의 빠른 경공을 고려하지 못해 한발 늦게 되었다. 그래서인지 애초에 호북성의 끝 자락에서 길을 막기로 작정을 했는지 그 이후로는 도사들의 모습이 보이지 않았다.

휘인과 뇌운비는 최대한 인적을 피해 호남성을 향해 갔다. 호북성은 인구가 많기에 시선을 사지 않기란 거의 불가능에 가깝지만 둘의 경공이 평범한 사람들의 눈에 보일 정도라면 이미 그들은 무당파의 추격대에 진작 잡혔다.

"호남성에 들어서기 직전이 고비이겠군."

뇌운비가 고개를 끄덕였다. 무당파에서 사태의 심각성을 깨달았으면 적잖은 인원이 호남으로 들어서는 길목을 막고 있을 것이다. 운이 나쁘다면 진효랑 역시 매화검수들과 함께 검진을 펴고 있을지도 모른다. 매화검수 열과 무당 도사 수십을 뚫고 호남을 딛는 것이 쉬울 수도 있다. 일단 무작정 뛰어서 닥치는 대로 잡다가 적이 물러서는 시점에 호남까지 치고 들어가면 된다.

하지만 문제는 주위의 이목이다.

최대한 조용히 호남에 들어서는 것이 사파 세력의 시선을 덜 사는 좋은 방법이고, 무림맹의 관심 밖으로 벗어날 수 있는 좋은 기회이다. 하지만 인원이 많으면 많을수록 계획에는 크나큰 차질이 생긴다.

"작전은?"

"작전?"

뇌운비가 휘인에게 묻자 그는 왜 자신에게 물어보냐는 듯 되물었다.

"아니, 대장처럼 무게는 잡으면서 정작 작전은 없다는 말이냐?"

"원래 말투가 자주 바뀌나?"

생사를 같이하고 있는 동료라서 그런지 조금은 격식을 차려주던 뇌운비의 말투가 친근하게 바뀌어 있었다. 친근하다고 하기에는 무리가 있는, 싸가지없는 말투였으나 휘인은 이내 못 들은 척하는 뇌운비를 보고는 고개를 저으며 나직이 말했다.

"정면 충돌을 피할 수는 없겠지."

호북성에서 호남성으로 이르는 길은 단 하나의 길목밖에 없다. 다른 길들은 정파와 사파의 영역이 구분되면서부터 막혔다. 허용된 하나의 길 이외의 막힌 길로 들어서게 되면 무황벌은 적으로 간주하여 가차없이 죽여 버린다.

그 점은 휘인과 뇌운비에게 유리하게 작용될 수도 있다. 호남성까지 들어서는 데에는 두 종류의 검문을 거쳐야 한다. 정파 무사들의 검문 다음 사파 마수의 검문을 거친 후에야 간신히 호남성에 들어설 수 있게 되는 것이다.

시간이 지체되는 것은 당연하다.

길은 하나이고, 비옥한 땅이어서 사람이 많이 사는 호남성에 상인들이 이익을 보기 위해 많이 들락거리는 것은 인지상정. 줄은 당연히 길 수밖에 없고, 심지어 한나절을 기다리는 상인들도 허다했다. 인적이 많다는 점을 이용하면 그들을 피하여 호남성에 무사히 들어서기란 쉬울 수 있다.

"호남성이 안전하기는 한가?"

휘인은 뇌운비에게 물었다.

"일단 무당파에서 섣불리 들어오지는 못하지. 무황벌이 안 그래도 벼르고 있는데 무림맹의 허가를 받지 못하는 한 무당파나 화산파를 걱정할 필요는 없어지지."

뇌운비의 말을 듣고 수긍하는 듯 고개를 끄덕이는 휘인이었다.

'더 이상의 관심을 사면 앞으로의 무림행이 한없이 어려워진다. 무당파에게 잡힐 수도, 그렇다고 무당파를 처리할 수도 없는 상황. 어차피 무림행에 사파의 영역도 포함되어 있었으니 이 기회에 둘러보는 것 역시 괜찮겠지.'

아무리 신경 쓰며 걷는다 하더라도 그들의 속도는 상당히 빨랐다. 휘인 일행은 이내 검문의 긴 줄을 발견할 수 있었다. 봇짐을 잔뜩 메고는 앉아서 기다리는 상인들 하며, 일반 민간인들도 상당히 많았다. 일반 민간인들과 상인들의 검문은 관에서 직접 나온 이들이 도맡아 하였고, 무림인의 줄은 따로 있었다.

무림인의 줄은 거의 비어 있다시피 하였다. 무림맹에 의한 공식적인 임무를 맡은 이들이 아니면 절대 정파의 영역에서 사파의 영역으로, 사파 영역에서 정파의 영역으로 이동하지 않는다. 서로의 영역에 발을 디뎠다가는 언제, 어디서, 무슨 일을 당할지 예측할 수 없기 때문이다.

상대의 영역에 들어서 몸 성하기를 바라는 자는 미친 것이다.

'저기 있군.'

무림인의 검문 줄의 우측에는 민간인과 상인을 위한 줄. 좌측에는 진효랑과 매화검수들이 포진해 있었고, 그 앞에는 적어도 서른 명의 무당 도사가 대열을 맞춰 서 있으면서도 눈을 부라리며 자신들을 애타게 찾고 있었다.

"작전이 있다."

"크크, 정말 대장이군."

"…듣기 싫은가?"

"말해."

자신보고 대장이라고 하지만 정작 이렇게 놓고 보니 그가 대장인 듯이 말하고 있다. 휘인은 잠시 할 말을 잃었으나 상황이 상황인지라 그냥 넘겼다.

"각자 다른 방향으로 간다. 저들은 우리가 같이 들어갈 것으로 예상을 하고 있다. 그러니 갈라지면 저들은 당황하겠지. 아무리 빨리 대열을 반으로 나눠도 상황에 대비하지 못하니 거의 오합지졸이라 할 수 있다."

"우리가 같이 들어갈 것으로 예상하고 있다는 것을 확신하는군."

"저들이 하나의 대열로 대기하고 있는 모습을 보면 알 수 있다. 서로가 촘촘하게 얽혀 있으니 둘로 나눠지기는 힘들다는 것을 모르겠는가?"

휘인의 말에 짜증이 섞여 있었다.

"예, 예. 그렇겠지. 어쨌든 완전히 상반된 방향으로 가야겠지?"

"네가 먼저 시선을 끈 후에 민간인 검문 쪽으로 가라."

휘인의 말이 마치자마자 뇌운비는 궁신탄영(弓身彈影) 유

의 경공을 시전하였다. 그의 몸이 활처럼 기이하게 휘는 듯싶
더니 이내 몸의 탄성에 내력을 부여하여 검은 안개를 동반하
며 저만치 멀리 사라져 가고 있었다.

"암천마수다!"

소리친 것은 화산파의 노인 매화옥검 진효랑이었다. 이전
의 치욕을 씻으려는 듯 분노한 얼굴로 크게 외쳤다. 매화검수
들과 무당파의 도사들은 대열을 유지하며 최대한 빠르게 뇌
운비의 길을 가로막으려 했다. 그들이 비록 뇌운비보다 경신
이 턱없이 부족하나 거리상으로 그가 훨씬 멀었기에 뇌운비
가 그들을 통과하기 이전에 길을 막을 수 있었다.

"이런, 암천마수의 일행이다!"

아직 휘인을 모르는 진효랑은 암천마수의 일행임을 강조
하며 매화검수들만을 이끌고 다시 무림인들을 위한 검문 장
소로 뛰어갔다. 안 그래도 인파가 많아 북적거렸는데 이들의
추격으로 주위에 먼지가 안개를 이루었다.

"허공답보(虛空踏步)다!"

하늘에 마치 계단이라도 있다는 듯 자연의 섭리를 거스르
며 뇌운비는 허공답보를 펼쳤다. 일종의 기의 막으로 발판을
형성하여 발을 쭉쭉 뻗어 이미 사파의 검문소까지 지나쳐 가
고 있었다. 무당파의 도사들은 그 모습을 넋 놓고 구경밖에
할 수 없었다. 무림맹의 허가가 아직 도착하지 않아 쫓아갈
수 없는 것이 한이라면 한이었다.

"저자라도 잡아라!"

휘인의 주위에 진기가 일렁였다. 그와 함께 휘인은 오 장을 솟구치는 듯하더니 그대로 허공을 천천히 걸어갔다. 마치 하늘이 평평한 바닥인 것처럼 그는 여유만만했다.

"저놈도 허공답보를!"

"허공답보가 아니다! 천상제(天上梯)다!"

신형을 하늘에 펼친 기의 막에 몸을 완전히 의지하고 있어 빠르게 하늘에서 이동하는 허공답보보다 움직임이 자유롭다. 매우 천천히 움직일 수도 있고, 심지어는 완전히 서 있을 수도 있는 상당히 고명한 신법이라 할 수 있다.

진효랑도 어색하게나마 허공답보를 시전할 수는 있었으나 무림맹의 허가 없이 사파의 영역에 들어서는 일이 얼마나 위험한지를 아는지라 그는 차마 그 둘을 쫓지 못했다. 다만 안타까운 탄성을 터뜨릴 수밖에.

"아, 저자들은 도대체 어디서 튀어나온 이들일까."

무황벌은 사파의 최대 연합 세력이며, 사파 전체를 은연중에 지배하는 세력이기도 했다. 당대의 무황벌주 파천도 여지명은 전 사파무림이 존경하는 고수로, 화경의 극에 달해 있는 중년의 무림인이었다. 그의 파천도법(破天刀法)은 가히 하늘을 깰 수 있다는 말이 나올 만큼 웅장한 위력을 자랑했다.

그는 날이 두껍고 상당히 무거운 거력도(巨力刀)의 파천도법 위력을 완벽하게 소화해 낸다. 자신의 키와 같은 육 척의 대도 파황도(破皇刀)는 천하의 명도로 그 누구도 압도하는 듯한 기운을 내뿜는다고 한다. 그렇기에 정파무림의 천하오검삼도일독(天下五劍三刀一毒)과 같은 격인 사파무림의 이황사제(二皇四帝) 중 파천도, 혹은 파황(破皇)으로 불릴 수 있는 것이다.

그는 호남성의 삼만대군(三萬大軍)을 일으킬 수 있는 권력가에 걸맞는 호상(虎相)의 얼굴과 곰의 덩치를 지녔다. 그의 짙은 눈썹은 그의 분위기를 한층 살렸다. 칠십을 바라보는 나이에 비해 여전히 건장한 체력과 삼십 정도밖에 안 되어 보이는 듯한 외모는 그의 심후한 내공을 증명했다.

"귀군(鬼君)이 어쩐 일로 나를 찾으셨는가?"

귀군 기여악은 항상 귀신과도 같은 기이한 행동과 신출귀몰한 행방을 보이는 반면, 총명하며 치밀한 두뇌의 소유자에 가끔 군자와 같은 모습을 보여준다 하여 귀군이란 별호를 얻게 되었다. 그는 무황벌의 모사로, 파황 여지명의 총애를 받고 있었다. 그도 거대한 세력을 이끌다 보니 두뇌 회전이 빠른 자가 옆에 있으면 얼마나 편한지 알고 있었다.

"오늘 낮에 검문을 받지 않은 두 명의 무단 영역 침입범이 현재 호남성을 떠돌고 있습니다."

"허허, 그런 일이야 숱하지 않소?"

사파무림에 무단으로 침입하는 자들은 꽤 많았다. 정파와 사파의 관계와 서로에 대한 대우를 고려할 때, 각 영역을 침범하지 않는 게 상식이었다. 하지만 호기심은 모든 사람에게 내재되어 있는 본능이었다. 정파의 인물은 사파의 영역에 호기심을 느끼고, 사파의 인물은 정파의 영역에 호기심을 느끼는 경우가 허다하다.

그리고 상당수는 자신들이 완벽하게 서로를 속일 수 있다고 믿으며 각각의 영역을 침범하여 호되게 혼이 나는 일이 많았다.

각 영역의 무림인들이 침범자들을 잘 알아보고는 알아서 적당한 선에서 혼을 내기에 정파와 사파의 권력가들까지는 손을 쓸 필요가 없었다. 자연적으로 정화가 된다. 그런 일로 기여악이 여지명을 찾는다는 것은 그에게 의외였다.

"암천마수가 그중 하나입니다."

"끄응……."

여지명은 골치가 아프다는 듯이 뒷머리를 거칠게 비볐다. 머리를 써야 하는 일이면 뒷머리를 긁는 것이 그만의 습관이었다.

암천마수는 여지명에게 골칫거리였다. 함부로 건드릴 수도 없으며, 건드리려고 해도 그는 사파의 무림인들에게 영웅이나 다름없었다. 비록 특급 수배자이기 때문에 후기지수의 잣대인 사룡이봉에 끼지는 못했지만 젊은 무림인들에게는 매서운 무공을 지닌 사파의 영웅이었다.

정파의 인물인지, 혹은 사파의 인물인지 그 무엇도 확실치 않았으나 그는 정파의 영역에서만 문제를 일으켜 사파의 무림인들은 그를 사파의 인물로 단정했다. 사파에서는 얌전한 그가 정파무림에서는 특급 수배자로 수배령을 받았으니 그 누구도 그가 사파의 인물이라는 데 이의를 품지 않았다. 비록 특급 수배자의 수배령은 사파무림에까지 미치기는 하나 그 어떤 사파의 무림인도 그를 향해 검을 들지 않는다.

무림맹으로부터 지시를 받은 무황벌로서는 정말 난처한 상황이라 할 수 있었다. 사파 무림인들의 환심을 사고 있는 암천마수를 잡아넣으면 통제권에 위협이 있을 정도여서 일을 단순하게 처리하는 여지명도 고민을 할 수밖에 없었다.

암천마수는 식상하다 못해 지루한 평화 무림 속에서 정파와 정면으로 맞서서 아직도 멀쩡한 사파의 인물로 미화되어 사파의 젊은이들뿐만 아니라 거의 모든 사파의 무림인들에게 깊이 각인되어 있다.

그의 무공의 끝을 아는 자는 없었고, 무당파의 청청 진인뿐만 아니라 화산파의 매화옥검까지 농락하고 사파의 영역에 다시 발을 디뎠다는 소문이 나돌아 그의 인기는 가히 사파에서는 절정에 치닫고 있었다.

그것만을 여지명이 근심하는 것은 아니었다.

정파에서는 그의 무공을 정확하게 알지 못한다. 아니, 사파에서도 정확하게는 모른다. 하지만 여지명은 알고 있었다. 여지명은 어릴 적에 여럿의 사부를 동시에 모셨는데, 그중 하나

의 사부는 마교에서 뛰쳐나온 도(刀)의 대가였다. 그는 항상
마교의 권법이었던 암흑신권에 대해서 언급했는데, 암흑신권
을 수련한 자가 있으면 무조건 피하라는 유언이 있었다. 그
정도로 무서운 무공이라는 것이다.

이 사실은 현재 여지명과 기여악만이 알고 있었다.

그렇기에 이 안건은 둘에게 상당히 큰 문제였다.

무림맹에서 보낸 요청서─말이 요청서이지 명령서나 다름없
었다─에는 반드시 요번만큼은 암천마수를 생포하여 무림맹
에 보내라는 내용이 있어 그의 근심은 컸다. 그 요청서는 암
천마수가 다시 사파에 들어서면 처리하기로 했는데, 그 요청
서는 오늘 왔고, 암천마수 역시 오늘 왔다.

무당파의 일이 있고 나서 암천마수가 곧 사파의 영역으로
들어설 줄 알고는 있었으나 이렇게 곧바로 내려올 줄은 예상
하지 못한 일이었다.

"어떻게 하시겠습니까?"

"자네가 나한테 말해줘야 하는 일 아닌가."

"파황께서 직접 움직이셔야겠습니다."

"내가?"

여지명의 안색은 살짝 굳어 있었다. 암천마수가 두려워서
그런 것도 아니었고, 그렇다고 귀찮기 때문도 아니었다. 바로
자신의 위치 때문이었다. 무황벌의 벌주이자 사파의 입지를
다지는 주축이다. 그런 지고한 위치에 있기 때문에 함부로 움

직임을 보여서도, 입을 놀려서도 안 된다.

그의 말 한마디 한마디, 행동 하나하나가 사파무림에 영향력을 끼칠 정도로 그는 이미 모든 사파인들의 마음을 사로잡고 있었다.

그런 그가 암천마수의 일로 나선다는 것은 그만큼 사파의 상황이 급박하다는 것을 보여주고, 여지명은 사파가 그렇게도 싫어하는 무림맹의 개 역할을 하고 있다는 사실을 만천하에 알리는 일이 된다.

"그러셔야만 합니다. 그렇지 않으면 사파인들의 불만과 원성이 크게 치솟을 것입니다. 아무리 암천마수가 젊은 사파인들의 환심을 사고 있는 상태라지만 파황께서는 사파의 하늘이십니다. 적어도 파황께서 움직이셔야 사파인들의 원성이 최소로 줄어들 것입니다."

"으음."

여지명은 턱을 괸 채 깊은 생각에 빠졌다. 확실히 피해없이 암천마수를 생포하는 데 자신만큼 적격인 사람은 없었다. 괜히 무황벌의 세력을 이용하면 막심한 피해가 뒤따를 것이다. 어쩌면 자신 역시 크게 다칠지도 모른다. 하지만 상처는 회복되지만 수하들의 생명은 회복되지 않는다.

자신이 적격이었다. 기여악의 말대로 사파인들의 원성을 감당할 수 있는 선까지 줄이는 데에는 자신이 나서야만 했다.

'사부님의 유언에 어긋난다.'

하지만 가끔 고인에 대한 도리는 사나이의 패기에 의해 옅어지고 퇴색되어져 갈 수밖에 없었다.

"좋다. 내가 나서겠다."

"무림맹에 고수 하나를 요청하겠습니다."

"……?"

기여악은 여지명의 눈에서 아까와는 다른 분노가 섞여 있다는 점을 알아챘다. 무황벌의 벌주 파황이 움직이는데 왜 고수를 요청해야 하느냐 하는 뜻이 담겨 있는 것이다.

"제가 오늘 영역 무단 침입자가 둘이 있었고, 그중 하나가 암천마수라는 말씀을 드렸습니다. 무단 침입자 둘은 일행이었습니다. 그리고 지금도 같이 다니고 있지요. 그렇기에 무림맹에 고수 하나를 요청해야 합니다."

탁!

얼굴이 붉게 상기된 채 여지명은 의자의 팔을 주먹으로 내리찍었다. 공력이 담기지 않은 순수한 근력을 가한 주먹이었지만 굵은 의자의 팔걸이는 깨끗하게 부러졌다. 여지명은 내공뿐만 아니라 순수한 육체의 능력을 한계 이상으로 끌어올릴 수 있도록 수련했다.

"이 무황벌주 여지명이 그 둘을 상대하지 못할 거라 생각하나?"

공력이 깃든 사자후(獅子吼)는 아니었지만 기여악은 고막이 얼얼함을 느꼈다.

"암천마수 하나를 상대하시는 데에는 아무런 어려움이 없으실 겁니다. 아니, 둘 모두를 상대하시고도 생포해 오실 수 있습니다. 하지만 파황께서도 무사하지는 않으실 가능성이 높습니다."

"뭐라? 이 사파무림의 파황을 그 정도로밖에 보지 않는 겐가!"

장내의 공기는 귀군에게 점차 무겁게 느껴졌다. 날카로운 안광을 쏟아내는 파황의 얼굴을 똑바로 바라보지 못하고 눈을 내리깔며 불안정한 마음을 가다듬고 입을 열었다.

"그 일행이라는 작자는 천상제를 시전해 보였다 합니다."

"천상제?!"

허공답보도 견식하기 어려운 현세의 무림에 천상제가 무슨 말인가? 하늘이 마치 자신의 뜰인 양 거니는 것이 천상제가 아니던가. 파황 역시 천상제를 시전할 수는 있다. 하지만 위급한 상황이 아니라면 막심한 내공 소모를 감수해 가며 천상제를 시전하지는 않을 것이다.

암천마수와 그 작자 모두를 상대한다는 생각에 호걸(豪傑)여지명도 식은땀을 흘렸다.

"그자의 이름은 무엇인가?"

"암천마수와 마찬가지로 근원과 이름 모두 불분명합니다. 다만 무림맹에서는 무명귀인(無名鬼人)이라 부르는 모양입니다. 정보 줄에 의하면 근래에 무림에 들어선 초출이라는 소문도 나돌고 있습니다."

"혹시 암흑신권을 익히 자인가?"

근원과 이름 모두가 불분명하다는 암천마수와 무명귀인의 공통점은 여지명의 간담을 서늘하게 만들었다. 암흑신권이 일인전승(一人傳承)이라는 보증은 없었다. 비밀 문파를 세워서 세력을 키워가는 자들이 있다 해도 전혀 이상할 바가 없었다.

"아닙니다. 그는 검을 차고 있습니다. 암흑신권 특유의 검은 손도 아닙니다."

"다행이군."

암흑신권의 수련자가 아니라는 점에서는 다행일지는 모르지만 그 사실은 또 다른 의문을 야기한다.

"그럼 도대체 그자는 어떤 무공을 배운 것이지?"

천상제를 시전할 수 있다는 말은 곧 화경의 극 이상에 달해 있는 자라는 말과 일맥상통했다. 절정의 벽을 깨뜨리고 화경에 이르게 해주는 단 하나의 무공은 많지 않다. 자신의 무학에 대한 호기심을 충족해 주는 무학은 여러 무공을 통해 배울 수 있고, 그 무학들을 깨닫게 되면 하나의 경지를 이루게 된다. 무학은 하나의 길이기는 하지만 워낙에 방대한 바다와 같기에 하나의 체계적인 무공으로 정리하기란 무척 힘들다. 정작 그 단계에 이른 자라 할지라도 말로 깨달음을 표현하는 일은 별개의 것이다. 하나의 무공으로 화경에 이루기 위해서는 절세의 무공이 필요하다. 흔치 않은 절세의 무공이 말이다. 몇백 년간 무공의 장단점을 추려 완성한 명문세가, 명문문파의 비급들은 물론 화경의 경지에 이를 수 있는 길을 보여준다.

심지어는 화경에 이르러 자신만의 무학과 알려진 무학을 접목시키며 현경에 이르기까지 한다.

암흑신권은 현경의 문까지 열렸다고도 볼 수 있는 무공이다. 암천마수는 그것을 익혀 그의 강함을 증명하지만 도대체 그 무명귀인은 누구의 어떤 무공을 배웠단 말인가.

"아직 알려진 바가 없습니다."

"휴우… 알겠네. 무림맹에 고수 하나를 요청하게."

"알겠습니다."

여지명은 일이 왠지 꼬일 듯한 느낌을 받았다.

"유명인사로군."

휘인은 뇌운비에게 경의에 찬 얼굴로 공손히 포권하는 젊은 사파인들의 모습을 보고는 한마디 내뱉었다.

"호남성이 나의 주 무대라 할 수 있지."

뇌운비는 호남성이 고향은 아니었지만 가장 오랫동안 머문 성이었다. 무공 수련 역시 곳곳을 헤매며 배워, 한 곳에 오랫동안 정착한 적이 없었다. 정파에서는 특급 수배자로 유명한 뇌운비였지만 사파에서는 정파에 맞서는 샛별과도 같은 존재였다.

"즐기는군."

사악하기 그지없는 미소와 눈웃음에 걸맞게도 그의 심성은 살짝 삐뚤어져 있었다. 모든 일에 수지타산을 챙기며 일에 방해가 되는 것이 있으면 가차없이 처리한다. 명예에는 전혀 관심이 없을 듯한 그가 사람들의 관심을 즐기는 모습은 휘인에게 있어 의외였다.

그 둘은 호북성에 맞닿아 있는 예현(澧縣)의 거리를 거닐고 있었다. 예현과 그 유명한 동정호가 맞닿아 있어 둘은 그곳을 목적지로 정했다.

날이 저물자 둘은 객잔으로 들어갔다. 저녁을 대충 때운 후 둘은 이인실 방 하나를 잡았다.

휘인은 짐을 정리하고 창가에 앉았다. 해가 지고 둥그런 보름달이 떴다. 휘인은 보름달에 대한 추억 아닌 추억이 있었다. 잊고 싶은 그런 추억.

'화린을 데리고 도망친 그날도 보름달이 저렇게 떠 있었지.'

그때와 정확히 한 달 차이도 나지 않았다. 당시는 십오 일을 약간 지났었고, 현재는 십 일 정도이다. 한 달도 안 되는 동안의 기억이고, 근래에 경험한 기억이다. 하지만 마치 어제 일어난 듯 생생했고, 예전에 일어난 일인 듯 친근했다.

'나도 바보 같았지.'

후에 그녀가 무림맹주의 손녀라는 사실을 알았을 때 얼마나 당황했던가. 그가 최대한 감정을 속이려 노력했기에 화린은 몰랐지만 그의 모든 행동 하나하나가 바보 같았다는 사실에 충격보다는 허탈한 심정을 느꼈었다.

"허, 이 인간 봐라? 혼자 좋다고 웃는다?"

휘인의 얼굴에 걸려 있던 미소가 금세 지워졌다. 언제 미소를 지었냐는 듯이 특유의 차갑게 굳은 얼굴로 다시 되돌아왔다.

"두고 온 걸 후회하나?"

"무엇을?"

"'누구를' 이 맞는 표현이지."

"……."

뇌운비는 휘인의 옆에 앉았다. 둘에게는 공통점이 있었다. 독특한 성격의 소유자라는 것과 또 길지도 짧지도 않은 세월 동안을 무공 연마로 보냈다는 점, 그리고 나이가 이십대라는 사실에 둘은 묘한 공감대가 있었다.

"사파의 떠오르는 별인 암천마수는 여인들에게도 인기가 많을 텐데?"

상황이 자신에게 불리해지자 휘인은 황급히 화제의 방향을 뇌운비에게로 돌렸다. 뇌운비는 표정이 불쾌해 보여도 그것 역시 하나의 매력으로 돋보일 정도의 미모를 가지고 있었다. 휘인도 남자답게 잘생긴 얼굴이다. 하지만 여성들의 취향은 휘인과 같은 남자다운 얼굴에서 여성의 모성애를 자극하는 곱상한 뇌운비의 얼굴로 바뀌었다.

"이 몸이야 이루 말할 수 없을 정도이지."

“허, 그렇군. 그중 각별한 하나가 있겠지?”

“…….”

순간 뇌운비의 얼굴이 차갑게 굳은 채 살기마저 스멀스멀 피워 올리기 시작했다. 마치 자신이 두려워하는 감정을 숨기기 위해서 일부러 그러는 듯했다.

둘은 밤이 깊어질 때까지도 정적을 지키며 자리에 조용히 앉아 있었다. 뇌운비는 충격에 초점이 없는 눈으로 공허하게 하늘을 바라보고 있었고, 휘인 역시 그와 비슷한 상태로 보름달을 올려다보고 있었다.

밤이 깊어지자 뇌운비는 잠에 들었고, 휘인은 배운 그날부터 지금까지 단 하루도 거르지 않은 운기조식에 들어갔다. 가부좌를 틀고 진기를 혈도에 따라 처음에는 천천히, 후에는 빠르게 일주천을 시작했다. 탄탄대로와 다름없는 그의 혈도를 따라 진기는 빠르게 돌며 쌓인 피로를 풀어주었다.

‘도대체 내가 뭘 하는 거지?’

가끔은 회의감이 든다.

자신의 목적이 점차 희미해진다. 무학의 극을 깨닫기 위하여 무림행을 시작했는데 진전은커녕 오히려 다른 일들로 머릿속을 채워 버리게 되었다. 문제는 그럼에도 불구하고 긴장감이 하나도 없다는 것.

‘동료는 짐이다, 특히 무림맹주의 손녀는.’

짐이다.

그녀는 물론 제대로 된 무공을 제대로 수련받았고, 자질이 뛰어나 무학의 길을 탄탄대로로 닦아놓았다. 세월이 흐를수록 그녀 역시 무림에 당대의 여협으로 이름을 날릴 것이다. 보지 않아도 알 수 있는 사실이다.

하지만 지금은 아니었다. 지금은 상당히 부족하였다. 시간이 해결해 준다지만 아직은 아니다. 기인이사가 널린 만큼, 무공의 수가 다양한 만큼 경험이 부족하고 무공이 절대적이지 못한 그녀는 짐이 된다.

‘원래의 자리로 돌아간 것이다.’

다짐을 한다.

잊어버리려고 하루에도 열 번, 스무 번 다짐한다. 하지만 잊어버릴 때쯤 다시 그녀가 떠오른다. 그에게 있어 이런 감정은 무학에 대한 진보를 방해하는 하나의 위험한 장애물과 같았다. 무인으로서의 초점을 흩뜨리고, 초점이 흩뜨러지는 데에도 아무런 위기 의식이나 잘못되었다는 느낌을 받지 못하게 한다. 그렇기에 더욱 위험하다.

‘……?’

진기의 운용을 한차례 빠르게 하고는 운기조식을 끝냈다. 운기조식을 하는 동안에는 평소의 감각에 못 미쳐 꽤나 가까운 거리의 적도 알아채지 못한다. 하지만 방 밖까지 다가왔는데 지금 알아챘다는 것에는 문제가 있었다.

'사파에도 괜찮은 고수들이 많군.'

은밀하다.

발걸음 소리는 아예 들리지 않고, 평범한 사람에게서도 느껴지는 미미한 기보다도 기를 죽여 거의 느껴지지 않는 듯했다. 은신술을 제대로 수련한 사람이었다. 특급 살수일지도 모른다고 생각했지만 살기가 전혀 느껴지지 않았다. 물론 이름난 살수들이라면 웃으면서도 살인을 저지를 수 있다. 하지만 그렇다고 보기에는 접근 방법이 너무 평범했다. 야밤에 잠을 자는 틈에 살인을 하는 일은 하급 살수들이나 택하는 방법이었다.

휘인은 몸을 숨겨 지금의 상황을 웃으며 관전했다.

스르르.

문이 천천히 열렸다. 확실히 살수라면 저런 방법을 택하지는 않았을 것이다. 비록 문이 열리는 소리는 매우 작았지만 밤은 거의 무음(無音)의 시간이라 그런 미미한 소리에도 무림인이라면 반응할 수 있었다.

하지만 휘인이 알기로 뇌운비는 감각을 모두 죽여놓고 잠을 잔다. 선잠을 자지는 않는다. 어떤 일에 처하게 된다 해도 그것이 운명이라는 생각을 가지고 있다. 게다가 그 상황을 혼자서 해결할 수 있다는 자신감 역시 가지고 있었다. 무엇보다도 아무런 방비 없이 잠을 잘 수 있는 데에는 휘인이 있어서였다. 휘인이 잠을 자지 않는다는 것은 이미 전부터 알고 있었다.

살금살금 걸어오는 인영은 침대에 누워서 깊은 잠을 자고 있는 뇌운비에게 다가갔다. 혹시나 하는 생각이 들었으나 그렇다고 보기에는 분위기가 조금 달랐다. 꼬집어 말할 수는 없지만 미묘한 분위기에 휘인은 머리를 갸웃거렸다.

인영은 뇌운비에게 올라타다시피 하여 몸을 밀착하였다. 그리고는 왼손으로 뇌운비의 긴 머리카락을 매만지며,

‘……!’

그대로 인영은 뇌운비의 입술을 맞췄다. 입을 통해 독을 전하는 방법도 있었기에 휘인은 손을 쓰려 했으나 이내 뇌운비가 벌떡 일어났다. 그리고는 강하게 인영을 밀쳤다.

"무슨 짓이냐?"

"오라버니, 쑥스러워하시기는."

"……."

휘인은 어째 저런 상황을 많이 본 듯한 느낌을 받았으나 이내 화린과 자신을 떠올렸다. 그리고는 강하게 고개를 저어 자신의 상상을 부정했다.

"흑매옥봉(黑梅玉鳳)."

"이름을 부르라니까요."

"……."

"어어? 지금 무시한 거지?"

상당히 밝고 친근한 목소리에서 등에서부터 한기가 느껴지는 싸늘한 목소리로 바뀌었다. 그러자 달빛에 비친 뇌운비

의 얼굴이 싹 굳었다.

"독고영(獨孤榮)."

"그 딱딱한 얼굴은 뭔가요? 설마 제가 불편하고 싫어서 얼굴이 굳은 것은 아니겠죠?"

"막무가내군. 꺼져라."

뇌운비의 성격이 나오기 시작했다. 그는 아무나와 입씨름을 할 정도로 선하지 못했다.

"야박하시기는. 자아, 오라버니, 이렇게 오랜만에 만났으니 정을 풀어야지요?"

독고영은 뇌운비의 말을 전혀 듣지 못했다는 듯이 행동했다. 휘인은 눈을 돌렸다. 뇌운비라면 저런 여자를 손날로 내려칠 것이 분명했다. 뇌운비의 공력에 저 여자의 가느다란 목이면 몸이 양단되는 영광을 얻게 될 것이다.

하지만 이상하게도 뇌운비는 손을 쓰지 않았다.

야릇한 미소와 함께 독고영은 다시 파르르 떠는 뇌운비의 입술을 맞췄다. 그는 다시 독고영을 밀어제쳤다. 밀쳐진 독고영은 독기 서린 얼굴로 뇌운비를 쏘아보며 날카롭게 내뱉었다.

"혹시 다른 여자가 생겼나요?"

"같이 온 남자가 있다."

휘인은 이해할 수 없다는 듯한 표정을 지어 보였다. 귀찮은 것을 싫어하는 뇌운비. 그가 독고영의 질문에 답한다는 것은 영원히 풀지 못할 무학보다 어려웠다.

안 그래도 어디가 안 좋은 듯 창백한 얼굴의 뇌운비는 그녀
와의 대면(對面)으로 얼굴이 핼쑥해지기까지 했다. 언제나 자
신감이 차 있으며 남들을 하찮다며 비웃는 그였는데, 이런 약
한 모습을 보이자 휘인은 머리를 긁적이며 모습을 드러내야
할지 말아야 할지 갈피를 잡지 못하고 있었다.

"남자? 오, 오라버니, 나, 남색?"

요번에는 한없이 강하게 밀고 들어가던 독고영이 눈을 부
릅뜨며 놀란 듯이 물었다. 정작 당사자인 뇌운비는 벼락을 맞
은 듯이 몸을 떨며 무슨 소리냐며 소리쳤다.

"친구다, 친구!"

친구라는 말에 묘한 느낌을 받은 채 휘인이 모습을 드러냈
다. 일 장밖에 안 되는 거리에 은신하고 있는 자를 알아채지
못했다는 것에 독고영은 믿지 못하겠다는 듯 눈을 비비며 자
신의 눈에 이상이 없는지를 확인했다.

아무리 눈을 비벼봐도 휘인이 사라지지 않자 그녀는 멀뚱
히 뇌운비를 한번 바라봤다가 다시 휘인을 번갈아 봤다. 그리
고는 나직이 뇌운비에게 말했다.

"오라버니 친구는 귀신인가요?"

독고영은 믿을 수 없었다. 아무리 고수라 할지라도 일 장의
거리에서 기척을 느끼지 못했다니……. 긴장이 풀린 상태라
하더라도 일 장은 상당히 가까운 거리이다. 일 장은 해도 해
도 너무했다. 게다가 모습을 드러냈음에도 불구하고 기척이

느껴지지 않는다. 눈이 없었다면 아무도 없다고 생각했을지도 모를 만큼 기도도 느껴지지 않았다. 그러니 귀신이라고 생각할 수밖에.

"헛소리하지 말고 나가."

"어라? 혹시 방금 명령하신 거예요?"

"그래서 어쩌라는 거지?"

뇌운비는 눈을 치켜떴다. 그의 눈에 불쾌감이 서려 있었다. 뇌운비가 진심이라는 것을 알았는지 그녀는 씨익 웃으며 일어났다.

"알겠어요. 내일 아침에 다시 올게요."

그 말을 남기며 그는 들어왔던 문이 아닌 이층 높이의 창문에서 뛰어내렸다. 마치 자신이 제자리에서 뛰었다 착지하는 것과 같이 사뿐히 바닥에 내려앉고는 뇌운비를 돌아보며 미소를 지어 보였다.

부르르.

그녀의 눈빛과 마주친 뇌운비는 순간 몸을 떨었다. 그녀가 사라질 때까지 뇌운비는 창에서 눈을 떼지 못했다.

"갔군."

"휴우."

휘인의 말에 그는 안도의 한숨을 쉬었다, 천하의 뇌운비가.

권으로는 상대가 없다고 할 정도로 강력한 무공에 성격은 또 절대악인(絶對惡人)이라는 말이 무색할 정도로 그의 심성은 악하디악하다고 할 수 있었다. 오로지 자신을 중심적으로 생각하며 일을 해결해 간다.

그런 뇌운비다.

그렇다면 독고영이라는 여자는 도대체 누구인가? 뇌운비를 자신의 마음대로 주물럭거리는 천하의 여걸은 도대체 누구인가? 주화린과 함께 후기지수 중에서도 그 실력이 출중한 사룡이봉의 이봉 중 하나 흑매옥봉의 독고영이다.

후기지수라 함은 후기지수들의 끝이며, 보기 드문 무공의 기재를 말한다. 이름을 날린 어지간한 고수들도 이들에게는 꼬리를 내릴 정도로 사룡이봉은 자신들의 나이 대뿐만 아니라 천하에도 이름을 떳떳이 날리는 고수들이다.

하지만 그렇다고 권의 극에 달한 뇌운비를 달달 들볶을 정도는 아니었다. 아니, 아무리 화경의 고수라 할지라도 뇌운비에게 한 수 접고 들어가야 한다. 그렇다면 무엇이 뇌운비로 하여금 그녀에게 꼼짝도 하지 못하게 하는 것일까?

휘인을 알고 있었다.

무림행을 통해 깨달은 몇 가지 안 되는 것 중 하나에 속했다.

뇌운비와 휘인은 아무 말 없이 서로 슬픈 눈빛을 교환했다.

동병상련(同病相憐).

똑같은 상황에 처해 있기에 서로는 서로의 아픔을 잘 알고 불쌍히 여길 줄 알았다. 우수에 찬 눈빛으로 서로를 바라보며 슬픔을 나누었다.

호북성에서 일행은 셋이었다. 휘인, 뇌운비, 그리고 화린 이렇게 셋이었다. 그다지 긴 시간을 같이 보내지는 않았으나 일행이기는 했다. 그리고 화린이 떠난 지금 역시 일행이 셋이다. 호북성에서나 호남성에서나 다를 바가 하나 없었다. 주위 무림인들의 인상이 조금 험악한 자들이 많기는 하지만 똑같이 펄펄 끓는 열혈 무인의 피가 흐른다.

정파와 사파의 뚜렷한 기준은 없다. 똑같이 무림을 사랑한다는 점에서 전혀 다를 바가 없었다. 단지 오늘날이 있기까지는 시작이 잘못되었을 뿐이었다. 주위의 무림인도 그다지 다를 바가 없었고, 사파의 영역이라고 정파의 영역과 다를 것이 없었다. 똑같이 사람이 사는 곳이며, 무림인이 지배하다시피 하는 곳이다.

"동정호에 가는 건가요?"

독고영은 뇌운비의 팔짱을 끼고 다녔다. 뇌운비는 아무 생각이 없어 보였다. 독고영이 합류한 이후로 넋을 잃었는지 눈에 초점도 없었으며, 자의가 아닌 타의에 의해서 억지로 움직이는 듯이 보였다.

길을 가는 무림인들이 힐끗힐끗 독고영과 뇌운비를 훔쳐봤다. 독고영 역시 사파에서는 꽤나 유명한 인사였다. 정파인들에게 전혀 꿀리지 않으며 정파와 사파의 후기지수를 통틀어 순위를 정하는 사룡이봉의 한자리도 당당히 꿰차고 있다.

근래 들어 사파인들이 정파인들과 동등한 대우를 받기는 하지만, 오랜 전통으로 발전한 정파인들의 무공에 조금씩 주눅 드는 것은 어쩔 수 없었다. 그런 정파인들 속에서 당당하게 사파인이 사룡이봉의 한자리에 있다는 것은 사파인들에게 많은 위안을 주었다.

그러니 뇌운비나 독고영은 호남성에서, 아니, 사파에서 모르는 자가 없었다.

"이봐요, 혹시 저를 무시하는 건 아니죠?"

화린과 독고영은 전체적인 맥락에서 봤을 때에는 비슷한 종류의 인간이라 할 수 있었다, 사람을 끊임없이 귀찮게 하는 그런 인간.

하지만 휘인은 하늘에 화린 같은 사람을 자신에게 붙여주심을 감사했다. 화린이 아니라 독고영 같은 여자가 자신에게 들러붙었다면 그야말로 미쳤을지도 모른다.

뇌운비는 그녀가 마음에 들지 않으면 모골이 송연해질 정도로 음산한 목소리를 내며 협박을 했다.

"한마디만 더 해라. 모가지를 비틀어 버리겠다."

"어머, 이 어여쁜 목을 어떻게 비틀어요? 오라버닌 농담도."

하지만 어떤 협박도 그녀에겐 먹히지 않았다. 휘인은 그녀의 철면피가 화린보다 몇 수는 위라고 생각했다.

그녀가 한마디 더 했지만 뇌운비는 그녀의 목을 비틀지 않았다. 그의 말은 한없이 차가웠지만 말뿐이었다. 평소의 뇌운비였다면, 아니, 상대가 독고영이 아니었다면 그는 경고를 하기도 전에 목을 비틀어 버렸을 것이다.

'무서운 여자다. 화린이라면 저런 말을 들었을 때 상처를 받겠지. 아무리 그녀가 귀찮게 해도 그녀가 상처받을까 봐 심하게 말하지 못했다. 하지만 저 여자는 어떤 말을 들어도 아무렇지 않은 듯 행동한다.'

거친 말을 듣고도 상처를 받지 않을까? 한없이 밝은 독고영의 얼굴을 봐서는 알 수 없었다. 속마음을 들여다볼 수 있으면 모를까.

"특급 수배자 암천마수! 어떻게 아리따운 소저에게 그렇게 함부로 말할 수 있나! 정파의 영역은 물론 사파의 영역에서도 너는 환영하지 않는다!"

사파인과는 어울리지 않는 말들을 늘어놓으며 암천마수에게 삿대질을 하는 개념이 부족한 남자는 애꿎은 지붕 위에서 암천마수를 내려다보고 있었다. 어이없는 말들을 아무렇지도 않게 내뱉을 수 있을 정도로 낯짝이 두꺼운 인물치고는 생각보다 깊은 무공의 소유자였다.

'사파에서는 머리가 부족한 놈도 무공에 도가 텄군. 사파의 물이 더 좋은가?'

그렇게 생각될 정도로 등장한 사파인은 어이를 상실하게 했다. 정의의 사도라도 되는 양. 정파에서 저렇게 행동해도 돌 맞아 죽을 텐데 사파의 영역에서 저렇게 입을 놀리는 놈이라면 분명 어딘가 부족한 자다.

"사파에서 저런 소리를 듣고 다니나?"

하도 어이가 없어 휘인이 뇌운비에게 물었다. 분명 옆에 있었으나 뇌운비는 어느새 한 번의 도약으로 지붕 위에 올라 검은 손날을 휘둘렀다.

"히익!"

뇌운비는 진심으로 그를 죽이려 했다. 그것이 진정한 뇌운비였다. 어떤 이유에선지는 모르지만 독고령은 예외가 되었는데 아쉽게도 이 사내는 그 예외에 속하지 못했다. 의외로 사내는 뇌운비의 손날을 쉽게 피했다. 아니, 쉽게 피했다기보다는 당황하는 기색을 역력히 드러낸 채 식은땀을 흘리며 그 자리에 엎어졌다는 표현이 정확했다.

'일부러 피한 것인지, 얼떨결에 피한 것인지.'

머리를 싸매고는 덜덜 떨다가 이차 공격이 없자 득의양양한 미소를 짓고는 벌떡 일어나 뇌운비를 직시했다. 휘인의 상식으로는 도저히 감이 잡히는 인간이 아니었다.

더욱 가관인 것은 그 사내가 하는 말이다.

"네놈의 마수에 이 사천룡(邪天龍) 무여휘가 당할 줄 알았느냐! 하늘은 나와 함께 있다. 이제 네 더러운 마수를 독고 소저에게서 떼어버리고 나에게 넘겨라!"

'사룡이봉도 이제 타락의 길을 걷고 있군.'

생각이 부족해도 저렇게 부족한 자가 사룡이봉의 사천룡

이라니 그야말로 중원무림의 말세라고 휘인은 생각했다. 화린이나 제갈손, 그리고 독고령은 확실히 빼어난 점이 있었다. 세월이 흐르면 그야말로 중원무림을 자신들의 이름 하나로 풍미할 만한 고수가 될 것이다. 그 정도로 그들의 무공은 제대로 닦여져 있었다. 하지만 저 사내는, 그러니까 얼굴이 장난기가 많은 개구쟁이 같은 사내는 지금껏 그가 만나왔던 사룡이봉과는 차원이 달랐다.

'확실히 무공은 쓸 만하다지만…….'

그의 실력은 몰라도 심계는 너무 얕게 느껴졌다. 심법을 수련하고 있는지에 대한 의문이 휘인의 머릿속을 지배했다. 가볍고 생각이 없다.

"데려가."

"잉?"

무여휘는 전혀 예상치 못한 대답에 고개를 갸웃거렸다. 혹시 암수를 펼치려는 것은 아닐까 하고 뇌운비의 얼굴을 샅샅이 살펴봤으나 수상한 기색은 없었다.

"홋, 역시 천하의 암천마수도 이 무여휘를 두려워하는군. 그럼 독고 소저는 내가 데려가겠다! 음하하하하!"

팔짱을 끼며 무여휘는 하늘이 울려라 크게 웃었다. 순진한 건지, 아니면 모든 일을 자신이 유리한 쪽으로 해석하는 것인지 알 수 없는 녀석이었다. 무여휘는 지붕 위에서 사뿐히 바닥으로 착지하고는 독고영의 앞에 섰다.

"천하의 악적 암천마수를 해치우고 이렇게 아름다운 소저를 구출할 수 있게 되어서 가문의 영광입니다. 그럼 가실까요?"

"……."

독고영은 한심하다는 듯이 혀를 차며 그를 올려다봤다. 여자치고는 꽤나 큰 키에 속하는 독고영이지만 머리 하나가 더 있을 정도로 무여휘는 키가 상당히 큰 편이었다. 장난기 서려 있어서 그렇지, 실제로 상대의 외모는 나무랄 곳이 없었다. 따뜻한 사람임을 독고영은 알고 있었다.

"무 오라버니, 일부러 사람들의 어이를 상실하게 할 필요는 없잖아요?"

"훗, 독고 소저, 무슨 말씀이십니까. 절대악적 암천마수의 손아귀에서 고통스러워하고 계신데 사파의 떠오르는 샛별, 사파의 평화를 지키는 수호 무림인 무여휘가 소저를 구출하는 것은 당연한 것 아닙니까."

"화낼 거예요. 그런데 왠일이세요?"

"후후, 우리 령이한테 이젠 장난도 못 치겠네. 아버님이 부르신다."

"아버님? 우리 아버지가 왜 오라버니의 아버님입니까?"

"어머, 새삼스럽니? 우리 약혼한 사이잖아?"

무여휘는 부끄럽다는 듯 얼굴을 붉히며 고개를 숙였다. 물론 고개를 숙여도 독고영보다 시선이 높았다. 독고영은 한숨을 쉬며 터벅터벅 걸었다.

"알았어요. 가면 되잖아요. 휴우, 도대체 내 주위에는 정상 인이 없어."

항상 그랬다. 자신의 아버지는 무여휘를 보내 자신을 호출 했다. 무여휘의 말만은 쇠고집인 그녀도 잘 들었다. 이유는 단 한 가지. 듣지 않으면 무여휘가 옆에서 끈질기게 괴롭힌다, 그 것도 일방적으로 민망한 상황을 연출하며. 물론 무여휘와의 약혼은 사실이었으나 특별히 그것이 민망한 것은 아니었다. 단지 그의 행동과 어조는 두 눈으로는 절대 못 볼 추태였다.

경공을 이용해 사라져 가는 독고영의 뒷모습을 보며 무여 휘는 따뜻한 미소를 지어 보였다. 천진난만하지만 이전의 덜 떨어진 모습이 아니라 남자다운 매력이 풍겼다. 독고영의 모 습이 완전히 사라지고 나서야 무여휘는 고개를 돌렸다.

"정식으로 소개하겠습니다. 사천룡 무여휘입니다. 위명은 오래전부터 들었습니다. 폐관 수련을 끝마친 지 얼마 되지 않 아 그동안 찾아뵙지 못했습니다. 이렇게 만나뵙게 되어 영광 입니다."

무여휘는 육 척 사 촌이나 될 정도로 키가 컸다. 보통 키가 크고 호리호리한 자들은 골격이 좋지 못한 편인데 무여휘는 무골이라 할 만큼 두꺼운 골격을 가졌다. 그의 시원시원한 미 소가 호감을 갖게 만들었다.

'놀랍군.'

휘인은 무여휘와 같은 자를 본 적이 없었다. 자신을 완전히 속일 수 있을 정도로 무여휘의 심계는 깊었다. 표정 변화가 다양했고, 마음은 읽을 수 없었다. 사룡이봉에서도 으뜸에 달하는 무공이 돋보였다.

"행동거지만으로 사람을 판단할 수는 없다. 하나의 사람이 얼마나 많은 감정을 숨기고 있는지는 그 누구도 알 수 없다. 단지 세월이 흐르면 흐를수록 그 많은 감정을 하나씩 경험하게 되는 것이다. 중원무림의 무림인들이 바닷가의 모래알처럼 많으니 사람의 성격과 특성 역시 그에 준할 만큼 많다."

이전의 사부가 그에게 일러준 말이었다. 그냥 당연하게 생각하며 넘겨짚었는데, 오늘날 무여휘를 보니 아는 사실이라고 넘겨짚으면 큰일을 그르치게 된다.
"재밌군."
"하하, 제가 원래 재밌다는 소리를 많이 듣습니다."
넉살도 좋았다. 게다가 그 모습이 보기 싫지도 않았다.
"더 볼일이 있나?"
뇌운비의 말에 무여휘가 머리를 긁적이며 입을 열었다.
"이건 비밀인데……."
'비밀이면 말하지를 말든지.'
무여휘는 시원한 미소를 지으며 난처하다는 듯 고개를 숙이고 있다가 입을 열었다.

"어차피 아시게 되어 있으니 말씀드리겠습니다. 파황께서
친히 올라오시고 계십니다."

"……!"

"파황만이 아니라 무림맹의 장로 비천검(飛天劍)께서도 움
직인다고 합니다. 제가 듣기로는 암천마수님을 생포하라는
임무를 받으셨다고 합니다. 무림맹주에게서 직접 내려온 임
무이기에 파황께서 움직이시는 것이겠죠."

무여휘는 그렇게 말하면서 휘인을 한번 훔쳐봤다. 그에게
특별한 반응을 원하는 것 같았다. 하지만 휘인은 뇌운비를 바
라보고 있었다. 파황과 비천검, 이 둘은 혼자서 어떻게 해볼
수 있는 존재들이 아니었다. 아니, 파황만 하더라도 칠십 평
생을 무공에 매진하여 사파의 그 어떤 고수보다 월등한 실력
을 지녔다고 알려져 있다.

만약 암천마수의 이름이 무림을 뜨겁게 달구지만 않았어
도 아무리 무림맹주의 직속 명령이라 해도 파황은 움직이지
않았을 것이다. 비천검은 검으로 화경에 든 고수였다. 무림맹
이 절대적인 힘을 행사할 수 있는 데에는 당연 검존, 도악, 신
승의 존재가 있었기 때문이지만, 그 아래에도 탄탄한 실력을
지닌 고수들이 포진하고 있었기에 무림맹은 무적이라는 칭호
를 가질 수 있었다.

"이런 사실을 왜 우리에게 말해주는 것이지?"

휘인이 처음으로 입을 열었다. 휘인의 생각으로는 무여휘

가 자신들에게 이런 정보를 알려줄 필요가 없었다.

"흥미가 있어서요. 무림맹이 동원될 정도의 인물. 오래전부터 암천마수님을 흠모해 오고 있었답니다. 후후, 그리고 무명귀인에 대한 관심도 있답니다."

"무명귀인?"

자신을 지칭하는 말이라는 것은 알겠는데 지금껏 단 한 번도 그런 별호를 들어본 적이 없었다.

"근래에 떠도는 별호입니다. 이름이 없고 행방도 묘연하다 하여 무명귀인이라 하는 모양입니다. 무림맹 쪽에서 붙인 별호라는 소문이 있습니다. 아마 무림맹은 무명귀인께도 관심을 가지고 있는 모양입니다."

무명귀인.

'확실히 나는 의심을 살 정도의 행동을 보여왔다.'

"하지만 요번 생포 임무의 대상에 나는 포함되지 않는다고 들었는데……."

"아, 예. 당연합니다. 무명귀인께서 지금껏 벌이신 일은 없으니까요. 하지만 암천마수님과 일행이라는 사실로 파황, 혹은 비천검에게 봉변을 당하실 수도 있습니다. 무고한 사람이 다치는 것을 미연에 방지하기 위해 이렇게 먼저 나서게 되었습니다."

잠자코 이야기를 듣던 뇌운비가 피식 웃었다. 순수하게 웃는 소리였지 평소처럼 상대를 비웃기 위한 것은 아니었다.

"재밌군. 무명귀인? 어떻게 할 생각이지?"

"어떻게 해줬으면 좋겠나?"

"크크, 그렇게 말하니 꼭 친밀한 사이 같군."

"우리 '친구' 사이가 아니던가?"

"……."

뇌운비는 이전 밤의 상황이 떠올랐는지 입을 다물었다. 확실히 그는 친구라는 표현을 사용했다. 얼떨결에 나왔다지만 실수로 나온 말이라 하더라도 평소에 염두에 두고 있던 말이 아니면 튀어나올 리가 없다.

"파황이 움직이고도 무림맹의 장로가 같이 온다는 의미는 너뿐이 아니라 나 역시 염두에 두고 있다는 말이겠지."

휘인은 그렇게 말하고는 입을 다물었다. 더 이상 왈가왈부하고 싶지 않다는 기색이 역력히 드러났다. 뇌운비는 보일 듯 말 듯한 미소를 지어 보이고는 고개를 돌려 무여휘에게 물었다.

"네 여자 좀 관리해라."

뇌운비의 뼛속 깊이 사무친 말에 무여휘는 특유의 밝은 미소를 지어 보였다. 호감을 사게 하는 그의 따뜻한 미소는 왠지 이전과는 다르게 조금 슬퍼 보였다. 그가 수만 번도 더 지어온 미소로 모양은 이전과 한 치도 다르지 않았으나 밝다기보다는 슬픔이 비쳤다.

"아쉽게도 제 통제권이 없습니다. 하하, 워낙에 당찬 여걸이라서요."

"그렇게 보이더군."

휘인이 거들었다.

"그럼 저는 이만 가보겠습니다. 저도 호출을 받았거든요. 그럼 행운을 빕니다."

무여휘는 그 말을 남기고는 신형을 감추었다.

"파황과 비천검이라……. 일단 넓은 공터를 찾아야겠군."

무림인은 자신의 검으로 말을 한다. 검을 휘두르는 것만 봐도 무림인의 뜻을 알아들을 수 있다. 아무리 냉정한 심성을 지녔다고 하더라도 감정에 따라 검은 미묘하게 변할 수밖에 없다. 갈등이 있을 때에는 검이 잠시 멈칫하게 되고, 분노가 폭발했을 때의 검은 망설임이 없고 거침이 없다. 그리고 무림인들이 이상(理想)하는 평정(平靜)의 상태에서는 검의 모든 움직임을 완벽하게 다스릴 수 있다.

수련이 거듭될수록 검은 완벽해져 간다. 아무리 무공치라 하더라도 연습에 연습이 더해지면 당연히 이전보다는 나은 검을 휘두르게 된다. 그리고 소수의 선택받은 자들은 완벽한 검을 이루게 된다. 자신만의 뜻을 검에 담을 수 있게 되는 신검합일(身劍合一)이라고도 하는 경지에 도달하게 된다. 더 이상 검은 하나의 도구가 아니라 몸의 연장이 된다.

이런 경지에 오른 무림의 고수들은 서로 말을 필요로 하지 않는다. 대기의 기운만으로도 상대의 뜻을 알아차릴 수 있다.

적인가, 아니면 아군인가. 선의를 가지고 있는가, 악의를 가지
고 있는가. 호기(好氣)를 가지고 있는가, 아니면 살기를 가지고
있는가. 이 모든 정보는 상대의 몸과 검에서 뿜어져 나온다.

"파황 여지명이라고 한다."

인적이 없는 공터에 네 명의 인영이 자리잡고 있었다. 둘씩
짝을 지어 일정한 거리를 두고 서로를 노려보고 있었다.

삼십 중반으로 보이는 우락부락한 사내의 전신에서는 위
험 신호를 보내오고 있었다. 텁수룩한 수염이 그의 외양을 한
층 더 험악하게 만들었다. 그의 움직임 하나하나에는 힘이 담
겨 있어 그 어떤 외양보다도 위압적이었다.

"암천마수 뇌운비."

그 어떤 결투라도 통성명이 기본적인 시작이다. 각 개인을
하나의 무인으로 인정하며 그에 걸맞는 예의를 표한다. 생사
를 건 혈투에서 그 정도도 못해줄 무인은 없었다. 비록 상대
가 어떤 자라 할지라도 무인임에는 변함없다. 그 어떤 무인도
예를 받을 자격이 있다.

"비천검 이검학(李劍學)이오."

"흐음, 무명귀인 휘인."

휘인은 탐탁지 않은 얼굴로 말했다. 도대체 무명귀인이 뭔
말인가. 하지만 별호는 자신의 뜻과는 별개의 것이라 어떻게
할 수 없었다.

서로가 서로에게 검을 겨누는 이유는 필요없었다. 단지 검

을 겨눈 자체가 중요했다. 연유? 이유없는 무덤은 없다고 했다. 연유야 어쨌든 결국에는 서로가 서로에게 검을 겨눠야 한다. 연유가 있어 검을 겨눈 것이니 연유를 듣지 않는 편이 차라리 시간을 아끼는 방법이라 할 수 있었다. 진정한 무인이라면 지금까지의 상황에 이르게 된 이유를 따지기보다는 처한 상황을 어떻게 해결해 나가야 하는지를 근심한다.

여지명은 육 척에 달하는 그의 파황도를, 이검학은 영롱한 빛을 머금은 애검 비상(飛上)을, 휘인은 자신의 묵검을, 그리고 뇌운비는 자신의 단단한 검은 주먹을 들어올렸다. 팽팽한 기류가 흐르는 가운데 뇌운비는 왼쪽 주먹을 앞으로 쭉, 그리고 오른쪽 주먹은 오른쪽 어깨로 갖다 대었다가 빠르게 두 주먹을 교차시키며 접었다가 다시 제 위치를 잡았다. 검은 기류가 돌풍처럼 일며 장내에 퍼졌다.

'진기의 운용만으로도 감탄을 자아내게 한다.'

기세에 지고 있다는 느낌을 받았는지 여지명은 내각선으로 파황도를 힘껏 휘둘렀다. 놀랍게도 기가 섞이지 않았는데도 검풍과도 비슷한 기운이 공간 중에 흩어졌다. 살짝만 흔들어도 부우웅 하는 소리가 날 정도로 파황도는 무거웠으며, 날이 두꺼웠다. 베기보다는 부서뜨리는 용도에 가까웠다.

'후우, 기세에서도 지지 않겠다는 뜻이군.'

뇌운비는 숨을 한번 들이마셨다. 지금까지 상대해 왔던 자들과 차원이 다른 남자이다. 자신보다 배는 오래 살았으며,

살아오면서 꾸준히 수련을 쌓아왔고 수많은 경험을 겪어왔다. 백전노장처럼 노련할 뿐더러 힘에도 전혀 밀리지 않는다. 아니, 멀리서 느껴지는 근육과 내공의 조화는 보는 이로 하여금 질리게 만들었다.

"먼저 한 수 들어오시오."

후배에 대한 예의? 그런 것은 아니었다. 자존심? 그것 역시 아니었다. 한 수를 양보한 것은 단 한 가지의 이유 때문이었다. 파황이라는 이름과 자신의 나이 때문이었다. 파황의 입장에서 머리에 피도 안 마른 어린아이와 혈투를 하는 상황이다. 그런 상황에서 한 수도 양보하지 않으면 왠지 마음이 찜찜할 것 같았다.

대답은 없었다, 단지 미묘한 기류의 변형에 잇다른 쾌권(快拳)만이 있을 뿐.

서너 장을 단번에 좁히는 무공은 그들에게 있어 놀라운 것이 아니었다. 한 걸음에 서너 장을 물러나고 쫓으며 권을 휘두른다. 도로 간신히 막았다고 생각하면 어느새 가장 까다로운 권로(拳路)로 날카로운 주먹이 찔러 들어온다.

날카롭고 빠른 주먹을 여지명은 그 무겁고 긴 파황도로 막아내고 있었다. 어린아이라면 도를 꿈쩍도 할 수 없을 정도로 파황도는 무거웠다. 그런 무거운 도를 여지명이 자유자재로 쓸 수 있다는 소문은 거짓이 아니었다. 신속하게 도의 위치를 바꿔가며 가장 효율적으로 뇌운비의 주먹을 막아냈다.

펑! 펑!

폭발음과 검은 기류가 터지며 뇌운비의 주먹에 파괴력이 더해져 갔다. 하지만 여지명은 전혀 개의치 않고 주먹을 받아내고, 가끔씩은 위력적인 일도를 보여주며 뇌운비를 주춤하게 만들었다.

'탐색전인가.'

휘인은 그들을 바라보며 자리에 앉았다. 이검학은 자신과 결투를 할 의향이 없어 보였다. 무림맹에서 어떤 지시를 받았는지는 몰라도 그는 검을 뽑지도 않았고, 휘인과 통성명 이후 그는 더 이상 휘인에게 눈길조차 주지 않았다. 휘인 역시 그에게 검을 들 필요성을 느끼지 못해 이검학과 일정한 거리를 둔 상태에서 여지명과 뇌운비의 혈투를 지켜봤다.

뇌운비와 여지명은 분명 대단한 신위를 보여주고 있었다. 생각할 틈을 주지 않는 빠른 공방의 교환이었지만 서로는 아무런 피해가 없을 정도로 여유로웠다. 뇌운비는 암신을 아직 발동하지 않았고, 여지명 역시 사력을 다하지 않고 있었다. 평범한 무인이라면 일 초 일 초가 눈에 희미하게 잡히겠지만 분명 저들은 아직 탐색전을 벌이고 있었다.

"대단하지 않습니까?"

"……?"

"어린 나이에 저런 무공을 지닐 수 있다는 것이 얼마나 대단합니까. 평생을 노력해도 화경으로의 벽을 깨지 못하는 자들이 부기지수인데 저렇게 당당하게 화경의 무위를 발휘하는 젊은이가 있다는 게 얼마나 대단합니까. 중원무림의 전성기는 역시 이어지나 봅니다."

휘인은 고개를 끄덕였다. 중원무림의 역사를 얼핏 공부한 그에게 자신과 뇌운비가 얼마나 큰 의미를 갖는지 잘 알고 있었다. 인간은 발전한다. 신체적으로도 세대가 내려갈수록 조건이 좋아진다. 평균 신장이 커지며 골격도 좋아진다. 무공도 발전한다. 세월이 흐르면 흐를수록 미완의 무공은 점점 완숙을 바라보게 되고, 이전의 것과는 보다 나은 무공이 된다. 어쩌면 지금의 풍요는 당연한 것일지도 모른다.

"이 비천검이 요즘 깨닫는 바가 있습니다."

"……?"

"화경까지 이르게 위해서는 수많은 깨달음을 의식중에서도, 심지어는 무의식중에서도 얻어야 합니다. 무공에는 왕도가 없습니다. 직접 몸으로 부대껴서 최적의 방법을 찾고, 무학에 그 방법을 접목하고는 깨달아야 합니다. 하지만 말입니다. 꼭 무공을 어렵게 배워야 할 필요가 있겠습니까? 아아, 오해의 소지가 있군요. 무공을 어렵게 배우면 배울수록 깨닫는 바가 깊어진다는 사실은 무명귀인께서도 잘 아실 것입니다. 하지만 삼류무공을 열심히 수련한다고 해서 화경에 이를 수 있는 것은 아닙니다. 삼류무공은 깊은 무학을 다루지 않기 때문에 아무리 수련을 해도 화경에 이르는 길은 없습니다. 오로지 오랜 세월 동안 수정되고 보안되어 온 명문의 무공만이 화경의 길을 닦아놓았지요. 또 그런 무공 역시 모두 차별화되지요. 하지만 화경에 이를 수 있는 길을 보여준다는 것에는 아무도 이의를 달지 않을 것입니다. 경지에 도달하는 길이 많다는 것은 모두가 잘 아는 진리입니다. 무공은 하나의 길입니다, 길. 그 길은 모두 다르지요, 다릅니다. 노후에 적적하여 저는 이 길에 대해 공부를 하기 시작했습니다. 각 길의 차이점을 찾기 시작했습니다. 어떤 길은 구불구불 꺾여 상당히 어렵게 끝을 향해 있었고, 어떤 길은 부드럽게, 또 어떤 길은 일직선으로 뻗어 있었지요. 예, 정말 일직선으로 뻗어 있는 무공도 있었습니다. 각 길에는 모두 장단점이 있다는 사실을 최근에 깨달았습니다."

이검학은 침까지 튀어가며 자세히 설명하기 시작했다. 꽤나 많은 부분은 휘인에게도 익숙한 내용의 무학이었으나 점차 갈수록 휘인의 호기심을 샀다. 뇌운비와 여지명은 공간을 파괴해 가며 혈투를 벌리고 있었으나 그 혈투보다는 이검학의 무론이 더욱 흥미를 샀다.

"짧은 길은 몸이 마음의 깨달음을 따라오지 못합니다. 일직선의 길은 그야말로 몸과 마음의 차이가 커 도저히 몸이 마음을 따라잡을 수 없게 만들어 버립니다. 몸 역시 하나의 자아를 갖고 있습니다. 마음과 똑같은 진보를 원하지만 마음이 월등히 앞서 나가면 의욕이 상실되어 몸과 마음이 하나를 꽤하는 무공 발전에 장애가 됩니다. 이 길은 대부분의 사파인들의 무공입니다. 빠른 진보를 보이지만 극에 달하지는 못합니다. 꼬불꼬불한 험한 길은 깁니다. 몸이 마음과 완전히 똑같은 속도로 진보해 나가는 것은 물론, 경험으로 체득하기까지 합니다. 좋은 방법입니다. 하지만 한평생을 무공에 바쳐야 겨우 경지에 달하게 됩니다. 이 길이 대부분의 명문정파의 길입니다. 물론 명문정파들은 이 점을 잘 알면서도 이 길을 버리지 않습니다. 시간이 걸려도 완벽하게 배우자는 것이 명문정파의 철학입니다. 저는 이 두 개의 큰길이 있다는 사실을 알면서, 또 길이 무한하다는 점에 주목했습니다. 그래서 이론을 세웠습니다. 최적의 길은 존재합니다. 모든 깨달음을 경험하지 않고도 그렇게 험하지도 않는 중간의 길. 두 개의 큰길 이외의 길도 여러 갈래가 있고, 두 개의 큰길 중에서도 여러 갈래가 있으니 이렇게 문파가 많은 것입니다. 그렇다면 당연히 무림인이 꿈꿀 법한 이상적인 무공이 있을 것입니다. 최단 기간 내에 연성할 수 있고, 마음과 몸의 깨달음이 그다지 차이가 없는 그런 길이 분명 있을 것입니다. 그렇게 생각하시지 않습니까?"

순간 대기의 흐름이 폭발적으로 바뀌었다. 가만히 앉아 있고서는 내상을 입게 될 정도로 양측의 진기가 충돌하며 기파를 형성하였다. 진기를 끌어올리고 나서야 휘인은 편안함을 느꼈다.

뇌운비는 이제 결단을 내릴 시간이 되었다고 생각했는지 암신을 발동했다. 암신의 상태에서 그의 움직임은 신에 준한다고 말할 수 있다. 일 권 일 권에 땅이 파이며, 풀이란 풀은

뿌리까지 뽑힌 채 날아간다. 무형의 기류가 이내 유형화되며 소용돌이를 형성하였고, 태풍의 눈 밖에 있는지 옷이 바람에 강하게 떨며 그들의 움직임을 방해하는 듯 보이면서도 오히려 그들은 바람을 타며 빠르게 주먹과 검을 교환했다.

퍼벙!

암흑신권 특유의 폭발음과 함께 뇌운비는 각 권에 네 번의 변화를 담아 휘둘렀다. 그러자 얼굴이 붉게 상기되며 여지명은 도와 장으로 그의 주먹을 모두 막아내었다. 여지명은 공격할 틈을 찾지 못했다. 근접전에서 무겁고 큰 도만큼 귀찮은 무기는 없을 것이다. 아무리 그런 도를 자유자재로 다룬다고 해도 그것은 일반 무림인들의 기준이었다. 주먹이 그 어떤 무기보다 빠르다. 특히 권으로 하나의 경지에 이른 뇌운비의 주먹이라면 왈가왈부할 필요도 없었다.

마치 동시에 때린 듯 두 주먹으로 총 여덟의 권을 휘두르니 여지명이 힘겨워할 만했다. 게다가 암흑신기가 가득 담긴 수먹이다 보니 폭발의 여파가 주먹의 충격에 바로 이어 들어오니, 그의 권권(拳圈)에서 벗어나려고 해도 벗어나기 힘들었다. 하지만 힘들다고 극복하지 못할 파황 여지명이 아니었다.

"흐아!"

고막을 터뜨릴 정도의 기합과 함께 파천도법 마지막 장 일초식 일도양단(一刀兩斷)을 펼쳤다. 도 하나로 양단하지 못할 것은 없었다. 산? 강? 하늘? 그런 자신감이 가득한 초식으로 여지명은 도를 휘둘렀다. 대충 휘두르기만 해도 뼈가 으스러질 정도의 파괴력을 지닌 파황도는 그 육중한 도신에서 태양과도 같은 기를 뿜어냈다.

유형도강의 일종으로 파황도에 걸맞는 무식하게 강한 초식이었다. 도강으로 양단해 버리는 일도양단은 그 파괴력도 파괴력이지만 쾌도술(快刀術)이라 칭해도 부족하지 않을 정도로 휘둘렀다라고 생각하는 동시에 몸이 반쪽이 난 자신을 볼 수 있을 것이다.

"헛!"

뇌운비의 절묘한 수에 모두의 입에서 감탄의 탄성이 흘러나왔다. 뇌운비는 양 주먹을 합일하여 암흑신권을 극성으로 펼치자마자 양단을 펼치기 직전의 파황도를 저지했다. 왼쪽에서 오른쪽으로 양단을 시도하려던 여지명은 어이를 상실했다. 일도양단의 파훼법을 그는 한눈에, 아니, 본능적으로 알아챈 것이다. 생각할 시간은 없다. 오로지 공수에 반응하는 본능적인 감각만이 존재할 뿐인데, 뇌운비는 자신의 공격을 무산시켰다.

일도양단은 큰 힘을 폭발적으로 내뱉어야 하는 초식으로서 아무리 빠른 쾌도술이라고 해도 쾌도가 펼쳐지기 이전에 조금은 힘을 모아야 한다. 뇌운비는 그 시점을 선택하여 여지명의 한 수를 완전히 무산시켰다. 수백 초가 오고 가는 대결에서 한 수를 무산시켰다는 것 자체에는 큰 의미가 없다. 하지만 숨을 고르기 위해 뇌운비를 멀리 떨쳐 놓기 위한, 혹은 운이 좋다면 대결을 이대로 끝내기 위한 회심의 한 수를 완벽하게 무효화했다는 것에는 의욕 상실이라는 감정이 떠오르게 하는 효과가 있다.

백전노장이어서 그 감정이 얼굴에 나타나지는 않았지만 확실히 여지명은 다시 방어에 치중해야 했다. 어떤 무기도 주먹처럼 빠르게 원하는 대로 질러지지는 않는다. 큰 도일수록 그 절묘한 위치에 맞춰 막기에는 장애가 있다.

"신묘한 한 수로군요."

"무리했군."

이검학과 휘인의 감상평은 달랐다. 그 점에서 이검학은 의문을 표했다.

"왜 무리했다고 생각하십니까? 미천한 제가 보기에는 괜찮은 수였다고 생각합니다만."

"파황의 무공은 그 위력이 폭발적이오. 쾌도술을 펼치기 전이었고, 그 시점에서의 파괴력이 최하라는 데에는 이의가 없소. 하지만 파황도를 그대로 받아내기에는 힘이 부족하다고 할 수 있소. 뇌운비는 무리까지 하며 그 한 수를 직접 받아내었소. 아마 그 결과로 내상을 피할 수 없었을 것이오."

휘인의 생각은 정확했다. 일도양단은 거의 모든 힘을 순간적으로 파황도에 싣는 초식이어서 아무리 휘두르기 전이었다지만 직접적으로 막아내기에는 무리가 따른다. 차라리 그 일도양단을 몸을 띄워 피했더라면 일도양단에 따른 정체로 기회를 엿볼 수 있었을 것이다.

하지만 무리한 수를 둔 대가로 그는 깊지는 않지만 신경이 쓰이는 내상을 입었다. 그럼에도 불구하고 그는 내색하지 않고 주먹을 휘둘러 댔다. 검은 기류를 타고 주먹은 온갖 궤로를 타고 들어왔다.

'이대로는 불리하다.'

여지명의 머리는 복잡하게 돌아갔다. 뾰족한 묘수도 나오지 않을 뿐더러 주먹을 막고 피하는 데 급급하다. 암흑신권에 대해 사부가 그렇게 경고했는 데에도 경지를 이루어 교만했던 자신을 자책했다.

아직까지 특별한 피해는 없었지만 사실 한 번의 주먹이나 한 번의 휘둘림에 서로가 맞으면 감당할 수 없는 결과가 돌아올 것이라는 것쯤은 둘 모두 잘 알고 있었다. 그렇기에 둘은 몸을 사리기에 급급했다. 하나는 막아내는 데, 하나는 공격하는 데.

'일각이 다 되어가고 있다. 뇌운비, 시간이 없다.'

사력을 다하는 혈투 와중에서도 뇌운비는 일각이면 힘을 잃는다. 암신을 무리하게 지속하면 진기가 폭발하듯 날뛰고, 그는 그때부터 진기 운용에 힘을 써야 한다. 일각이 지나고 나서도 한계 이상으로 암신의 상태를 유지하면 그는 이내 광인이 되어 미친 듯이 날뛰게 된다.

‘……!’

“무슨 짓이지?”

휘인은 분노가 섞인 음성으로 이검학에게 쏘아붙였다. 이
검학은 뇌운비에게 검기 다발을 휘둘렀다. 검기 다발을 한 주
먹으로 모두 쳐냄으로써 별 피해는 없었으나 문제는 여지명
이 우세를 타기 시작했다는 것이다. 안 그래도 어려운 상황이
제삼자인 이검학에 의해 더욱 힘들어졌다.

폭풍과도 같은 강기가 일며 뇌운비는 열세에 빠졌다. 방탄
강기를 연상하게 할 정도로 강기를 쳐 내면 주먹에 충격이 곧
이곧대로 전해진다. 우세를 타기 시작한 여지명의 검강은 그
야말로 틈을 주지 않고 들이닥쳐 왔다. 일각이 다 되어가는
가운데 뇌운비는 초조해질 수밖에 없었다.

“아아, 제가 받은 임무는 암천마수의 생포입니다. 그리고
무명귀인에 대한 경계. 일단 그 암천마수의 생포에 차질이 빚
어지는 것 같아 손을 쓰게 되었습니다. 이 정도면 명분은 서
는군요.”

여유롭게 대답을 하는 이검학의 모습에 휘인은 이를 갈았다.
무인의 결투에 제삼자가 끼어드는 것만큼이나 비겁한 행위는
없다. 단순히 개입한 것도 아니고 판세의 흐름에 영향을 끼칠
정도로 중요한 순간에 개입했으니 안 그래도 뇌운비의 상태가
걱정되는 와중에서 그의 행동에 분노가 치밀 수밖에 없었다.

휘인은 자신의 검을 만지작거렸다. 중요한 순간에 자신 역

시 검을 쓸 생각이었다. 중요한 것은 그 판세를 뒤바꿀 만한 순간을 찾는 것. 휘인의 눈은 결투의 흐름을 샅샅이 분석하기 시작했다.

"여기서 무명귀인이 개입하시게 된다면 무림맹에 반하는 행동으로 치부됩니다."

이검학은 웃으며 친절하게도 휘인에게 경고의 말을 건네주었다.

'그래, 나에겐 명분이 없다. 하지만 이 일을 그냥 지나칠 정도로 명분에 시달리지는 않는다. 무림 초출의 무식함을 욕해도 상관없다. 나는 가만히 있지만은 않을 것이다.'

그때였다.

한 번 휘두를 때마다 수십 개의 도가 눈에 비친다. 어떤 것이 진도인지 잡히지 않는다. 수십 개의 도가 뇌운비를 향해 쇄도해 들어왔다. 그러자 뇌운비는 주먹의 기운을 넓히며 강하게 도의 벽이라 할 수 있을 만큼 촘촘한 수십 개의 도를 쳐 내었다.

'모두 진짜다.'

휘인은 멀리서도 그것이 느껴졌다. 바람을 타고 전해지는 충격파가 그 사실을 알려주었다. 도의 잔상에 도강이 덧씌워진 공격. 잔상은 허상인데 도강은 진짜다. 보는 이의 입장으로도 이렇게 놀라운데 뇌운비로서는 어떻겠는가. 일각이 조금 부족한 마당에 여지명의 필살기는 입을 다물지 못하게 만들었다.

물론 필살기는 오랫동안 계속 사용할 수 있는 기술이 아니다. 내력의 소모가 막심해 위기 상황에만 사용하는 필살의 기술이다. 여지명이 표정은 점점 굳어갔다. 한 번 휘두를 때마다 몸에서 이상 신호를 보낸다. 한계 이상으로 진기를 이용하니 그럴 만도 했다.

먼저 무너진 것은 뇌운비였다. 결국에는 도강 중 몇을 피하지 못하고 그대로 몸에 맞았다. 뇌운비의 탄탄한 호신강기를 뚫고 도강이 날카롭게 몸의 일정 부분을 베었다. 뇌운비는 충격을 이기지 못하고 피를 토해내며 무릎을 꿇고 주저앉았다.

"으윽."

거친 신음성과 함께 그는 체념한 듯 눈을 감았다. 여지명은 그런 뇌운비를 조용히 내려다봤다. 뇌운비의 복부에서는 피가 철철 흐르고 있었으며, 그에 맞게 얼굴은 핼쑥해지고 있었다. 좀 전, 무서운 표정으로 자신을 향해 주먹을 휘두르던 자가 아니었다. 아니, 인정하기에는 극도의 인내가 필요하지만 자신보다 월등한 무공을 지닌 자의 얼굴이 아니었다.

여지명은 이검학을 한번 노려봤다. 섬뜩한 안광과 함께 찢어 죽일 듯이 눈으로 그를 갈기갈기 찢었다. 천하의 파황이 제삼자의 도움으로 간신히 결투에서 이겼다. 치욕 중에 이런 치욕도 없었다. 아무도 보지 않는 광경이라 해서 치욕이 덜한 것은 아니었다. 정말 용서할 수 없을 정도로 미운 사람은 자신이었다. 바로 이검학의 도움 없이는 이자를 절대 이길 수 없는 자신. 이검학의 개입이 있었음에도 불구하고 안도하며 은근슬쩍 기뻐하는 자신. 그런 자신을 증오했다.

여지명은 도를 들었다.

"미안하오."

여지명은 고개를 한번 숙이고는 도를 힘껏 내려쳤다.

캉!

여지명의 눈이 번뜩 뜨였다. 이 소리는 목뼈가 동강이 나는 소리와는 조금 차이가 있었다. 쇠와 쇠의 마찰음. 만약 목뼈가 쇠와 같은 재질이라면 이런 마찰음이 들릴 것이다. 하지만 여지명은 알고 있다, 사람의 목뼈가 아무리 단단해도 쇠와 쇠의 마찰음을 내지 못한다는 것을. 아무리 내력이 부족하고 피로가 겹쳐 감각이 무디다 하더라도 바로 옆에서 검을 휘두르는 인기척을 못 느낄 리가 없다.

하지만 분명 누군가가 자신의 검을 막아내었다. 굵지도 않고 길지도 않은 그런 보통 크기의 검이 자신의 육중한 파황도를 가볍게 막아냈다. 내력이 담기 파황도를 받치고 있으면서도 일체의 미동이 없었다. 여지명은 간신히 막아내는 것도 아니고 아주 정확히 손쉽게 막아낸 검의 소유자를 바라보았다. 무명귀인이라는 독특한 별호를 가지고 있는 사내였다. 얼굴의 선이 강하게 느껴지고 눈빛은 확고부동하다.

"더 이상 검을 휘두르면 죽인다."

휘인의 음성에는 분노가 사무치고 있었다. 뇌운비는 어느새 의식을 잃고 쓰러져 있었다. 상처가 목숨에 영향을 끼칠 정도로 심하지는 않았다. 아니, 직접적으로 목숨과 연결되지는 않았어도 탈진한 몸 상태에 출혈까지 겹치니 과다 출혈로 죽을지도 모른다. 휘인은 당장 품에 있던 금창약을 입에 물고 혈도를 따라 지혈을 하기 시작했다. 능숙한 실력에 출혈이 조금씩 줄어들기 시작했고, 결국에는 피가 완전히 멎었다. 휘인은 옷으로 대충 피를 닦고 금창약을 상처 깊숙이 바르고는 옷을 찢어 더 이상의 출혈조차 멎게 만들었다.

눈 깜짝할 사이에 응급조치는 끝이 났다.

"생포가 목적이었으니 이 정도는 눈감아 드리겠습니다."

이검학이 몸을 일으켰다. 능글맞은 미소로 그는 휘인을 바라보았다. 휘인은 그의 말을 들은 척도 하지 않고 뇌운비를 안아 올렸다. 배의 출혈 때문에 업을 수 있는 상황은 아니었다. 조심스럽게 안아 든 뇌운비는 상당히 가벼웠다. 체형이 호리호리하다 못해 약간은 마른 형이었다. 여자를 연상하게 하는 곱상한 미모와 골격은 단단하지만 얇은 편이었다.

'이런 몸으로 그렇게 단단하고 매서운 주먹을 휘두르다니……'

휘인은 등을 돌려 걸어가기 시작했다. 응급조치를 끝내었으니 이제 뇌운비는 쉬어야 했다. 언제 또 상처가 벌어질지, 출혈이 또다시 일어날지는 예상하기 힘들었다.

"지금 어디 가시는 겁니까?"

"막을 텐가?"

"막으면 검을 쓰시겠죠?"

휘인은 고개를 끄덕였다.

"그렇다면 막지 않겠습니다. 다만 이 일들은 모두 검존님의 귀에 들어갈 것입니다."

협박이었다. 말로는 직접적으로 표현하지 않았지만 '그대로 간다면 크게 후회하게 될 것이다' 라는 뜻이 내포되어 있었다. 휘인은 들은 척도 하지 않았다. 마음대로 해라. 이검학은 비릿한 미소로 그를 바라봤다.

'무림맹을 무시해도 유분수이지. 후후, 그래. 지금은 당당하게 걸어봐라. 나중에는 피똥 싸게 될 테니.'

이검학도 발걸음을 옮겼다.

"그냥 가게 내버려 둬도 상관없나?"

"그냥 가게 내버려 두면 상관은 있습니다. 단지 제가 지금의 상황에서 할 수 있는 일이 없습니다. 왠지 저 암천마수보다 무서운 사람은 무명귀인 같더군요. 맹주님께 이 일을 아뢰고 앞으로의 일은 그분의 판단에 따르면 되겠지요."

여지명은 씁쓸히 고개를 끄덕였다. 참패. 다시는 겪어보고 싶지 않은 일을 겪었다. 칠십이 되어서 이런 치욕을 겪을 줄은 전혀 예상조차 하지 못했다. 암천마수와 무명귀인 이 둘에 대해 새롭게 깨달은 것은 물론 여지명은 멀어져 가는 이검학에 대해 다시금 생각하게 되었다.

'그 어떤 감정보다 효과적인 일 처리에 신경을 쓴다. 정이

없으며 평소에 냉철하다. 그래서 마음에 안 든다.'

이검학이 손을 쓰지 않았더라면 당연히 쓰러진 것은 뇌운비가 아니고 자신이었으리라. 하지만 다행이라는 생각이 드는 한편 이검학을 찢어 죽이고 싶은 감정 역시 생겼다. 칠십이라는 나이가 젊다고 할 수는 없으나 마치 젊은 무림인들처럼 피가 끓어올랐고 도를 휘두르는 것이 즐거웠다. 오랜만에 다시금 떠오른 감정이었다. 치밀한 머리 계산에 의해 도를 휘둘렀다기보다는 무작정 도를 휘두르며 진정 무림인이라는 기분이 들었다.

'잊었던 감정……'

순수한 무공에 대한 희열과 최고의 상대를 만났다는 기쁨은 그의 머리를 뜨겁게 달궈주었다. 아직까지도 그 희열이 몸에 남아 손이 부들부들 떨렸다. 체면이고 뭐고 여지명은 신나게 경공을 발휘하여 호남성을 가로질렀다.

휘인은 당장에 객잔으로 뛰어들어 갔다. 어차피 무림맹과 이곳은 거리가 조금 있다. 무림맹에서 자신의 행위에 대해 어떤 판단을 내릴지는 모른다. 하지만 무림공적으로 공표가 된다 해도 자신에게 시간은 있었다. 일단 객잔에서 방을 잡아 침대에 뇌운비를 눕혔다.

그의 안색은 말로 형용할 수 없을 정도로 좋지 않았다. 핏기가 하나도 없었으며, 편히 기절한 상태가 아닌지 얼굴을 일그러뜨리고 있었다.

파황도법에 적중되면 살만 갈라지는 것이 아니었다. 그 얼얼한 통증이 계속해서 그 사람을 괴롭힌다. 그렇기 때문에 기절도 하지 못하고 뇌운비는 탈진한 상태로 신음성을 조금씩 흘렸다. 출혈도 많았기에 그의 체력은 조금도 남아 있지 않았다. 힘겨워하는 모습에 휘인은 진기를 실어주려 했다.

'흐음.'

문제는 암흑신기와 휘인의 진기가 충돌하여 휘인의 진기를 퉁겨냈다. 운용할 암흑신기가 있음에도 불구하고 그가 운용을 하지 않는 데에는 이유가 있었다. 뇌운비의 암신은 정확하게 일각 동안 유지할 수 있는 것이 아니다. 무리하면 일각까지 지속시킬 수는 있었지만 일각까지가 무난하다는 것은 아니었다.

뇌운비의 암신이 일각을 조금 넘어서고야 해제되었으니 그의 진기가 몸속에서 미친 듯이 날뛰고 있음이 분명했다. 뇌운비는 정신마저 오락가락했으며 진기마저 통제권 밖에서 날뛰고 있었다.

'영약, 영약이 필요하다.'

그것도 정순한 영약, 조화를 이룰 수 있는 영약이 필요했다. 영약을 구하지 못하면, 그것도 빠른 시간 안에 구하지 못하면 뇌운비는 이대로 죽음을 맞이할 것이다, 고통을 속에서 천천히.

방법을 아는 데에도 그것을 실천하지 못하는 것 역시 하나의 고통이다. 영약은 하늘에서 뚝 떨어지지 않는다. 아무 산이나 오른다고 구할 수 있는 것 역시 아니다. 의원에서 파는 약도 절대 아니다. 고가에 유통되는, 소위 말해 '공급자보다는 소비자가 월등히 많은' 그런 상품이다.

쾅!

문을 거칠게 발로 차며 방 안으로 뛰어들어 오는 자가 있었다. 고혹적인 미모를 지닌 여자였다. 그것도 휘인이 익히 알고 있는. 반갑다고 하기보다는 조금 거부감이 드는 여자 흑매옥봉 독고영이었다. 그녀는 눈물을 잔뜩 머금은 채 울먹거렸다.

"오, 오라버니, 어쩌다가 이렇게… 흑흑흑."

우수에 찬 눈빛으로 그녀는 뇌운비의 팔에 얼굴을 묻고는 흐느꼈다. 그녀는 진심으로 슬퍼 보였다. 휘인은 보통의 사람들이 물어볼 법한 질문을 그녀에게는 묻지 않았다. 어떻게 왔느냐, 왜 왔느냐……. 이 모든 의혹들을 집어삼키고는 그녀를 살펴봤다.

"혹시 영약을 구할 곳을 아나?"

하나 감정에 빠져 있는 것은 잠시, 지금 중요한 것은 뇌운비를 살리는 일이었다. 그녀는 흐느끼며 휘인을 올려다보았다. 눈물이 얼굴에 번져 백옥 같은 얼굴이 붉게 상기되었고, 그녀의 아름다운 검은 눈은 눈물이 샘솟는 듯 멈추지 않았다. 그녀는 하나의 목함을 휘인에게 건네주었다.

휘인은 의아함을 감추고는 목함을 열었다.

'…만년하수오!'

들어본 적은 있었지만 직접 본 것은 처음이다.

만년하수오(萬年何首烏).

영약 중에서도 영약이다. 외양은 보통의 무와 다를 바가 없었으나 그 내실은 무 만 개와도 비교가 되지 않을 정도로 대단한 것이었다. 물론 온전한 만년하수오는 아니었다. 손가락 마디만한 작은 부분이었으나 이 정도로도 충분한 역할을 할 것이다.

"어디서 났지?"

그녀를 못 믿는 것은 아니었다. 하지만 한 번쯤 의심이 생길 정도로 만년하수오는 귀하고 값진 것이었다. 안 그래도 쫓기는 마당에 만년하수오의 출처는 분명히 해야 했다.

"지, 집에서 몰래 가지고 나왔어요. 빠, 빨리!"

흐읍 하는 소리와 함께 뇌운비의 숨이 거칠어졌다. 호흡 곤란을 느끼는지 그는 계속해서 숨을 들이마시려고 노력하는 모습이 역력했지만 그가 필요한 만큼의 공기가 들이마셔지지 않는 듯했다.

휘인은 만년하수오를 자신의 입에 집어넣었다.

"무슨 짓이야!"

독고영이 자리에서 일어나 휘인의 몸을 두들겨 댔다. 여자의 주먹이라고는 하지만 내력이 담겨 절대 약하지 않았다. 휘인은 순수한 호신강기만으로 그녀의 주먹을 받아내며 계속 만년하수오를 씹었다.

"너, 너는 믿었는데……."

휘인의 흔들리지 않는 눈동자가 믿음직해 보여 만년하수오를 그에게 건넸는데, 그가 만년하수오를 열심히 씹어대는 모습을 보자 독고영은 다시 감정이 북받쳐 오는지 눈물을 잔뜩 뽑아냈다. 휘인은 그녀의 태도는 아랑곳하지 않고 계속 씹었다.

'그의 체력은 씹을 수 없을 정도로 바닥이 났다.'

휘인은 만년하수오를 잘근잘근 씹어 결국에는 삼키기만 하면 될 정도로 만들었다. 그리고는 그대로,

"엇!"

독고영은 눈물이 그치고는 지금의 상황을 이해하기 위해서 머리를 굴렸다. 휘인의 행동은 그녀에게 그야말로 청천벽력 같은 일이었다.

휘인우 뇌운비와 입을 맞췄다. 그리고는 혀를 꼼지락거리며 만년하수오를 남김없이 뇌운비의 입속 깊이 밀어 넣었다. 비록 삼킬 힘이 부족해도 일정 깊이까지만 들어가면 아직은 살아 있으니 식도의 연동 운동을 통해 만년하수오의 섭취를 도와줄 것이라 생각했다. 만년하수오를 뱉어내어 손으로 뇌운비의 입속에 쑤셔 넣을 수도 있었지만 그렇게 되면 침과 함께 베어져 나온 만년하수오의 영성이 줄어들게 된다.

독고영은 그제야 휘인의 의도를 알게 되었다. 아무리 천하의 만년하수오라지만 그 영성이 정작 당사자에게 전달되지

않으면 아무런 소용이 없다.

독고영은 멋쩍은 듯 고개를 바로 들지 못하고 쑥스러운 얼굴로 휘인에게 말했다.

"저기……."

"……?"

"저 입술, 제 건데……."

"……."

휘인은 할 말을 잃었다. 고맙다는 인사인지, 아니면 민망해서 조금이라도 분위기를 띄워보려는 것인지. 어떤 의도였던 간에 형편없었다.

"암천마수가 그렇게 깊은 경지를 이루었는지는 미처 몰랐군. 고생했네."

비천검 이검학은 무림맹에 들어서자마자 무림맹주인 검존 주청학을 찾아왔다. 이검학은 이번 일을 상당히 시급하게 생각했다. 하지만 모든 상황을 그에게 자세히 설명했음에도 불구하고 주청학의 반응은 이검학이 예상한 정도에 한참 못미쳤다.

"암천마수도 중요하지만 무명귀인이라는 작자가 암천마수보다도 위험하다고 생각됩니다. 특별히 악행을 저질렀다기보다 그는 아무런 고민 없이 무림맹에 반하는 태도를 보였습니다. 무림맹을 모욕했습니다."

"흐음… 내가 듣기엔 자네를 무시한 것에 가까운 듯싶은

데……."

이검학은 이를 갈았다.

"이번 일로 적어도 그는 무림공적으로 공표되어야 합니다. 그의 심성과 지닌 무위를 고려해 보건대 분명 무림에 해를 끼칠 작자입니다. 무림맹의 이름을 무시하는 것으로 보아 무림맹의 어떤 권유에도 그는 깡그리 무시할 것입니다. 그러니 악행이 일어나기 이전 그는 무림공적으로 공표되어야 합니다."

검존은 미소를 지으며 이검학을 올려다봤다. 이검학의 이글거리는 눈은 다른 이에게서도 한번 봤다. 그 작자도 똑같은 요구를 해왔다.

'독특한 놈이군. 그를 보는 사람마다 무림공적으로 공표해 달라고 조르니.'

진효랑 역시 저자와 똑같은 눈을 하고는 찾아왔다. 그리고는 똑같은 억지 요구를 했다.

"무림맹에 반하는 행동 하나를 보였다고 무림공적으로 몰아붙이면 지금까지 무림공적은 근 한 달 사이에 백 단위를 넘어섰을 것이네. 그렇게 냉철하던 비천검의 이성을 흐리게 하는 작자라는 데에 흥미가 돋는군."

진효랑이야 원래가 다혈질로 유명했다. 하지만 비천검은 달랐다. 감정보다는 업무에 신경을 썼다. 어떤 일을 받든지 감정을 배재하고 신속하게 일 처리를 했다. 그 어떤 냉혈한도 비천검 정도는 되지 못했다.

"하지만 그렇다고 그냥 넘어갈 수는 없습니다. 암천마수의 일에 훼방을 놓았으니 그는 벌을 받아야 합니다."

"그 일은 내가 결정하도록 하지. 자네의 임무는 암천마수의 생포가 아니던가?"

이검학은 입을 꾹 다물며 고개를 숙였다. 아무리 밀어붙여도 소용이 없다. 검존의 뜻은 확고했다.

"맞습니다."

"그렇다면 그 임무를 완수하게. 흑살귀(黑殺鬼)와 함께라면 문제가 없겠군."

흑살귀 역시 무림맹의 장로 중 한 사람이다. 무림맹의 최고 실력가는 검존, 도악, 신승이었고, 그 바로 아래에 흑살귀와 비천검이 있었다. 중원무림에서 두 발, 두 손으로 꼽을 수 있는 화경의 고수였으며, 수많은 무림인들에게 존경을 받는 존재들이었다.

"알겠습니다."

'검존의 협조가 없으면 혼자서 처리할 수밖에. 흑살귀 녀석과 함께라면 문제가 없다. 어차피 암천마수는 죽기 일보 직전이었다. 살았다고 하더라도 치유되려면 한 달은 걸린다. 그 전에 그들의 행방을 수소문하여 끝을 낸다.'

이검학은 깊이 고개를 숙이고는 물러났다.

"으윽."

뇌운비는 잠에서 깨었다. 무의식중에서 만년하수오의 진기를 흡수하는 데 한나절을 이용하고는 깊은 잠에 빠졌었다. 만약 진기의 운용에 도가 튼 뇌운비가 아니었다면 만년하수오의 진기를 모두 흡수하기보다는 영성 그 자체만이 몸에 남아 있었을지도 모른다. 하지만 뇌운비는 만년하수오의 작은 조각 하나까지 전부 흡수하였다. 만년하수오인지는 몰랐으나 단지 뭔가 몸에 좋은 약이라고 그는 생각했다.

"아직 몸이 덜 깨었다. 몸을 차분히 깨우도록."

"크크, 그래. 그것이 좋겠군. 얼마나 누워 있었지?"

"사흘."

뇌운비는 사흘을 꼬박 누워 있었다. 상처도 깊었고 암흑신기가 만년하수오에 의해 잠잠해지기까지 날뛰었던 피해까지 겹쳐 뇌운비는 기진맥진하여 사흘을 꼬박 쉬어야 했다. 뇌운비는 몸을 조금씩 조금씩 깨우기 시작했다. 한번에 일어나면 몸이 적응을 하지 못한다. 삼 일간 누워만 있었으니 새로운 상황에 익숙해질 수 있도록 서서히 몸을 일으켜야 했다.

"뭘 먹인 거지? 몸이 좋아졌군."

"만년하수오의 일부분."

"만년하수오? 혹시 독고영이 왔다 갔나?"

만년하수오를 구할 수 있는 사람은 흔치 않다. 그리고 뇌운비가 아는 사람 중에서 만년하수오를 그에게 갖다 바칠 사람은 단 한 명밖에 없었다.

휘인은 묵묵히 고개를 끄덕였다.

"하아, 그 계집, 정말 귀찮게 하는군."

"생명의 은인이다."

"……."

뇌운비는 자신의 상태를 잘 알고 있었다. 출혈은 막심하였고 체력은 완전히 바닥이 났다. 그나마 남은 암흑신기는 무리한 암신의 유지로 미친 듯이 날뛰기 시작하였다. 주화입마 초기의 현상이었다. 체력도 바닥이 났고, 진기는 통제할 수 없었으며, 몸에서는 파황도의 잔재가 남아 끊임없이 그를 괴롭혔다. 죽음에서 멀지 않았었다.

"고마움을 표시해도 될 정도의 은혜를 입었다."

"……."

휘인의 말에 뇌운비는 꿀 먹은 벙어리처럼 조용했다. 고마움. 뇌운비 같은 심성을 지닌 사람이 고마움을 표시하기란 하루에 똑같은 자리에서 벼락을 여덟 번 맞는 것만큼이나 불가능한 일이었다. 그렇기에 그런 뇌운비의 고마움에 대한 표시는 값지다고 할 수 있었다.

아마 독고영에게 있어서는 만년하수오만큼의 가치는 있을 것이다.

"싫다."

"그냥 말해준 것뿐이다."

뇌운비는 몸을 돌려 베개에 얼굴을 파묻었다. 고요한 정적이 주위를 맴돌았다. 시간이 잠시 지나자 뇌운비의 전신이 파르르 떨리기 시작했다. 기어코 뇌운비는 다시 제대로 몸을 가눠 누웠다.

"조금 쓰리군."

그의 복부의 상처가 아직 완전히 나은 상태가 아니어서 바로 눕지 않으면 상처가 벌어져 고통스러울 수밖에 없었다. 기껏 몸을 돌려 누웠는데 고통이 느껴지니 그는 참을 수밖에 없었다. 휘인이 나가기를 기다렸지만 휘인은 계속해서 그를 지켜보고 있었다. 결국에는 고통이 극에 달하여 그는 바로 누워야 했다.

"민망한 일이기는 하다. 하지만 이렇게 쉬운 일이기도 하다. 민망함은 잠시다. 그 잠시를 참기 싫어서 은혜를 갚지 않겠다면 나는 더 이상 간섭하지 않겠다."

휘인은 능글맞게도 뇌운비의 자존심을 건드렸다. 뇌운비는 인상을 확 쓰며 입을 열었다가는 자신의 불리함을 깨닫고는 입을 천천히 다물었다. 뇌운비의 눈빛이 멍하니 천장을 바라보고 있다가 순간 이채가 돌았다.

"크크, 말은 잘하지."

"……?"

뇌운비의 눈이 마음에 안 든다는 생각을 하며 휘인은 조용히 그를 바라봤다.

"너야말로 주화린에게 잘하지?"

“…….”

휘인은 뇌운비의 눈길을 피했다. 확실히 화린을 걸고넘어지면 할 말이 없다. 그녀에게는 그 어떤 말도 해주지 않았다. 헤어질 때도 냉담했었고, 동행을 하면서도 무시했다. 지금 생각해 보면 웃음이 나오는 기억들이지만 그녀의 입장에서 생각해 볼 때 가슴 아픈 기억들일지도 모른다는 생각이 들자 그는 가슴이 뭉클해지는 느낌을 받았다.

이상한 기색을 읽었는지 뇌운비는 화제를 돌렸다.

“여기는 어디지? 객잔은 아닌데?”

“독고영이 구해준 폐가이다. 무림맹의 눈을 며칠간은 피할 수 있다고 하더군. 비천검이 요번에는 흑살귀랑 같이 나선다고 한다. 그러니 몸을 사릴 필요가 있다. 네가 비천검과 흑살귀를 모두 처리할 수 있다고 생각하지는 않는다.”

“크크, 이 무적의 뇌운비님이 그깟 나부랭이들과 싸워 질 것 같은가?”

“그렇다면 나는 필요없겠군.”

휘인은 방문을 열어젖히고 나가려 했다. 발까지 내디뎠다.

“이봐, 친구!”

얼마나 급한지 그 ‘천하의 뇌운비’가 친구까지 들먹이며 휘인을 불러 세웠다. 친구라는 말에 휘인은 멈춰 설 수밖에 없었다. 친구. 생소한 단어다.

“이 몸이 온전한 상태였으면 문제가 없지만 아직 상처가

다 나은 게 아니지. 그러니 조금만 더 도와주지?"

"훗."

휘인은 한번 웃어주고는 다시 방 안으로 들어왔다.

'뇌운비, 많이 달라졌다.'

휘인은 그와 만났을 때를 떠올렸다. 사악한 독기가 느껴지고 말은 한없이 차갑게 내뱉었다. 천하의 그 어떠한 사람도 그의 자존심을 따라오지 못했고, 실제로도 대단한 무림인이었다. 지금은 그때와 조금 달랐다. 독기가 많이 빠지고 상대를 비웃는 듯한 미소도 조금은 옅어졌다. 아직은 자신에게만 그렇게 행동하지만 확연히 달라지고 있었다.

"휘인, 특별한 계획이 있나?"

"아직 없다."

사실 휘인은 절망과도 비슷한 감정에 시달리고 있었다. 이제는 전처럼 떳떳하게 길거리를 나다닐 수도 없다. 깨달음이라는 목적은 있지만 그 길이 보이지 않고 있다. 정처없이 이승을 떠돌아다니는 귀신의 감정을 휘인은 체감하고 있었다.

"물어보고 싶은 게 있다."

"……?"

"독고영과는 어떤 사이이지?"

만년하수오를 가져다줄 수 있는 사이. 적어도 독고영은 뇌운비에 대해 그렇게 생각하고 있었다. 하지만 뇌운비가 그렇듯 그의 생각은 전혀 알 수가 없었다. 휘인만큼은 아니지만 말이 많은 편이 아닌 데다가 정작 감정에 관한 건 휘인만큼 숨겼기에 생각을 읽는다는 것 먼 훗날의 이야기였다.

"무심코 그녀의 목숨을 살려준 일이 있었다."

독고세가는 사파의 세가 중 유명한 세가이다. 그 전통이 길었고, 대대로 내려오는 독문검법은 중원 전체에서도 통할 정도로 강한 무공이었다. 독고세가는 지금과 같은 기반을 근래에 얻었다. 불과 오 년 전만 해도 하나의 세가로만 존재했지, 지금처럼 정파의 오대세가만큼 번창하지는 않았었다. 하지만 분명 성장의 가도를 밟고 있었다.

사람들은 선천적으로 변화라는 것을 싫어한다. 지금의 상태에서 만족을 하며 변화를 극도로 싫어한다. 아쉽게도 세상은 변화하고 사람들은 그 변화를 저지한다. 독고세가는 번창해져 가고 있었다. 그에 따라 위기 의식을 느낀 세력들이 독고세가를 꾸준히 위협했다. 당연 독고가주는 예나 지금이나 굽혀지지 않는 신념을 가지고 있어 굴복하는 행위 따위는 하지 않았다.

결국에 독고세가의 적들은 다른 방법을 찾았다. 바로 가주에게서 소중한 혈육을 납치해 가는 것. 인질을 잡아 가주를 협박하는 것 역시 하나의 수라 생각하여 한 세력은 고수를 파견하여 독고영을 납치하려 했다.

대의를 치르려던 고수에게는 재수없게도 바로 그 길을 뇌운비가 지나가게 되었다. 납치를 하는 현장에 제삼자가 걸어

온다는 건 좋지 못했다. 범인들이 세상에서 제일 싫어하는 목격자가 생기는 일이었다. 그러니 고수는 젊은 뇌운비를 보고는 꺼지라며 검으로 위협했다.

뇌운비가 그런 대우를 받고 가만히 참을 위인은 아니었다. 그 말을 들은 즉시 일권을 뻗어 고수의 얼굴을 박살 내어버렸다. 뇌운비는 그런 사람이었다.

그렇게 하나의 가녀린 여아가 뇌운비에게 완전히 반하게 되었다. 생명의 은인. 태어나서 지금까지의 생활이라곤 검을 들어 체력이 떨어질 때까지 휘둘렀다는 것 이외에는 없는 그 여아에게 생명의 은인과 아름다운 미남은 환상처럼 다가왔다. 그녀는 알지도 못하는 감정을 키워오며 뇌운비를 졸졸 쫓아다녔다.

뇌운비가 심한 말을 하면 그때마다 천연덕스럽게 웃으며 넘겼다. 아무리 심한 말을 해도, 심지어는 눈물이 터져 나올 것만 같아도 그녀는 참고 참았다. 사람은 그 어떤 상황에 대해서도 내성이 생기는 적응의 동물이다.

처음의 감정을 잃지 않은 외양은 강하고 속은 약한, 아직도 가녀린 여아. 그 여아가 뇌운비를 사모하는 흑매옥봉 독고영이었다.

스르르

방 안으로 갑작스럽게 들어온 사람은 흑매옥봉 독고영이었다. 그녀는 들어서자마자 깨어 있는 뇌운비를 보고는 잠시 발걸음을 멈췄다. 그것은 잠시였다. 상황을 파악한 그녀는 이내 뇌운비의 품속으로 뛰어들었다.

"벌써 깨어나셨네요?"

뇌운비는 가만히 상황을 지켜봤다. 그것만으로도 뇌운비가 얼마나 그녀에게 고마워하고 있는지를 알 수 있었다.

'수만 가지의 감정이 교차하면서도 결국에는 저렇게 한 가지의 모습을 보이는군.'

휘인은 방 안에 들어선 그녀의 눈빛을 알아볼 수 있었다. 그의 앞에서 펑펑 울고 싶지만 그렇게 울면 뇌운비가 불편해한다는 것을 알고 그녀는 감정을 꾹 눌러 참았다. 최대한 변함없는 모습으로 뇌운비에게 다가갔다.

당연히 뇌운비라고 지금의 상황이 편할 리는 없었다. 이러지도 저러지도 못하는 상황에 뇌운비도 난처해할 수밖에 없었다.

'뇌운비, 정신 차려. 너는 독고영과 아무런 관계가 없다. 알잖아. 그냥 거리를 가다 귀찮은 녀석을 처리한 일밖에 한 게 없다. 저 여자만의 착각이지, 나와 연관될 필요는 없다.'

지금까지 수십 번도 더 뇌운비는 되뇌었다.

자신에게 독고영은 어울리지 않는다.

독고영처럼 순수한 사람은 자신에게 절대 어울리지 않는다.

그는 끝없이 자신을 세뇌시켰다, 끝없이. 그렇지 않았으면 그는 지금까지 버텨올 수 없었을 것이다.

제8장

독보강호(獨步江湖)

"벌써 떠나는가?"

"이미 늦었다."

"크크, 아쉽군."

휘인은 채비를 했다. 언제까지 뇌운비의 옆에 남아 있을 수는 없었다. 자신에게는 목적이 있었고, 목적을 달성해야 한다. 앞으로 목적을 달성해 나가는 데 뇌운비가 포함될지 안 될지는 아무도 모르는 하늘이 정할 일이었지만 지금만은 포함되지 않는다. 제대로 운신도 못하는 뇌운비는 짐까지는 아니지만 신경이 쓰일 수밖에 없다. 게다가 자신마저 주위의 이목을 끌고 다니는 입장인데, 특급 수배자에다 근래의 일들로 한창 주가를 올려가고 있는 뇌운비까지 동행하게 되면 일이 얼마나 크게 번질지 휘인은 짐작하기조차 싫었다.

"운명이라면 다시 만나지 않겠어요?"

독고영은 밝게 미소를 지어 보이며 말했다.

뇌운비와 휘인은 고개를 끄덕였다. 하지만 끄덕이면서도 그 가능성을 부인했다. 서로가 이루고자 하는 목적이 달라도 한참 달랐다. 뇌운비는 뇌운비 나름대로, 휘인 역시 그 나름대로의 목적과 계획이 있었다. 그리고 직감상 앞으로 둘이 만날 일이 없다는 것쯤은 서로에게 털어놓지 않아도 알고 있었다.

"이만 정파의 영역으로 다시 올라가 보겠다."

아직 정파의 영역에서 볼일이 끝나지 않았다. 애초에 일이 틀어져 사파 영역에 들어선 데에는 당시 주위의 상황 때문이기도 하였고, 어차피 사파 영역을 쭉 둘러볼 계획이 있었기에 내려올 수 있었다. 그리고 지금도 사파 영역부터 쭉 둘러볼 수도 있었으나 시비 걸기를 좋아하는 사파인들 사이에서 무림행을 하다 보면 또 자연스레 이목이 몰리게 된다. 휘인은 주위의 이목을 피해야 하는 입장인데 사파의 영역에서보단 정파의 영역에서 그 일이 수월할 것이다. 게다가 자신은 정파의 영역에 머물러 주는 것이 무림맹의 시선을 조금은 분산시켜 뇌운비에게 숨 돌릴 만한 공간을 주게 된다. 이 모든 것을 고려해 봤을 때 그는 역시 정파의 영역에 남아 있었어야 했다.

"언젠가는 보겠지."

뇌운비의 말에 휘인은 답하지 않고 폐가를 나섰다. 뒤도 돌아보지 않았다. 한번 마음먹은 이상 휘인은 갈등하지 않는다. 그리고 갈등을 조장하는 행위 역시 하지 않는다. 오로지 목적에 따른 직선의 길을 똑바로 걷는다.

휘인은 그런 무림인이었다.

"그들이 움직이기 시작했습니다."

무림맹은 개방을 부려먹다시피 하여 무림의 정보를 얻지만 자체적인 정보 단체도 있었다. 거대한 세력을 이끌다 보니 개방에게만 정보를 의존한다는 것은 말이 되지 않는다. 개방에게는 무림 내의 모든 정보를 입수한다. 무림맹의 정보 단체인 무영단(無影團)에서는 무림 내의 중요 인물, 혹은 세력들의 움직임을 주시한다. 개방에 비해 인원은 턱없이 모자라도 각 개인의 은신술이나 경공은 개방도들과 비교를 불허한다.

"그들?"

검존이 무영단의 단주인 무영음각(無影陰刻) 묵천소의 말을 듣고는 의문을 표했다.

"예, 그들이 확실합니다."

"흐음."

검존은 눈을 감고는 생각에 빠졌다. 상당히 고심하는 얼굴이었다. 그러더니 굳건히 닫힌 입이 열렸다.

"무영단주?"

이마에 맺힌 식은땀을 조심스럽게 훔치며 묵천소는 머리를 조아리며 되물었다.

"예?"

"자네는 어느 '그들' 을 말하는 것이지? 워낙에 그들이 많아서 말이야. 노부의 머리로 정리하기엔 무리가 있다네. 마교도들을 뜻하는 것인가, 아니면 외부 세력을 뜻하는 것인가? 조금 간결하게 정리해 줄 수 있겠나?"

"……."

묵천소는 잠시 벙찐 얼굴로 검존의 얼굴을 빤히 쳐다봤다. 하지만 이내 자신이 실례를 범하고 있다는 사실을 깨닫고는 황급히 다시 고개를 조아렸다.

"마교도들입니다."

"…흐음."

검존은 눈을 지그시 감고 생각에 빠졌다. 워낙에 분위기가 엄숙하여 묵천소는 고개를 숙인 채로 하명을 기다렸다. 아무리 시간이 경과해도 묵천소는 아무런 불만, 미동도 없이 겸손한 자세로 대기했다.

약 반 각이 지나자 굳게 닫혀 있던 검존의 입이 열렸다.

"그것 이외의 용건은 없나?"

"예?"

묵천소는 무례인지도 잊은 채 검존의 얼굴을 빤히 응시했다. 검존과의 대화는 항상 무엇인가 빠진 듯한 느낌이 들게 한다. 마교도들이 오고 있다고 하면 특정한 반응을 보여야 하는 것이 정상인데 이상하게도 검존은 대수롭지 않게 '그것 이외의 용건은 없나?'라고 단순하게 말했다.

묵천소는 할 말을 잃었다.

"자네는 훌륭한 자객이네. 은잠술도 무림 내에서 손으로 꼽을 수 있는 고수이며, 두뇌 회전 또한 빠른 훌륭한 무림인 일세. 하지만 아직 언변은 부족한 것 같군. 앞으로 노부에게 말할 때에는 한번에 모든 정보를 알려주게. 지금처럼 '마교 도들입니다'라고 말하기보다는 '마교도들이 언제, 어디서, 어떻게 올라오고 있는지'를 말하게. 정보는 정확도도 중요하지만 신속도도 정확도 못잖게 중요하다네."

"명심하겠습니다."

가끔씩은 조금 부족한 모습을 보여주지만 누가 뭐라고 해도 현 무림맹주 검존 주청학은 무림에서 검으로는 으뜸이며, 전 무림을 이끄는 세 개의 별 중 하나이다. 어느 정도 경지에 올랐으나 이들에 비하면 한없이 부족한 묵천소 자신이 검존을 온전히 이해하기란 불가능했다.

"마교도들의 세력은 크게 두 군데로 나뉘어져 있습니다. 청해성에 본타를 두고 있고, 광동과 광서 경계 부분에 분타를 두고 있습니다. 이들 중 움직이고 있는 세력은 분타의 세력입니다. 워낙에 은밀하고 사파인들이 마교도들을 숨겨주는 습성이 있어 정보 수집이 늦었습니다. 움직이는 이들의 운신 능력이 뛰어난 데다 정예 소수가 움직이고 있어 이들의 행방을 꾸준히 쫓기에 힘이 부칩니다."

사파인들이 마교도들을 숭배하는 듯한 본능은 오랜 전통이라 할 수 있었다. 태산과도 같은 정파무림을 상대로 꿀리지 않는 무력 단체가 있다면 바로 마교였다. 온몸을 공포로 적셔주는 듯한 마기를 풀풀 풍기며 정파무림을 피로 물들이는 마교도들은 사파인들에게 신이나 다름없었다. 마교도들 역시 필요 하에 사파인들과 동맹이나 다름없는 사이여서 상호 보완 작용을 한다. 마교도들이 사파인들에게 대우를 해주는 것만으로도 사파인들은 감동을 받아 한 몸 바쳐 봉사하니 마교도들은 사파인들을 번거롭게 생각하지 않았다.

구파일방이라는 정파의 거대한 세력에 맞서는 사파 세력은 사벌이궁(四閥二宮)이었으나, 다른 구파일방은 몰라도 소림이나 화산과 같은 오랜 전통을 지닌 세력에는 견줄 수 없었다. 그 사실은 그 누구나 수긍하는 사실이었다.

태산북두(泰山北斗)라는 말이 일 푼도 아깝지 않은 소림은 그야말로 사파인들의 기를 꺾는 문파였다. 그런 소림과도, 아니, 구파일방에게 전혀 숙이지 않고 자신들의 뜻을 이어나가는 자들이 있었으니 그들은 마교도들이었다.

그들의 행실 역시 사파인들의 마음에 쏙 드는 것들이었다.

힘이면 힘, 사내다운 뚝심이면 뚝심, 사파인들은 마교도들을 숭배했다.

 그런 사파인들이니 마교도들이 어떤 일을 꾸미든 사파인들은 마교도들을 지지했다. 특히 정파무림에 그들의 행방이나 움직임은 철저하게 숨겨주는 사파의 세력이 많았다. 사파무림의 전체라고도 할 수 있는 사벌이궁마저도 대놓고는 아니더라도 은밀하게 마교도들을 도와주는 세력도 일부 있었다.

 그런 사파인들이니 마교도가 광동과 광서의 십만대산에 분타를 둘 수 있었던 것이다.

 "그리고?"

 "그리고는 별 정보가 없습니다. 그들의 목표가 무엇인지, 어떤 인물들이 움직이는지, 그리고 어디를 향하는지 모두 오리무중입니다. 한 가지 짐작할 수 있는 것은 분명 마교 서열 십위 내의 인물이 움직였다는 것입니다. 그렇지 않으면 이렇게 은밀하고 철저하게 움직일 수는 없습니다. 사파인늘이라고 모든 마교도들을 존경하는 것이 아니기 때문에 이 정도의 수습 능력을 요구할 수 있는 자는 마교의 고수일 수밖에 없습니다."

 무림맹은 정파무림과 사파무림 전체의 정보를 수집하고 정리한다. 정파무림은 평상시나 위급한 상황이나 정보의 양과 질은 비슷하다. 하지만 사파무림은 다르다. 무조건 마교도가 개입, 혹은 간섭하는 일이라면 그들의 정보의 양은 똑같아도 질이 달라진다. 핵심 정보의 양이 눈에 띄게 줄어든다. 이 모든 것들은 언젠가 마교의 분타가 십만대산에 위치하게 되었을 때였다.

그 사실을 알면서도 아직 마교의 분타를 내버려 둘 수밖에 없는 이유가 있었다. 아직 십만대산의 광활한 산맥 어디에 마교가 자리잡고 있는지도 모르고, 수색대를 보내도 돌아오지 않으니 마교가 먼저 중원무림에 피해를 입히지 않는 한 무림맹은 그 어떤 간섭도 하지 못한다. 사파인들의 비협조도 이 결과에 일조를 했다.

"이 일을 어떻게 처리하기를 바라는가?"

검존은 해결 방안을 직접 말해주기보다는 수하들에게 그 답을 요구한다. 혜안을 가지고 있음에도 불구하고 시간을 들여 수하들의 사고(思考) 능력을 시험해 봄으로써 나름대로 후세들을 키워주는 것이다. 그것이 검존만의 지도 능력이었다.

"모르겠습니다. 저는 단지 이 사실을 검존께서 아시는 게 좋을 거라 생각했습니다."

묵천소의 눈동자에는 거짓이 섞여 있지 않았다.

검존의 눈빛에 실망이 스쳐 갔다.

"무영단주, 자네는 보고만을 하는 자가 아니네. 보고는 지나가는 범인들도 할 수 있는 하찮은 일이지. 자네 같은 고급 인력이 겨우 노부에게 와서 보고만을 한다는 것이 말이 되나? 자네는 정보를 수집, 정리 및 사항에 대한 대안 역시 노부에게 제시할 의무가 있네. 자네는 그렇게 할 수 있는 능력이 있네. 그러니 특별한 것이지."

"과찬이십니다."

쑥스러운 듯 어린아이처럼 얼굴을 붉히는 묵천소는 머리를 굴리기 시작했다. 마교도들의 목적은 모른다. 향하는 곳 역시 모른다. 그렇다고 내버려 둘 수도 없다. 무림맹의 이목을 많이 받는 분타의 세력이 그것을 감수하고도 움직인다는 것은 심상치 않다. 사파의 문파에게 도움을 청해봐야 일에 보탬은커녕 방해나 되지 않으면 다행이다.

"두 가지 경우가 있겠습니다."

"……?"

"일단 마교도들을 막는 것과 일을 조금 더 두고 보는 경우가 있겠지요. 당연히 각 경우에 따른 대처 방법은 다르겠습니다. 검존께서는 이떤 경우를 염두에 두고 계십니까?"

"흐음, 노부 말인가? 노부는 일단 두고 보자라고 할 수 있겠군."

"……."

묵천소는 말문이 막혔다. 머리를 굴려 자신의 생각을 정리하여 말하려 했으나 '일단 두고 보자' 라고 하니 할 말이 없었다. 두고 보는 데 필요한 일이 뭐 있겠는가, 그냥 두고 보는 거지. 자신에게 생각을 하게끔 만들고는 끝에 와서 이렇게 나오니 아무리 존경하는 검존이라 하더라도 묵천소는 조금은 짜증이 치밀어 오를 수밖에 없었다.

"왜인지 알고 있나?"

"잘 모르겠습니다."

"그들의 목적을 모른다. 목적지도 모른다. 괜히 나서봐야 이익 볼 것이 하나도 없다. 마교의 존재 자체가 무림맹에게 표적이 될 수 있으나 사파인들이 그들을 감싸고 있기에 우리는 마교를 하나의 평등한 세력으로 쳐줄 수밖에 없다네. 사파무림이 마교를 하나의 우호적인 세력으로 치니 나머지 정파무림이 아무리 적대적인 세력으로 치부해도 반반이니 중화가 되어 평등한 세력이 되는 거지."

"…그게 말이 되는 논리입니까?"

묵천소는 허탈한 어조로 내뱉었다. 무슨 물감도 아니고, 섞이면 반반을 닮나? 그 누구도 이해할 수 없는 논리라 할 수 있었다. 마교와 중원무림은 예전에 사파와 정파가 그랬던 것처럼 기름과 물이라 할 수 있었다, 절대 섞이지 않는. 게다가 무림맹의 중재가 있어도 지금처럼 섞이지 않을 관계이다.

"논리적으로는 모순이지. 하지만 사실이라네. 무림맹의 맹주로서 사파무림의 의견을 반 정도 수렴해야 하며 정파무림의 의견도 반 정도 수렴해야 한다네. 각각 의견을 반씩 수렴하면 맹주로서는 어쩔 수 없이 마교를 대우까지는 아니더라도 보통의 세력으로 봐야 한다네. 사파도 수긍할 만한 명분없이 마교를 치게 된다면 오히려 아슬아슬한 공존 관계가 깨어지고 다시 피의 무림이 오겠지. 마교가 그런 위치에 있는 세력일세."

"…그렇군요."

묵천소는 개안을 했다는 듯 감명 받은 얼굴로 고개를 끄덕였다. 묵천소는 정파인에 가까운 인물로 마교도라면 이를 간다. 지금까지 마교는 오로지 척살 대상이라고만 생각해 왔지, 그 이외의 의미를 부여해 본 적이 없었다.

"……."

"……."

갑작스런 정적. 검존은 그 나름대로 할 말을 다하였고, 묵천소도 그 나름대로 할 말을 다하였다. 더 이상 이야깃거리가 없으니 당연 대화는 끊기기 마련이다. 어색한 분위기 가운데 검존과 묵천소는 서로의 얼굴을 마주 보고 있었다.

"이제 용건은 없나?"

"아, 예."

"그렇다면 가보게."

검존의 화술이 뛰어난 것은 아니었다. 간단 명료. 그의 화술에 더 많은 의미를 부여할 수는 없었다. 하지만 어째서인지 묵천소는 검존에게 휘둘려 얼떨결에 뒤를 돌아 무림맹주실에서 나오려 했다. 하지만 이내 정신을 차리고는 다시 뒤를 돌았다.

"그렇다면 언제까지 지켜보신다는 말씀입니까? 그들의 목적이 뚜렷할 때까지 기다리실 겁니까?"

"그리고 그들이 해를 끼쳤을 때, 그때 무림맹에서는 손을 쓸 걸세. 그전까지는 무사들을 파견하여 감시만을 해야겠지."

묵천소는 가만히 고개를 끄덕였다. 그러다 문득 묵천소의 뇌리를 스치는 의문이 있었다.

"마교도들을 감시하는 것은 상당히 위험합니다. 그들의 이목을 속일 정도로 은밀하게 미행하는 것은 불가능하다고 할 수 있습니다. 어떤 방식으로 감시를 하실 생각이십니까?"

"일단은 고수 몇몇만 붙여놓게. 무사들은 안전 거리를 두고 뒤쫓게 하면 될 걸세. 고수들이 계속해서 위치를 통보해 줌으로써 그들이 무사들의 시야에 없어도 놓치지 않겠지."

"잘 알겠습니다."

"그럼 수고하게."

묵천소는 고개를 숙인 후 천천히 퇴실했다.

'암천마수, 무명귀인, 그리고 마교. 이들은 공통적으로 목적이 불분명하다. 마교야 항상 무림 제패를 꿈꿔왔으니 위험 요소라 볼 수 있지만 암천마수와 무명귀인은 감이 잡히지 않는다. 근원조차 모른다는 것은 크나큰 위협이다. 이들을 어찌 할꼬.'

검존은 혀를 차며 눈을 지그시 감았다.

깊은 생각에 빠질 때 검존은 눈을 감고 머리를 굴렸다. 일

단 눈을 뜨고 있으면 시각 세포들이 움직이고 두뇌에서 그 정
보를 받아들이기 때문에 생각하는 데에 미세하게 방해가 된
다. 물론 그 차이를 느낄 정도는 아니었지만 그냥 기분 탓에
그는 눈을 감고 아무런 방해 없이 명상에 빠진 듯 생각에 빠
진다. 이때만은 그 누가 자신을 불러도 듣지 못하며 시간의
경과조차 놓쳐 버린다.

'너무 휘둘려 왔다.'

휘인은 알고 있었다. 언제부터인가 무림행이 자신의 뜻과
어긋나기 시작했다. 중원의 명소들을 둘러보며 이것저것 자
연의 풍경을 음미하며 느긋하게 무림행을 하던 휘인은 근래
에 들어 주체없이 떠돌아다녔다고 할 수 있었다. 비록 자신은
그 모든 일을 운명이라 치부했지만 꼬치꼬치 따지고 보면 일
이 이렇게 진행되기까지엔 자신의 선택에 모든 책임이 있었
다.

아직 전 무림은 아니지만 무림맹에 좋지 못한 관심을 받고
있었고, 그 관심을 떨칠 수 있는 방법이 떠오르지 않았다. 이
목을 받고 있으니 자연스레 행동을 조심스럽게 하게 되고, 이
제는 되도록이면 은밀하게 이동해야 한다.

"사람들을 속여라. 네가 굉장히 못났다고 생각하게 만들어라.
그들의 긴장감을 완화시키고 너를 깔보게 만들어라."

휘인의 사부가 그에게 일러준 것이었다. 처음에는 무슨 이유로 그러한 말씀을 했는지 이해할 수 없었다. 하지만 이미 늦은 지금 그 이유를 알 수 있었다. 사람들은 상대가 잘났다고 판단되면 견제에 들어간다. 시기와 질투심이 하늘을 찔러 그들의 판단력을 흐리게 만든다. 물론 마음 공부가 깊은 자들은 그렇게 쉽게 흔들리지 않겠지만 아쉽게도 세상에는 마음 공부가 깊은 자들보다 얕은 자들이 많았다.

가만히 있어도 문제가 생길지도 모르는데 기회가 있을 때마다 내키는 대로 행동했으니 지금의 상황은 충분히 이해가 갔다.

'나의 길, 나의 길을 걷겠다. 더 이상 주위의 환경에 따라 내가 이끌려 가는 일은 없을 것이다. 목표, 오로지 목표를 향해 걸을 것이다.'

늦은 밤, 흑운(黑雲)에 달이 가려져 한 치 앞도 제대로 보이지 않았다. 하지만 수련을 받은 무인이라면 어느 정도 주위의 형체가 보인다. 그리고 사람들이 모이는 데에는 당연히 등불과 횃불이 켜져 대낮까지는 아니더라도 꽤나 밝았다. 주위 사람들의 얼굴이 잘 보인다 해도 낮만큼은 아니다. 아무리 눈에 불을 켜고 검문을 하는 무림인들이라 해도 허공을 박차고 뛰어오르는 휘인의 기척을 알아차린 이는 단 하나도 없었다.

"옥매, 무슨 걱정이 있는 것 같구나."

"금 오라버니."

금천. 금천룡(金天龍) 금천이다. 이름이 그대로 별호에 들어가는 사룡이봉으로서, 그의 이름만큼이나 그에게 걸맞는 명칭은 없었다. 독문무공인 화화신공(火化神功)의 영향으로 그의 온몸은 옅은 금빛으로 물들었고, 머리는 눈부신 금발이었다. 그의 외모는 상당히 독특하다 할 수 있었는데, 원체 배경이 좋아 오히려 그 기이한 현상은 그를 한층 아름답게 만들었다.

금천은 주화린에게 옥(玉) 자를 붙여 옥매라 불렀다. 금천이 주화린에게 깊은 감정을 품고 있다는 사실은 비밀이 아니었다. 심지어는 지나가던 아이에게 물어봐도 알 정도로 금천은 주화린에 대한 감정을 숨기지 않았다. 그만큼 그는 그녀를 얻으리라는 사실을 믿어 의심치 않았다.

금천의 무공은 이미 극에 달해 있었다. 사파에 무여휘가 있다면 정파에는 금천이 있다. 무여휘가 이상하게도 특별한 근거도 없이 금천보다 무공에 우위를 점하고 있다 소문이 돌고 있지만 금천이야말로 화화신장(火化神掌)으로 실력이 보증되어 있었다. 그의 장에 스치기만 해도 피부가 녹는 치명적인 상처를 입는다는 것은 이미 수많은 비무대회에서 증명되었다.

금천은 현재 무림맹에서 정천룡(正天龍)의 용장을 맡고 있었다. 정천룡은 정파의 젊은 세대에서 실력있는 무림인들을 뽑아놓은 단체였다. 무림맹의 핵심 세력은 아니었지만 젊은 무림인이라며 누구나 입단하고 싶어하는 무림맹의 세력이었다. 다른 문파들은 정천룡에 제자를 하나라도 넣기 위해 안간힘을 쓴다. 정천룡에 문하가 있다는 사실은 그만큼 그 문파가 저력이 있다는 사실을 증명했다. 정천룡은 정파의 후기지수들로 이루어지며 사파의 후기지수들은 사천룡에 속했다.

금천은 이미 앞길이 보장되어 있는 후기지수였다. 후기지수의 정점인 사룡이봉의 한자리를 꿰차고 있는 데다 정천룡의 용장이니 필시 후일 그는 무림맹의 요직에 임명될 것이다. 외모면 외모, 무공이면 무공, 권력이면 권력, 금천은 그야말로 일등 신랑감이었다. 그리고 금천은 그 사실을 잘 알고 있었고, 오만까지는 아니더라도 자신감이 하늘을 찌른 지 오래였나.

"무명귀인이라는 못돼먹은 작자에게 납치당했다고 했었나?"

"납치가 아니라 가출인 거 잘 아시잖아요."

"하하, 하긴 우리 옥매가 조금 활달하긴 하지."

금천의 경쾌한 웃음소리가 방 안을 가득 메웠다. 나름대로 분위기를 풀어보려는 시도였으나 어째서인지 그녀의 표정은 안개가 낀 듯 더욱 흐릿해졌다. 미묘한 변화였으나 금천의 눈썰미는 이미 범인의 것을 초월했다고 할 수 있었다.

"이 오라버니에게 털어놓을 수는 없겠니?"

"털어놓아서 편해질 수만 있으면, 아니, 이 기분이 조금만이라도 덜어질 수 있으면 이미 털어놓았겠죠."

그녀의 어조는 어딘지 모르게 상당히 어두웠다. 아름다운 목소리에 알맞지 않는 어조였다. 그녀의 초점은 하늘 어딘가에 닿아 있었다.

"슬픔은 나누면 반으로 줄어든다고 했잖아. 그 말을 믿지 않니?"

주화린은 쓰라린 미소를 지었다. 여전히 그녀의 눈빛은 금천에 닿아 있지 않아 금천은 가슴이 아파왔다. 몇 년을 공들여 꽤나 친해졌다고 자부했는데 지금 보니 슬픔도 같이 나누지 못하는 그냥 '아는 사이'에 지나지 않았다. 내면의 응어리를 드러내지 못할 정도로 그녀는 자신과 친하지 않았다.

연애는 무공과 달랐다.

지금까지 금천에게 무공은 시간을 투자하면 할수록 급경사를 타고 올라가듯 성장해 왔다. 느리지만 성과가 보였다. 아니, 다른 무림인들이 봤을 때에는 아마 산을 날아가는 듯한 속도로 보였겠지만 무학이라는 태산을 바라봤을 때는 '느린'이라는 표현이 걸맞을 것이다. 그는 그렇게 한평생을 무공에 바쳤다. 한평생이라 해봐야 삼십 년이겠지만 그는 무공만을 벗해왔다.

노력하면 이루어진다.

굳게 믿고 있던 신념이었다. 하지만 그 신념이 흔들리기 시
작한 것은 주화린과 만났을 때부터였다. 첫눈에 반하게 하는
미모에 쾌활한 성격. 이 두 가지 요소는 자신에게 '선녀' 의
의미를 눈앞에 펼쳐 직접 증명했다. 한마디로 그녀는 자신에
게 적격인 여자였다. 그리고 단 한 번도 자신의 여자가 아니
라고 생각해 본 적이 없었다.

그런데 노력해서 이루어지지 않은 단 한 가지가 있었다. 감
정이라는 것. 아무리 노력해도 이루어지지 않는다. 인연이 아
니면 아닌 것이다.

그렇다고 포기할 수는 없다.

"어떤 힘든 일이 있어도 이 오라버니가 옆에 있다는 사실
을 알아줬으면 좋겠다. 어떤 어려운 일이라도 발벗고 나서줄
수 있다. 혼자 이겨내려고 하지 않았으면 좋겠구나."

금천은 그 말을 남기고는 유유히 방을 나섰다. 그의 가벼운
어조와는 달리 그는 입술을 잘근잘근 씹고 있었다. 내면의 감
정을 꾹 참는 것이었다.

금천은 사람이 어려운 상황에 처해 있을 때 가장 마음을 쉽
게 열어놓는다는 사실을 알고는 주화린의 감정 속에 자신을
담기 위해 '이 오라버니가 옆에 있다' 는 말을 강조했다.

하지만 그의 의도와는 달리 주화린은 그의 말을 한쪽 귀로
듣고 한쪽 귀로 흘리고 있었다. 이미 그녀의 머릿속을 가득
채우고 있는 것은 바로 휘인이었다.

'보인다. 하지만 잡히지 않는다. 잊고 싶다. 하지만 잊혀지지 않는다. 과연 나는 그에게 어떤 존재였을까.'

공허한 눈으로 하늘을 올려다보며 그녀는 자문했다.

마치 답변을 기다리듯 그녀는 하늘을 지그시 응시했다.

뇌운비와 헤어진 이후 휘인은 정파의 영역으로 다시 넘어왔다. 휘인은 이전과는 약간 달라졌다. 예나 지금이나 말이 없으며 무표정으로 일관하는 점은 똑같았으나, 이제는 무관심의 극에 달하게 되었다. 누가 말을 걸어도 화답하지 않으며, 어떤 자가 어려움에 빠져 있어도 돕지 않는다. 목적을 이루기 위한 최소한 행동만을 하지 그 이외의 행동은 일체 하지 않았다.

'다른 곳에 신경을 쓸수록 점차 목표했던 것에서 멀어진다.'

모든 일에 최소의 반응을 보였던 예전과는 달리 이제는 전혀 무반응을 보인다. 산적이 나타나도 상대가 검을 뽑지 않는 한 검을 들지 않는다. 산적이 무림인이었다면 모르지만 범인이기에 휘인은 성가시게 했다고 그들을 죽이지 않았다. 앞으로 목표를 이루는 데 방해가 된다는 확신, 아니, 일말의 가능성이라도 있었다면 가차없이 베었겠지만 평범한 인간이기에 혼내주는 것으로 만족했다.

어차피 이후의 보복은 없다, 미치지 않고서야 무림인은 건

드리지 않을 테니. 아직까지는 무림인이 직접 시비를 걸어온 적이 없었지만 아마 무림인이라면 휘인의 처사가 달라질지도 모른다. 다시는 반항하지 못하도록 짓밟을지도.

'차가워져야 한다. 냉정해져야 한다. 놀기 위해 무림행을 시작했으면 모를까… 나는 목적을 이루기 위해 무림행을 시작했다.'

휘인의 다짐은 굳건했다.

초심의 기분으로. 처음으로 무림에 들어섰을 때에는 오로지 목적을 위한 행보를 하겠다는 다짐으로 시작했다. 그리고 꽤나 잘 진행되고 있었다. 주화린을 만나기 전까지는. 주화린을 만나서였는지, 아니면 갑자기 미쳤었는지는 몰라도 휘인은 자신이 직접 방해물이 되었다. 목적을 이루는 곧은 길에 방해물을 직접 세웠다.

자신이 물러졌다. 인연에 인연을 만들어가며 목적 의식이 점차 희미해졌다.

'후회 같은 건 하지 않는다. 단지 이제라도 제 길로 돌아와야 한다.'

"저, 아저씨?"

휘인은 얼떨결에 길을 가던 도중 멈춰 서고는 아래를 내려다봤다.

자신의 허리에도 오지 않는 꼬마 아이가 바지춤을 붙잡고 있었다. 옷이 다 떨어져 가는 초라한 행색의 꼬마였다.

"저, 사흘을 굶고 어머니가 홀로 병석에 누워 계십니다. 어머니께 음식을 갖다 드리고 싶은데 돈이 없어서……."

흔한 이야기였다. 어머니들은 항상 누워 계시고, 배는 고프다. 어머니를 위해서 돈을 좀 달라. 휘인은 정말 지겹게 들어온 이야기이다. 휘인은 거칠게 꼬마를 밀어냈다. 그 어떤 인연도 만들지 않을 것이다. 이미 만들어진 인연은 어쩔 수 없다. 어차피 이미 멀어졌으니 상관도 없다.

꼬마는 땅바닥에 내동댕이쳐졌다. 원망의 눈길로 휘인을 올려다보려는데 이미 휘인은 저만치 멀리 떨어지고 없었다.

"쳇, 쪼잔하시기는."

짤랑.

소매 사이에서 떨어지는 동전 한 닢.

"이게 어디서 튀어나왔지?"

자신에게는 분명 동전 한 닢도 없었다. 하지만 자신에게 동전이 없었으면 소매 사이로 빠져나올 동전이 있을 리가 없었다. 그 말은 누군가가 자신의 소매 사이로 동전을 넣어 놓았다는 것인데…….

꼬마는 시야에서 사라진 남자가 향한 방향을 바라봤다.

객잔은 모든 이들을 위한 장소이다. 하류층에서부터 중, 상류층까지 모두 객잔을 애용한다. 물론 각각의 보이지 않는 계급에 따른 층수는 달라졌지만 똑같이 객잔을 이용한다는 점에서는 같다고 볼 수 있었다. 객잔을 이용하는 용도는 다양했다. 단순한 식사에서부터 주위 풍경을 음미하는 등, 쉽게 헤아리지 못할 정도로 객잔을 찾는 사람들의 목적은 판이하게 달랐다.

휘인이 객잔을 이용하는 목적은 단 두 가지였다. 하나는 식사요, 다른 하나는 밤을 지내는 것이다. 특별히 잠을 필요로 하지는 않았지만 운기조식으로 피로를 풀어주어 항상 몸을 최상의 상태로 유지하기 위해 하루에 세 번 각각 다른 객잔에 들렀다.

요번에는 식사였다. 조촐하게 소면을 시키며 휘인은 자리에 앉았다. 눈은 초점이 없다. 특별히 봐야 할 곳도 없고 보고 싶은 곳도 없다. 호기심 역시 목표를 흐릿하게 만드는 요소라고 그는 생각했다.

풍덩!

큰 소리는 아니었다. 무엇인가가 물에 빠진 듯한 소리. 상당히 작은 물체가 얕은 물에 빠지는 미세한 소리였다.

휘인은 자신의 찻잔을 내려봤다.

역시 찻잔에는 파리 한 마리가 수영을 하고 있었다. 어지간해서는 파리가 찻잔에 빠질 이유는 없었다. 임의로 그렇게 조작하지 않았으면 모를까.

풍덩!

혼자서 수영하고 있는 파리가 외로워 보였는지 다른 파리

하나가 이미 빠져 있던 파리와 동참하였다. 휘인은 파리들이 애처롭게 발버둥치는 모습보다는 파리가 날아온 경로에 관심을 두고 있었다. 경로의 끝에는 한 노인이 앉아서 소면을 맛있게 먹고 있었다. 원래가 회색빛 머리였는지, 아니면 백발이었는지는 몰라도 상당히 불결한 노인임에는 틀림없었다. 맛있게 소면을 먹다가도 옆에서 파리가 귀찮게 하면 고개를 들지도 않은 채 젓가락을 놀려 파리를 저만치 멀리 던져 버린다.

신기하게도 그 파리는 중심을 잃고는 금세 자신의 찻잔 안에 풍덩 빠져 버린다. 어이가 없어 실소도 나오지 않는다. 노인의 신묘한 수보다는 구시대의 시비법에 휘인은 입을 열 수가 없었다.

노인은 고개를 숙인 채 파리를 아무렇게나 내던지는 듯했지만 그 파리는 영락없이 자신의 찻잔 안으로 정확히 들어왔다.

'아직도 이런 수법이 유행인가?

객잔에서 고수가 관심있는 청년, 혹은 시비 걸고 싶은 상대에게 이런 수를 사용한다는 것은 유명한 이야기였다. 후기지수만큼은 아니지만 꽤나 행인들이 객잔에서 즐겨 다루는 이야기였다.

휘인은 젓가락으로 파리를 꺼내려다 말았다. 파리를 똑같이 상대에게 던져 줄 생각이었지만 이것 역시 인연을 만들게

되는 행위이다. 악연이든 좋은 인연이든 휘인은 더 이상의 인
연을 만들 생각이 없었다. 그는 점소이가 방금 가져온 소면을
받아 들고는 먹기 시작했다.

"저, 차를 새로 내오겠습니다."

점소이는 찻잔에 가득 들어 있는 파리들을 보고 놀란 모양
이었다.

"괜찮다."

어차피 새로 차를 내어와 봤자 다시 파리로 가득 찰 것이
분명했다. 노인의 의도야 어쨌든 휘인은 표정 하나 일그러뜨
리지 않고 식사에 열중했다.

휘인이 식사 이외의 행동에 손을 쓴 것은 파리가 정확하게
자신을 향해 날아왔을 때였다. 젓가락으로 살짝 파리의 궤도
를 바꿔놓고는 일의 원흉인 노인을 노려봤다. 찻잔에 파리를
빠뜨리는 것까지는 어떻게 무시하고 넘어 갈 수 있다. 하지만
자신에게 직접 파리를 던지는 행위는 다른 맥락의 것이다.

노인은 자신을 보며 히죽 웃고 있었다.

꿈틀.

휘인의 이마에 보일 듯 말 듯한 힘줄이 돋았다. 사람은 이
성과 본능으로 이루어져 있다. 본능은 감정을 그대로 표출하
려는 힘이고, 이성은 그 본능을 억제하려는 힘이다. 모든 인
간에게는 똑같은 본능이 있다. 각 인간을 차별하는 힘은 바로
본능을 억제하려는 이성에 있다. 휘인은 이성과 원칙으로 이

루어진 인간이다.

아무리 그런 인간이라 할지라도 인간이다. 인내심이 바닥 나면 본능만이 지배하는 인간이 된다.

휘익, 획!

잔상만을 남긴 채 휘인은 빠르게 젓가락을 놀렸다. 열 마리에 달하는 파리가 모두 노인의 이마에 적중했다. 미처 예상하지 못했는지, 혹은 휘인의 수가 신묘했는지 노인은 파리 세례를 그대로 받았다.

노인은 눈썹을 치켜떴다. 꾀죄죄하고 초라한 모습이 와 닿기보다는 살기가 뼛속을 사무치는 느낌을 받았다. 비리비리한 노인의 모습이라고는 도저히 상상되지 않았다. 더욱 놀라운 것은 객잔의 분위기가 아직도 활달하다는 것. 무림인이 살기를 피워올리면 보통 장내가 엄숙할 정도로 조용해진다. 긴장감이 흐르는 것이 예사인데 노인의 살기는 오로지 휘인에게만 적용되었다. 물론 그 살기가 아무리 짙다 하디라도 휘인이 눈썹 하나 움직일 위인은 아니었다.

'무림, 이런 곳이군.'

힘이 지배하는 세상이다. 힘이 곧 권력이니 힘이 있는 자는 그 힘을 뽐내기를 좋아하며, 힘이 없는 자는 힘있는 자들에게 설설 긴다. 무림의 법칙이다. 노인은 힘이 주는 권력을 만끽하는 그런 종류의 사람이 분명했다.

'그렇다면 원하는 대로 응답해 준다.'

휘인의 눈이 차갑게 식었다.

이는 한없이 꽉 깨물었다.

휘인은 노인을 노려보며 손가락을 까딱거렸다. 상대가 누구이든, 의도가 좋든 나쁘든 신경 쓰지 않는다. 오로지 상대의 행동에 자만이 가득 담겨 있고, 살기까지 보인다면 말이 필요없다. 상대가 원하는 대로 행해 보인다.

주위가 텅 빈 공터는 중원에 널려 있다. 중원의 어디나 산이 많고 험한 지역이 있는 것은 아니다. 오히려 평평한 평야가 중원의 육 할은 된다. 혈투를 치를 만한 공터는 수도 없이 많은 것이다. 휘인이 지금껏 무림에 들어와 검을 뽑은 횟수는 두 손으로 꼽을 수 있었다. 워낙에 자신의 일에만 몰두하는 사람이어서 시비를 걸 만한 거리가 없었으니 다른 이들과 충돌할 이유가 없었다.

'죽일까, 아니면 반병신?'

살인에 대한 죄책감 같은 것을 느끼지는 않는다. 물론 생명은 이 세상에서 값으로 매길 수 없지만, 그 생명을 누가 소유하고 있느냐에 따라 값은 똥값에서부터 헤아릴 수 없는 값까지 천차만별이다. 상대에 대한 무지 때문이라고 해도 애초에 정신 상태가 글러먹었기에 시비를 거는 것. 머릿속에 가득 차 있는 자만은 구역질나게 한다.

꾀죄죄한 몰골의 노인. 범상치 않는 기도가 느껴지기는 했지만 특별히 긴장할 정도는 안 되었다. 자기 딴에는 그래도 어느 정도 경지에 들었다고 생각하는지 눈빛은 능글맞았다.
정말 재수 하나는 더럽게 없는 노인이다.

노인은 오랜만에 싹이 좋아 보이는 아이를 만나 제자까지
는 아니더라도 쓸 만한 무공 몇 개를 전수해 줄 생각에 일단
휘인에게 접근했다. 하지만 이제 보니 제법 끼가 있는 녀석이
었다. 가벼운 파리를 무공도 없이 두 탁자 너머 있는 자신에
게 정확하게 던지리라고는 예상하지 못했다.

"검이라……. 자네는 무공을 배운 것 같지 않는데 검은 왜
들고 다니나?"

싸가지가 없는 아이들은 일단 한번 짓밟아줘야 사근사근
말을 잘 듣게 된다. 이왕 가르칠 생각이면 자존심을 확실히
자극해야 한다.

"……."

대답해 줄 가치가 없었다. 자신감에 가득 차 있는 능글맞은
얼굴을 보면서 휘인은 자신도 모르게 일굴에 한 방 먹이고 싶
은 충동을 억눌러야만 했다. 죽일까, 아니면 반병신? 휘인의
머릿속은 복잡하게 어지러워져 있었다. 정리하려 해도 이성
과 본능이 치열하게 접전을 벌이고 있어 쉽게 정리되지 않았
다.

"…후우."

한숨을 쉬었다.

휘인은 검지를 폈다.

피융!

손가락 끝에 기파가 일렁였다. 아무런 병기도 없이 손가락으로 펼쳐진 데다 기파에 조예가 깊지도 않았다. 물론 많은 공력이 담겨 있지도 않았다. 하지만 그것만으로도 충분히 노인의 혼을 빼놓았다. 서로 간에 거리가 있어 기파는 금세 흩어졌지만 문제는 범인이라 생각했던 상대가 내공을 소유하고 있는 것이다. 자신의 이목을 완전히 속일 만큼 내공의 깊이가 깊다는 것.

"네가 자초한 일이다."

휘인의 손에는 이미 검이 뽑혀 있었다. 묵빛 검이 따가운 햇살을 받으며 광채를 일으키고 있었다. 노인의 얼굴에 당황한 기색이 역력하게 드러났다. 휘인의 검이 갑자기 붉은 광채로 눈부시게 타오른다. 그것이 노인이 기절하기 전에 본 마지막 장면이었다.

자만(自慢)과 오만(傲慢).

꽤나 많은 인간들이 자만과 오만에 빠져 있다. 자신 위에 얼마나 훌륭하고 위대한 인물들이 거닐고 있는지는 하나도 생각하지 못하며 오로지 자신의 발아래 있는 자들을 내려보며 깎아내린다. 한없이 업신여기며, 심지어는 모멸감을 심어준다. 문(文)이든 무(武)든 위아래가 있다 보니 쉽게 서로를 비교하게 되고, 인간 된 심리상 우월감을 느낄 수 있을지도 모른다. 하지만 그런 우월감에 빠지게 되면 어떤 공부든 뒤처지기 마련이고, 결국에는 자신 아래에 있던 자가 자신의 위로 올라가는 것을 잠자코 지켜볼 수밖에 없게 된다. 그리고 상대에게 엄청난 모멸감을 느끼며 타락에 빠지게 된다.

무림은 이런 악습성이 판치고 있다. 아무런 재액(災厄)이 없는 평화 무림이어서 그런지는 몰라도 무림인들의 교만(驕慢)은 이미 입으로 꺼내지 않아도 세인들이 절실히 느끼고 있는 바였다.

자신은 잘났고 남은 못났다. 나이가 지긋한 노인에서부터 파릇파릇한 후기지수들이라고 다를 것이 없었다. 노인은 그 모든 감정을 내면에 숨겨놓는 것뿐이고 후기지수들은 생각이 짧아 대놓고 감정을 표출하는 것이다. 이 두 가지의 차이가 크다고 볼 수도 있지만 같은 맥락이라는 것은 부정할 수 없는 진리이다.

휘인은 자만에 빠지지 않았다. 자신을 낮출 줄 알았으며, 실제로도 높게 치지 않는다. 그렇다고 선(善)이라고 보기에는 무리가 있었다. 정(情)은 있다. 하지만 오로지 순수한 의도와 심성을 가지고 있는 이들에게나 정을 보여주지, 세상의 구 할이나 되는 '그렇지 않은' 자들에게는 가차없었다. 심지어는 살인도 꺼리지 않았다.

'그의 원칙은 언젠가 크게 어긋날 것이다.'

뇌운비는 병석에 누워 휘인을 걱정하고 있었다. 휘인은 아

직도 무림의 생리를 온전히 이해하고 있지 않았다. 그의 원칙
으로는 무림이 그를 망가뜨릴 것이다. 그나마 지금까지 버틸
수 있었던 것은 아마 그가 어떤 일에도 남에게 먼저 시비를
거는 일이 없었기 때문일 것이다. 마음에 안 든다고 시비를
걸지 않는다. 오로지 일에 차질이 있을 때 손을 쓴다.

"오라버니, 무슨 생각을 그렇게 깊게 하시나요?"

독고령은 이미 며칠간을 뇌운비와 같이 지새워 왔다. 뇌운
비의 표정 변화도 휘인만큼이나 없지만 미묘한 차이를 잡아
낼 만큼 독고령은 뇌운비에게 많은 관심을 쏟아왔다. 이 세상
의 그 누구보다도 뇌운비에 대해 자세히 알고 있다고 해도 과
언이 아니었다.

"너는 무림이 가장 싫어하는 종류의 인간을 아냐?"

평대도 아니고 오히려 자신보다 아래에게 구사하는 어체
를 사용했지만 독고령은 얼굴색 하나 변하지 않았다. 오히려
뇌운비가 자신에게 먼저 질문을 해왔다는 사실이 기분 좋을
따름이었다. 물론 외면으로는 항상 사근사근하고 밝은 미소
여서 정말 그녀가 좋아하는 것인지는 알 수 없었다.

"아마 마두를 가장 싫어하지 않을까요? 악을 선으로 알며
협의의 개념조차 없는 자들. 살인을 밥 먹듯이 하며 양심은
오래전에 팔아먹은 자들. 아마 이런 자들이 무림공적으로 공
표되는 것 같은데요."

뇌운비의 입꼬리가 살짝 올라갔다. 보통의 미소(微笑)라고

할 수도 있었으나 비소(誹笑)에 가까웠다. 그녀는 뇌운비의
비소의 대상이 자신이 아니라는 것을 어렴풋이 느꼈다.

"오히려 무림사를 되돌아볼 때 특별한 증거, 근거 없이 무
림공적이 된 자들이 많지. 진정한 마두들은 무림공적으로 공
표되기 이전에 유명을 달리한다. 협? 웃기고 있네. 만약 협의
정의가 '명성에 눈이 먼' 이었다면 협이 맞을지도 모르지. 눈
에 불을 켜고 마두들을 찾아 그들을 죽이려는 자들은 부지기
수야. 네 말대로 '협'에 마두들은 죽게 되어 있어."

"그럼 무림이 가장 싫어하는 인간은 어떤 종류의 인간인가
요?"

독고령의 질문을 들은 뇌운비의 눈의 초점은 흐려졌다. 마
치 무엇인가를 회상이라도 하듯. 뇌운비의 눈에 고뇌의 빛이
순식간에 스쳐 지나갔다.

"무림은 근원을 알 수 없는 자를 경계한다. 무공이 강한 자
를 질투한다. 외골수들을 머리 아파한다. 벽장호들은 욕한
다. 이제 무림이 가장 싫어하는 인간이 어떤 종류인지 알겠
나?"

"그러니까 근원을 알 수 없는 무공이 강한 외골수에 벽창
호, 이런 사람을 가장 싫어한다는 말이군요?"

"왜인지는 알겠지?"

"근원을 알 수 없다 함은 적의 여부가 판명되지 않고 그런
데다가 무공이 강하면 위험한 변수라는 것이죠. 게다가 하나

만을 파니 보통은 무공이겠죠. 성장 중이죠. 벽창호, 고집이 세면 말도 안 들으니. 오라버니의 고견에 감탄할 뿐이에요. 그런데 두 가지가 빠진 것 같아요.”

뇌운비는 조용히 그녀를 올려다봤다. 그녀의 갈색 눈은 초롱초롱 빛이 나고 있었다.

“거기에다가 나이가 어린 자, 유혹에 흔들리지 않는 자, 매수할 수도 없고 성장의 끝은 보이지 않죠. 어때요? 이 정도면 암천마수 뇌운비의 연인답죠?”

“…….”

뇌운비는 그녀의 말이 어이를 상실하게 만들어서 입을 다문 것이 아니라 생각에 빠져 미처 그녀의 말을 못 들었기에 적절한 답을 해주지 못했다. 적절한 답은 아마 ‘미친, 개념을 밥 말아 먹었냐’ 였기에 오히려 못 들은 것이 나았다.

생각의 속도는 빛보다도 빠르다 하였다.

“그래, 그 조건까지 모두 만족시키는군. 후후, 그 조건을 모두 만족시키는 자가 있다. 내가 누구를 떠올리는지 알겠냐?”

이야기를 꺼냈을 때부터, 아니, 누군가를 떠올리는 듯한 뇌운비의 얼굴을 봤을 때부터 짐작하고 있었다. 뇌운비의 근심을 살 인물은 이 세상에서 단 하나밖에 없었다. 아쉽게도…….

“그분을 말하시는군요, 휘 오라버니.”

뇌운비는 창가로 하늘을 올려다봤다. 눈이 시리도록 푸른 하늘이었다. 뇌운비는 저런 화창한 하늘보다는 우중충한 회색의 하늘을 좋아했다. 비까지 주룩주룩 내리면 금상첨화. 말끔한 하늘은 그의 마음을 더욱 흔들어놓는다.

뇌운비는 휘인이 어떻게 될지 눈에 선했다. 자신이 그 결과가 아니던가. 물론 자신은 오만과 자만의 시절에 무림행에 들어섰고, 휘인은 완숙(完熟)의 경지에 무림에 들어섰다는 차이가 있었다. 오히려 그렇기에 뇌운비는 근심했다.

"무림 전체를 적으로 돌릴 녀석이다. 안하무인(眼下無人). 이 말에 그 녀석보다 어울릴 놈은 없어. 후후, 시간문제이다. 지금은 무림맹이지만 곧 무림 전체가 그에게 관심을 둘 것이고, 휘인의 성격으로 보면 분명 공적도 무리가 아니지. 무림맹이라면 그를 일단 포섭하려 할 테고, 만약 포섭이 되지 않고 원하는 내로 휘둘리지도 않는다면 그 즉시 적으로 돌리겠지."

무림맹만큼이나 신진 고수들에게 많은 정보력을 동원하는 단체는 없다. 무림맹의 평화 아닌 평화를 지속적으로 유지하기 위해서는 많은 노력이 필요하다. 평화를 깨뜨릴 많은 요소들에 귀를 기울여야 한다. 새외무림의 흐름을 읽어야 하며, 신진 고수들의 근원과 성격을 파악하는 것 역시 중요하다. 중원이 워낙에 땅덩어리가 크고, 신진 고수들도 곳곳에 수도 없이 나타나니 무림맹이 이 모든 것을 조사하는 데 소홀할 수밖에 없다고들 생각한다. 하지만 그것은 크나큰 오산이다. 무림맹만이 이들을 눈여겨보지 않는다. 신진 고수들은 전 무림이 싫어하는 종류의 자들이다, 명문문파에서부터 소규모 문파까지. 범상치 않은 인물들은 소문을 타기 시작한다. 처음에는 마을 단위로, 크게는 성 단위로, 정말 범상치 않은 인물이라면 별 힘 들이지 않고 무림맹의 귀에 들어갈 수밖에 없다.

그때 조사에 들어가도 늦지 않다.

무림맹에서는 이 모든 자들을 이분법으로 구분한다.

적, 아니면 아군.

뇌운비의 생각대로라면 이미 휘인은 조사에 들어갔다. 너무도 큰 사건들의 중심에 있었으니 무림맹이 바보가 아닌 한 휘인은 바람 앞의 촛불이라 할 수 있었다.

"휴우……."

뇌운비에게 휘인은 큰 의미였다. 마음을 나눈 첫 친구. 친구라는 말이 그렇게 어색하고 실제로 지금도 어색하지만 엄연히 따지고 보면 휘인은 친구였다. 생사를 같이한 전우나 다름없었다.

'하긴 지금 그만큼이나 나도 위험하군.'

휘인은 예나 다름없이 흑의를 입고 있었다. 단정한 흑의에 묵빛 검이 보일 듯 말 듯 허리춤에 매달려 있었다. 무표정하기보다는 얼굴이 약간 차갑게 느껴지지만 짙은 눈썹에 날카로운 눈매는 그만의 남성미를 물씬 풍겼다.

　자신은 예나 지금이나 변한 것이 없는데 주위에서 자신을 쳐다보는 시선이 달라졌다는 것을 그는 느꼈다. 이전에는 한 번 흘끔 쳐다볼 정도였지 노골적으로 삿대질까지 하며 웅성웅성거리는 행위는 일체 없었다. 처음으로 사람들의 관심을 조금이나마 받게 되니 휘인은 무시하고자 해도 무시할 수가 없었다.

　그렇다고 지나가는 사람을 붙잡고 물어보려니 성격에 맞지 않았다.

　생각해 보니 객잔에서도 그랬던 것 같다. 그는 주위를 둘러보기보다는 자신이 걷는 길만 쭉 걷고, 옆쪽에는 시선도 두지 않았다. 그랬기에 이 기현상을 알아차리는 데 시간이 조금 걸렸지만 그것은 그다지 중요하지 않았다. 중요한 것은 자신이 이 기현상의 원인을 전혀 짐작하지 못한다는 것, 그리고 주위의 시선이 상당히 거북스럽다는 것.

　운이 좋게도(?) 그의 의문은 오래가지 않았다.

　"무명귀인이라 하던가? 후후, 그 잘나신 무명귀인이 이 초라한 공안을 지나가시다니, 이거 영광인데?"

　비웃음이 넘치는 얼굴로 휘인에게 다가오는 무리가 있었다. 하나같이 휘황찬란한 옷에 그들에게는 과분한 보검들을 보란 듯이 드러내 보이고 있었다. 비슷한 옷 모양에 똑같은 표식. 휘인은 이전에 이 표식을 본 적이 있었다.

"제갈세가?"

"오오, 우리 초라한 세가까지 알아보시다니 가문의 영광입니다."

일행을 이끄는 우두머리라도 되는지 일행의 가장 앞머리에서 휘인에게 말을 건네고 있었다. 자세히 보니 다른 이들보다 신수도 훤했으며 수련을 조금이나마 더 쌓은 자 같았다. 그래 봐야 피라미에서 한 단계 진화한 것이지만…….

호북성에 제갈세가가 있으니 제갈세가의 인물들을 자주 만날 수는 있겠지만 호북성이 어디 작은 동네만 하던가. 제갈세가의 융중산에서 공안까지는 경공으로도 며칠이 걸리는 거리이다. 그런 곳에서 후기지수 일행과 만나기란 상당히 힘들다. 게다가 세상사보다는 수련에 몰두하는 후기지수들이 바깥에 대거 모여 있는 것은 드물었다.

휘인은 갈 길을 가려 했다. 하지만 휘인이 발걸음을 떼자 가장 앞에 있던 자가 팔로 휘인을 가로막았다. 지금까지 거들먹거리던 행동거지는 그다지 기분 나쁘지 않았다. 하지만 이건 조금 다른 문제이다. 남이 자신과 직접적으로 접촉하는 것을 매우 싫어하는 휘인. 상대의 의도도 마음에 안 들었으며 그의 히죽거림은 경멸이다.

'죽여? 아니면 반병신? 휴우…….'

시작이 잘못되었다. 죽일 수가 없다. 죽이면 사사로운 원한에서 끝나지 않는다. 제갈세가. 어쩌면 그들이 들고 일어설

지도 모른다. 그들은 피할 수 있다. 무림맹? 그들이 나서면 문제가 살짝 달라진다. 아무리 제갈세가가 정파의 오대세가 중 하나로 쳐주고, 무림 전체에 위명을 떨친다 하지만 제갈세가는 정파에서만, 그것도 호북성에서나 제 힘을 발휘한다. 무림 전체에 손길이 닿지는 않는다.

문제는 이 무림은 하나의 공동체이다. 제갈세가를 건드리면 무림맹이 개입하게 된다. 무림맹의 관심을 받고 있는 가운데 상대를 죽일 정도로 휘인은 무감각하지 않았다. 마음 같아서는 죽인다. 하지만 세상사가 자신의 마음대로 이루어지지 않는 것을 그는 잘 알았다.

'평생 얼굴을 들지 못하게 해주지.'

휘인은 표정이 없다. 살짝 차가워 보이는 얼굴. 날카로운 눈매가 그런 분위기를 조성했다. 그는 그런 가운데 검을 조용히 뽑아 들었다. 휘인이 검을 뽑자 마치 원하는 대로 이루어져서 좋다는 듯 기분 좋은 미소를 띠며 일행의 머리가 입을 열었다.

"저희는 제갈세가의 후기지수들입니다. 저희는 언제 어디서나 제갈세가를 대표합니다. 그런 저희에게 검을 뽑으셨다는 것은 곧 제갈세가에 검을 드는 것과 마찬가지입니다. 제갈세가를 적대시하는 사람을 그냥 지나치기에는 저희가 세가를 사랑하는 마음이 너무 커 아무리 아량을 베풀어 드리려 해도 힘들군요. 그래서 저희가 검을 뽑아 들려고 하는데 괜찮겠지요?"

계집 같은 얼굴의 뇌운비가 떠올랐다. 그리고 이내 휘인은 고개를 저었다. 이 샛노란 새싹과 뇌운비를 비교하는 것은 그를 모욕하는 일과 같았다. 휘인은 미소를 지어 보였다. 그 어떤 의미도 찾아보기 힘든 냉랭한 미소. 순간 입을 놀리던 제갈세가의 '대표' 의 눈은 얼었다. 입술도 파르르 떨고 있었다.

"그래, 그 정도면 명분이 서겠군."

휘인은 한 걸음 한 걸음 천천히, 그리고 조금씩 '대표' 와의 거리를 좁혀갔다. 그럼에도 불구하고 휘인과 '대표' 와의 거리는 좁혀지지 않았다. 휘인이 다가가는만큼 '대표' 는 뒤로 물러서기에 바빴다. 휘인의 기세를 그대로 받기에는 아직 수련이 부족해도 한참 부족했다.

공포.

공포는 인간의 본능 중 하나에 속한다. 공포는 내면의 깊숙한 데에서부터 스멀스멀 피어오르기도 하고, 성난 파도처럼 한순간에 덮쳐 오기도 한다. 휘인에 대한 공포는 전자와 같았다. 스멀스멀 피어오르며 그 끝을 모른다. 하늘 끝까지 치솟는 공포. 이미 대표의 머릿속은 하얗게 탈색되었다.

"난 명분이 없어서 곤란하군."

서릿발이 쳐진 그의 말에 대표는 공포에서 살짝 깨어날 수 있었다.

"얘들아, 쳐라!"

그 말을 끝으로 대표는 이마에서 피를 뿜어내며 쓰러졌다. 대표가 어떻게 당했는지도 못봐 당황한 후기지수들이 검을 뽑으려는 찰나 그들은 이미 대표와 똑같은 증상을 보이며 쓰러졌다.

한 번의 찌르기가 아니다[不一刺].
한 번의 변화가 아니다[不一變].
한 번으로 끝이 아니다[一不極].
이것이 묵한검법의 최종 장.
미간일점홍(眉間一點紅)의 끝[極] 필살(必殺)이다.

눈으로 따라잡을 수 없다. 한 번의 방심의 결과는 죽음. 휘인의 무공은 완성된 것이 아니기에 기를 덧씌워서 펼칠 수는 없다. 아니, 무리하여 그렇게 펼칠 수는 있지만 필살의 진미라 할 수 있는 속도가 죽는다. 속도가 죽으면 눈에 보이니 누가 미간을 향해 날아오는 검을 내버려 두겠는가. 게다가 휘인은 아직 많은 변화를 두지 못했고, 다수를 순식간에 제압할 수 있는 필살을 살리지 못했다.

이렇게 되면 묵한검법의 최종 장이 한낱 검강류의 무공보다 나을 것이 없었다. 내공만 충분히 깊다면 검강류가 대량 살상에 훨씬 유용하다고 봐도 과언이 아니다. 하지만 휘인은 필살이 얼마나 합리적이고 실용적인 무공인지를 잘 알고 있

었다. 비록 대성하지 못해 대량 살상에는 크나큰 결함이 있어
도 일 대 일에서는 치명적인 필살기가 될 수 있다.

　‘부족하다. 한참.’

　휘인은 씁쓸히 현장에서 벗어났다.

　휘인은 오래 지나지 않아 호북에서 무명귀인이 아닌 십자
살귀(十字殺鬼)로 불리기 시작했다. 그가 마음에 안 드는 자들
의 미간에 십 자를 그어놓는 악취미가 있다는 사실과 상대를
가리지 않고 그 악취미를 시행한다는 사실로 십자살귀라는
새로운 별호가 호북 내에 떠돌았다. 그를 판별하는 유일한 방
법은 흑의를 즐겨 입는다는 풍문뿐이었다. 물론 명문문파, 혹
은 오대세가 정도의 인물이라면 무림맹에서 내려온 그의 초
상화를 유심히 봤을 것이다. 이미 그는 뜨거운 화젯거리였다.
물론 드러난 이야기라고는 무당파와의 접전뿐이었다. 뇌운
비 혼자서 모두를 쓰러뜨렸으나 상식적으로 불가능한 일이었
기에 당연히 휘인 역시 무당파의 제자들을 쓰러뜨리는 데 거
들었다는 소문이 돌았다.

　빙산의 일각이었지만 그 정도로도 호북 무림인들의 관심
을 샀다. 대무당파의 제자들은 십 단위였는데 단둘이서 모두
를 제압하고 유유히 호남으로 건너갔으니 충분히 관심을 살
만했다. 게다가 개방 호북 분타 장로의 이마에 보기 좋게 십
자를 새겨 넣은 것과 제갈세가의 촉망받는 후기지수들의 미

간 역시 십 자로 장식한 사건은 호북 전체를 뜨겁게 달구었다.

　평화 무림에서 이야깃거리가 한없이 적은 것은 사실. 악인이든 선인이든 상관없다. 아니, 오히려 악인들에 대한 소문이 빠르게 나돈다. 휘인 같은 경우에는 전자에 가까웠다. 협명이 자자한 정파의 고수에게 평생 짊어질 치욕을 주었고, 자라나는 새싹들에게도 한 여생을 간직할 만한 절망을 안겨주었다.

　소문은 과장되기 마련이고, 좋게보다는 나쁘게 퍼지기 마련이다.

　휘인이 호북에 들어섰다는 소문은 바람처럼 흩어져 호북의 모든 이들이 알게 되었다. 무당파, 제갈세가가 그 소문에 가장 민감하게 반응했다. 무당파야 뇌운비의 일로 그렇다지만 제갈세가는 지금까지 휘인에게 무관심했다고 볼 수 있었다. 실제 경험이 중요하다는 사실을 잘 아는 제갈세가는 자신들의 후기지수들도 소규모 무림행을 보내는데, 멀리는 보내지 않고 호북성 내로 보낸다. 물론 호북성 자체가 워낙에 크다지만 제갈세가의 영향권이기에 위험한 일이 적어, 자주 무림행을 떠나 보낸다. 요번에도 아무런 걱정 없이 그들끼리 무림행을 나서게 해주었다. 이전까지는 안전하던 소규모 무림행. 하지만 휘인이라는 작자에게 앞으로 제갈세가의 미래를 짊어질 새싹들이 완전히 밟혔으니 이전처럼 무관심할 수만은 없었다.

　그 결과 오래 지나지 않아 휘인은 호북성의 절반을 올라온 가운데 다시 복잡한 일에 휘말리게 되었다.

　"네가 그러고도 무사하리라 생각했느냐?"
　영롱한 녹색 계열의 영웅건을 매고 용감하게도 휘인에게 삿대질을 하는 자는 저번 제갈세가의 후기지수들을 이끌고 다니던 '대표'였다. 대표가 순식간에 당하고 나서도 의기양양할 수 있는 이유는 잠시 세가에 돌아온 자신의 우상이자 친형인 제갈손과 진효랑, 제갈세가의 소가주 제갈천을 동반했기 때문이다.
　휘인은 제갈손과 진효랑에게 한번 눈길을 주었다. 제갈손은 이미 자신의 동생인 제갈휘 때문에 고개를 숙이고 있어 눈을 마주칠 수 없었지만 진효랑은 휘인의 눈을 똑바로 노려보고 있었다. 물론 휘인과 갑자기 시선이 마주치자 애써 눈에 힘이 풀리고는 보일 듯 말 듯 움찔거렸다.
　"말을 가려 하거라. 너는 제갈세가의 제갈휘다. 세가를 불명예스럽게 만드는 일은 하지 않기를 바란다."
　"하지만 숙부, 세가를 불명예스럽게 만든 것은 제가 아닌 바로 저 작자란 말입니다. 세가에 깊은 상처를 안겨준 자가 바로 저자입니다. 그런 제가 예의를 갖추길 바라십니까."
　"너는 어리다. 물론 어려서 부족한 점이 많지만 단점을 그만큼 쉽게 고쳐 나갈 수 있다. 너는 명문정파의 제갈휘이다.

어떤 일에도 마음의 평정을 잃어서는 안 된다. 협(俠)을 추구하여라!"

"명심하겠습니다, 숙부."

'…….'

휘인은 할 말을 잃었다. 자신만 저들의 대화를 이상하게 여기는 것인지 확인하기 위해 제갈손과 진효랑의 반응을 보았다. 그들의 얼굴도 썩 좋지만은 않았다.

"물론 협은 악을 보고 참는 것이 아니란다. 알겠느냐?"

"옛!"

말끔한 중년인이 휘인에게 성큼성큼 다가왔다. 휘인의 눈에는 그 어떤 감흥의 빛도 떠오르지 않았다.

"열혈검(熱血劍) 제갈천이라 하외다. 그대의 이름은 어떻게 되오?"

"휘인."

"그대는 자신의 잘못을 아오?"

"……."

"모른다는 대답으로 듣겠소. 강호 초출이라 들었소. 그대의 안하무인격인 태도는 이해가 가오. 하지만 이 세상은 그렇게 만만한 곳이 아니오. 모든 일을 자신이 원하는 대로 해나갈 수는 없소. 만약 그렇게 하다가는 크게 일을 그르칠 수 있소. 무슨 말인지 알겠소?"

제갈천은 미소를 지으며 말하고 있었으나 그 누구도 그 미소가 좋은 뜻이 아니라는 것을 알 수 있었다. 많은 정파인들은 의(義)와 협(俠)을 숭배하고 따른다. 제갈천은 그 많은 정파인 중에 속하지 못했다. 어려서부터 제갈천은 기재라는 소리를 수도 없이 들어왔다. 선천적으로 그는 겸양(謙讓)이라는 것을 몰랐는데 유년 시절에 바로잡지 못한 그의 성격은 지금까지도 변하지 않았다.

그는 형이 되는 제갈가주보다 무재(武才)라는 소리를 들어왔지만 세월이 흐를수록 무공의 발전이 더뎠다. 그만을 빼고 전부가 그의 성격이 바르지 못하여 공부가 늦다는 사실을 잘 알고 있었다. 물론 그 기준은 장로들에 비해서였다. 쉰을 넘어서는 동안 무공을 닦아왔으니 그의 무공은 범상치 않았다.

제갈천이 기고만장한 데에는 휘인의 실력을 정확하게 모르는 데에 있었다. 사실 그 어떤 단체나 세력도 휘인의 무공을 제대로 가늠하지 못했다. 사실 검을 쓴다는 사실만을 알고 있었지, 어떤 종류의 검법을 구사하는지는 알려지지 않았다. 휘인의 검을 겪어본 진효랑은 당연히 그 치욕을 다시는 입에서 꺼내지 않았고, 제갈손 역시 그럴 이유를 찾지 못했다. 그러니 휘인은 기껏 해봐야 범상치 않은 젊은 무림인이었다.

휘인 또래에 제갈천을 상대할 자가 없으니 제갈천이 휘인을 쉽게 대하는 데에는 그 이유가 있었다.

"의협을 추구해야 할 젊은이가 마도에 빠졌으니 내 친히 손을 쓰리다. 검을 뽑으시오. 한 수를 양보하겠소."

제갈천의 의기양양한 말에 진효랑은 눈을 살짝 감았다. 어떤 일이 벌어질지 진효랑만큼이나 잘 아는 자가 없었다. 진효랑은 미리 준비해 온 영웅건과 금창약을 꺼내었다. 분명 제갈천은 한 초에 이것들이 필요하게 될 것이다.

진효랑은 제갈천에게 휘인의 무공에 대한 언급을 하지 않았다. 진효랑 역시 제갈천이라는 위인이 마음에 들지 않았고, 앞으로도 별로 마음에 들 것 같지 않으니 자신이 친절을 베풀 이유가 없었다. 제갈손은 안절부절못한 채 휘인과 숙부의 대치 상태를 지켜봤다. 양심의 일부분에서는 이 사태를 막으라고 지시했지만 이성과 본능은 가만히 자중하는 일이 좋다고 애걸하고 있었다.

제갈손은 자신의 무공이 한층 성장했다는 사실을 잘 알고 있었다. 깨달음과 함께 수련에 박차를 가하니 무골(武骨)인 그기 진보하는 일은 놀라울 것이 없었다. 무공이 한층 성장했다는 의미는 안력과 무학에 대한 이해가 깊어졌다는 것을 의미했다. 하지만 그는 잘 알고 있었다, 아직도 자신의 안력으로는 휘인이 발검하는 모습은커녕 거리를 좁히는 신속한 보법, 어떻게 검을 휘둘렀는지는 몰라도 미간에 피를 터뜨리게 만드는 신묘한 수 중 그 어떤 것도 제대로 보지 못한다는 것을 상상 이상의 무학에 감탄을 뒤로하고 정신을 차리고 보니 이미 숙부는 피를 터뜨리며 쓰러지고 있었다.

"숙부!"

　제갈손은 숙부에게 황급히 다가갔다. 미간에서 피를 뿜어내는 모습은 좋아 보이지 않았다. 진효랑은 어느새 지혈을 마치고 금창약을 발라주고 있었다. 제갈손은 휘인을 올려다봤다.

　"죽였나요?"

　"지난번에는 '죽였나?' 라고 물었던 것 같은데……."

　제갈손의 얼굴이 화끈거렸다. 자신과의 대화를 세밀하게 기억하는 모습에 이유는 알기 힘들었지만 고개가 숙여졌다.

　"지난번과 같다."

　의문에 휩싸여 제갈손은 다시 물었다.

　" '검을 들었다는 것은 죽음을 각오했다는 의미이다' 라고 하시지 않았나요?"

　휘인은 머릿속에 있던 말들을 꺼내었다. 꽤나 오랜 시간 동안 고민해 온 질문이었다. 최근에 간신히 답을 얻었다. 자신이 배워온 철학대로였으면 전의가 있는 모든 상대에게는 그만한 대가를 주어야 한다. 모든 일을 배운 대로 실행해야 한다. 하지만 자신은 그렇게 반응하지 못했다. 처음으로 사부의 가르침을 따르지 않은 것은 휘인에게 꽤나 심각하게 다가왔다. 지금까지는 머리에 세뇌되어 있다시피 한 사부의 가르침대로 잘 성장해 왔다. 하지만 요번만큼은 왜 그런지 이해할 수 없었다, 물론 이제는 알지만.

　"그렇다. 하지만 숭고한 검을 잃은 상대에게 죽음은 과한 처사라 할 수 있다."

"숭고한 검이요?"

휘인은 대답하지 않았다. 제갈손 역시 대답을 재차 구하지 않았다. 하늘을 올려다보고 있는 휘인의 얼굴에서 '알아서 답을 구해라' 라는 의미를 얻었다. 듣지 않아도 왠지 답이 나올 것 같은 기분에 제갈손은 시선을 휘인에서 다시 제갈천으로 두었다.

"나를 막겠나?"

제갈손은 고개를 저었다. 막는다고 상대가 막아지는가. 휘인의 눈이 진효랑에게 닿자 순간 그는 움찔했다. 애써 올라오는 감정을 찍어누르고는 그 역시 고개를 저었다. 이미 한 번 당해봤다. 한 번 당한 방법에 두 번 당하는 바보는 없을 것이다.

일이 나름대로 깔끔하게 정리되었지만 휘인의 머릿속은 한없이 복잡해졌다.

'일이 복잡해진다.'

제9장

금상첨화(錦上添花) 1

“쿨럭쿨럭!”

뇌운비는 검은 피를 토해냈다. 누구나 잘 안다. 피를 토해내는 행위는 내상을 입었다는 증거이다. 보통 붉은 피를 토해도 그 뜻이 잘 전달되는데 검은 피란 꽤나 심각한 내상을 입은 거라 할 수 있었다. 뇌운비는 제 몸의 중심조차 제대로 못 잡을 정도로 치명적인 상태에 있었다.

“오라버니, 조금만 더 힘내요. 지금 쓰러지시면 안 돼요.”

독고령의 목소리에는 힘이 담겨 있었다. 상황이 좋지 못했다. 뇌운비는 온전히 회복되지 못한 상태에서 다시 한 번 큰 상처를 입게 되었다. 그런 상태인 데다 쫓기고 있다. 독고령은 그의 팔을 어깨에 들쳐 메고 달렸다.

"마지막으로 부탁하겠다. 그를 그들에게 넘겨줘. 이대로는 일각도 안 돼서 잡히게 된다. 나와 세가로 돌아가자."

"무 오라버니, 도와주시지 않을 거라면 돌아가 주세요."

무여휘는 한숨을 쉬었다. 독고령의 눈에는 절대 굽히지 않겠다는 신념이 담겨 있었다. 그 빛을 읽어낸 그는 절망할 수밖에 없었다. 하지만 표정 변화의 대가인 그가 감정을 얼굴에 표출할 리 없었다.

"그들은 지옥의 야차들이다. 두렵지 않느냐?"

독고령은 무여휘가 애걸을 하고 있다는 것을 잘 알고 있었다. 하지만 그의 뜻을 따를 수는 없었다. 드디어 자신의 빚을 탕감할 때가 왔다. 그런데 도망간다는 것은 그녀의 가르침에 어긋났다. 그리고 마음에도 어긋났다.

"헉헉! 말하기 힘들어요. 그러니 제발 가주세요."

독고령의 체력은 바닥을 보이기 시작했다. 도망쳐 온 지 두 시진밖에 되지 않았다. 뇌운비는 그들이 들이닥치자마자 성치 않은 몸으로 그들을 맞이해야 했다. 치명적인 한 방을 얻어맞고는 지금까지도 제정신을 차리지 못하고 있다. 만약 그들이 들이닥친 그때 주위에 호위무사들과 뒤늦게 소식을 들은 무여휘가 증원과 함께 나타나지 않았다면 이미 뇌운비와 독고령은 불귀의 객이 되었을 것이다. 물론 독고령은 괴로웠다. 자신 때문에 쟁쟁한 세가의 고수들이 처참하게 도륙되었으니. 그것도 자신들이 도망칠 시간을 벌어주기 위해서. 안타깝게도 그들은 정상적인 무인들이 아니었다. 이미 그들은 빠른 속도로 추격을 시작했을 것이다. 그들이 숨통을 죄어오는 것이 느껴진다.

"정말 도망칠 셈이냐?"

"예."

"할 수 없군."

무여휘의 눈은 차갑게 식어 내렸다. 지금까지 그의 따뜻한 눈만을 봐온 독고령의 눈빛이 흔들렸다. 무여휘는 독고령에게서 뇌운비를 빼앗아 들었다. 독고령은 믿을 수 없다는 듯이 눈을 치켜떴다. 물론 뇌운비를 그냥 내줄 수밖에 없었다. 무여휘의 힘도 힘이지만 독고령의 체력은 현재 형편없었다.

"오라버니, 오라버니는 믿었는데……."

희망은 가는 실보다도 얇았고 지푸라기보다도 약했다. 하지만 그런 지푸라기마저 무여휘에 의해 끊어졌다. 희망을 잃은 사람의 얼굴을 본 적이 있는가. 눈물도 흘리지 않는다. 슬픔도 얼굴에 떠오르지 않는다. 원래가 맹인인 사람처럼 눈에 초점이 없어진다. 그 어떤 감정도 얼굴에 떠오르지 않는다. 독고령은 절망에 빠졌다. 어두컴컴한 어둠에 빠져 다시는 나오지 못할 것 같은 느낌, 그것이 바로 절망이라는 감정이었다.

툭.

"체력 회복제이다. 세가에서 몰래 빼돌렸으니 이것 먹고 정신 차려라. 물론 임시방편이나 다름없어 많은 도움이 되지는 않을 것이다. 하지만 도망가는 데에는 충분한 기능을 발휘할걸. 시간이 없다. 우리들의 마지막 희망은 '그'가 아니던가. 그에게까지는 가보고 그런 표정을 지어라."

"오, 오라버니!"

그제야 눈물이 쏟아지기 시작했다. 무여휘는 뇌운비를 등에 업었다. 그 모습에 독고령은 할 말을 잃었다. 하지만 이내 쫓기고 있는 신세임을 떠올리고는 체력 회복제를 입에 넣었다. 그리고는 열심히 씹어대었다.

"뭐 하고 있는 거냐?"

무여휘가 뇌운비를 등에 업고 있어서 다행히 독고령의 모습을 볼 수는 없었다. 봤더라면 그의 결심이 달라졌을지도 모른다.

"체력 회복제를 뇌 오라버니에게 먹여 드렸어요."

"어차피 씹지도 못할 텐데……."

무여휘의 입가에 씁쓸한 미소가 걸렸다. 그녀는 그녀 자신을 생각하기보다는 뇌운비를 먼저 챙겼다. 그것이 무엇을 의미하는지 잘 아는 무여휘는 자신이 지금 옳은 짓을 하는 것인지에 대해 한번 고심해야 했다.

"누가 가르쳐 준 신묘한 방법이니 문제없어요. 후후."

독고령의 입가에 미소가 걸렸다.

'첫 번째는 놓쳤지만 그래도 첫 여자겠지?'

무여휘는 다시 품에서 체력 회복제를 꺼내었다.

"요번에는 네가 먹어라."

"고마워요, 무 오라버니."

"그럼 가자!"

사룡이봉은 다른 후기지수들과 또 다른 벽이 있다. 하늘이 내려주신 기재의 칭호는 아무에게나 붙는 것이 아니었다. 한 시진을 수련해도 다른 이들의 하루와 똑같이 성장했고, 하나를 알려주면 열을 깨쳤다. 그들은 날아갈 듯한 신법을 펼쳤다. 하지만 그들도 잘 알고 있었다. 자신들을 쫓는 상대는 자신들과 또 다른 벽이 있다는 것을…….

'오늘은 쉬어야겠다.'

제갈세가에서 추기로 시비를 걸어올지도 모르는 이 상황에 휘인은 느긋해지기로 했다. 왜인지는 몰라도 해가 중천에 떠 있는 지금 휘인은 객잔에서 방을 잡았다. 지금까지는 분명히 해가 졌을 때에만 방을 잡았는데 오늘따라 일찍 방을 잡고 싶었다. 머리가 복잡하니 무림행을 진행해도 무의미하니 쉬는 것이 나은 것이라고 자신의 비정상적인 행위를 설명했다.

'이대로는 목표에서 멀어질 수밖에 없다.'

이렇게 나아간다면 계속해서 무림의 문파와 충돌할 수밖

에 없다. 충돌하면 할수록 자신에게 나아지는 것은 없다. 그들은 점차 충돌해 올 것이고, 자신의 행동반경을 압박해 올 것이다.

'거대 문파를 피해갈까?'

그는 곧 고개를 저었다.

무림의 명소에는 거대 문파들이 위치해 있다. 명소를 둘러보며 그들을 피해가는 것은 호랑이 굴에 들어가서 호랑이와 만나지 않기를 기대하는 것과 똑같았다.

한마디로 불가능했다.

휘인은 자리에서 일어났다. 어느덧 점심을 먹을 시간이었다. 끼니는 거르면 안 된다는 것이 그의 생각이었다.

담백한 소면을 먹던 도중 휘인은 시선을 느꼈다. 물론 시선이야 항상 느끼는 것이고 무시하는 것이었는데 이상하게도 요번의 시선은 약간 달랐다. 강렬한 시선. 시선만으로도 몸이 반응을 한다. 휘인은 고개를 들어 시선의 소유자를 찾았다.

속눈썹이 유난히 긴 여자였다. 옷은 화려하기 그지없었지만 오히려 그 옷보다는 그녀의 미모가 눈에 다가왔다. 새벽에 이슬을 머금은 한 송이 야생화와 같은 모습이었다. 한낱 객잔에서 저런 여자가 최하층에서 식사를 한다는 것은 이해할 수 없는 일이었다. 보통의 무림인이라면 자신의 위치를 잘 알고 있으며 그 위치를 즐긴다. 옷을 봤을 때 자신처럼 돈이 부족한 것도 아닌데 굳이 최하층의 객잔에서 식사를 하는 그녀를 이해할 수 없었다. 물론 애써 이해할 필요도 없기에 그는 고개를 숙여 다시 소면 시식에 들어갔다.

소면을 모두 씹어 넘기기 전에 휘인은 다시 고개를 들어야만 했다. 시선의 소유자가 아직도 눈길을 거두지 않았기 때문에 거슬릴 수밖에 없었다.

'내가 소면을 맛있게 먹나?'

순간 휘인의 뇌리를 스치는 게 있었다. 그녀의 검은 눈. 숨겨진 광기를 휘인은 읽을 수 있었다. 자신감. 물론 자신감은 꽤나 많은 무림인들에게서 찾아볼 수 있다. 꽤나 많은 무림인들이 자신이 못났다고 생각하지 않는다. 항상 아래를 보며 즐긴다. 자신감이라고 하기보다는 자만이 더욱 맞는 말이지만 자신에 찬 것은 맞았다. 여자의 자신감은 꽤나 순수했다. 어떻게 구분하느냐라고 물으면 휘인은 할 말이 없었다.

'무림인인가?'

휘인은 일순간 긴장했다. 만약 그녀가 무림인이라면 지금까지 만나온 무림인과 약간 달랐다. 기도를 파악할 수 없었다. 그 말은 적어도 자신과 동수이거나 위. 자신에게 관심이 있는 무림인은 꽤나 많다. 악감정을 가지고 있는 무림인들은 널렸다. 저 정도의 무림인을 파견할 수 있는 단체는 무림맹밖에 없다.

'구분할 수 없다.'

휘인은 일단 무림인이 아닐지도 모른다고 생각하고 있었기에 애써 침착했다.

'……?'

그녀는 갑자기 자리에서 일어나더니 자신에게 성큼성큼 다가왔다. 그녀의 탁자는 애초에 비어 있었기에 아무런 불편 없이 자리를 옮길 수 있었다.

왠지 모르게 편한 느낌이 든다. 친근한 느낌. 휘인은 노려보듯 그녀를 올려다봤다. 심기가 편하지 못했다.

"합석하겠네."

어조. 상식적으로 그녀의 이십대 중, 후반밖에 안 된 얼굴과 아랫사람을 대하는 듯한 어조는 어울리지 않았다. 하지만 그녀는 어색함이 없었다. 오랫동안 그렇게 써온 것처럼 말이다.

그녀는 휘인의 앞자리에 앉았다.

허리를 꼿꼿하게 펴고 있는 그녀의 모습이 눈에 들어왔다. 하도 뻣뻣하게 펴고 있어 오히려 자신이 어색할 정도로 그녀의 자세는 너무 바랐다.

"얼굴에 뭐가 묻었소?"

하오체는 자신보다 아래에 있는 자에게 격식을 갖출 때 사용하는 어체이다. 다짜고짜 만나자마자 하오체를 쓰는 그녀에게 격식을 갖출 필요는 없었으나 그녀가 풍기는 묘한 위화감에 휘인 역시 하오체를 구사했다.

그녀는 휘인의 얼굴을 똑바로 쳐다보고 있었다. 허락도 구하지 않고 자신의 탁자에 앉은 것도 불쾌해 죽겠는데 이제는 얼굴까지 똑바로 바라본다. 자신이 무림행을 시작한 지 그리 오래되지는 않았으나 이곳에서도 고향과 마찬가지로 사람의 얼굴을 똑바로 보는 것은 실례이다.

"호호, 내가 관상을 좀 볼 줄 아네."

늙은이나 쓸 법한 어체였지만 그녀는 익숙하게 사용했다. 관상을 볼 줄 안다는 핑계는 휘인에게 먹히지 않는다. 번거롭다고 그녀를 쫓아내는 것이 그의 상식에 걸맞는 행동이었지만 그녀는 함부로 대할 수 없는 그런 분위기를 풍겨내었다. 휘인은 그녀가 관상을 보든 말든 신경 쓰지 않고 식사에 열중했다.

탐색하는 듯한 눈이 반짝인다는 착각이 들어도 무시했고, 뜨거운 그녀의 시선이 느껴져도 무시했다. 오랜 무림 경험은 없지만 그냥 그러고 싶었다.

"재밌는 아일세. 고집이라는 고집은 모두 가지고 있고, 눈매가 날카로운 게 선한 구석이 없는 녀석이야. 그런데도 생각만은 깊어 눈동자도 끝이 보이지를 않는구나. 호호호호!"

그녀의 웃음소리가 휘인의 골을 흔들었다.

"용건이 뭐요?"

심기가 불편하니 좋은 말이 튀어나올 리 없다. 휘인은 냉기가 느껴지는 싸늘한 어조로 그녀에게 물었다. 듣는 상대가 불편할 정도로 차가운 말이었으나 오히려 그녀는 눈웃음을 지으며 밝게 답변해 주었다.

"내가 듣기로는 자네가 이쯤이면 검을 들 법도 한데?"

"나를 아시오?"

"알다마다. 유명하시잖나."

휘인이 눈썹이 미묘하게 비틀렸다. 명백한 시비였다. 그렇다고 먼저 검을 뽑지는 않는다. 그녀는 자신이 측정할 수 없는 종류의 상대였다. 미확인 상대에게 먼저 검을 뽑는 것만큼 어리석은 일은 없다. 물론 미확인 상대가 아니더라도 그는 먼저 검을 뽑지는 않았을 것이다.

"전의가 없는 상대에게는 검을 뽑지 않소."

"호오, 나름대로 철학을 가지고 있는 젊은이로구먼."

그녀의 눈은 휘인의 눈속에 들어간 듯 바로 보고 있었다.

"그럼 전의가 있었다면 검을 들었겠나?"

순간 광채가 이는 그녀의 눈동자를 휘인은 정확히 봤다.

"되도록이면 피하겠지만 피할 수 없다면 들겠소."

"되도록이면 피한다라……. 피한다는 것은 무엇인가를 두려워한다는 말이지. 자네는 무엇이 두려워 피하나?"

"피한다고 해서 두렵다는 뜻은 아니오. 다른 이유도 많지 않소?"

처음으로 여유를 가지며 눈웃음을 짓던 그녀의 눈이 싸늘하게 식었다. 그녀가 화가 났다는 의미는 아니었지만 분명 편한 심정은 아니라는 것을 뜻했다. 물론 휘인은 그러한 점을 개의치 않아했다.

"그렇다면 더러워서 피한다는 말이냐?"

어조 역시 차분하게 바뀌었다.

'무서워서 피하냐, 더러워서 피하지' 라는 말을 떠올린 그녀는 불쾌할 수밖에 없었다. 아까의 흥미는 완전히 허공 중에 증발해 버렸고, 깊이 분노가 스며들기 시작했다. 그와 함께 그녀의 눈 역시 달라지기 시작했다.

"이분법적인 사고로 세상을 살기 힘들지 않소?"

그녀의 눈동자가 순간 움찔했다.

"그렇다면 왜 피한다는 말이지?"

"득보다는 실이 많은 행동을 누가 하겠소."

휘인의 말을 들은 그녀는 다시 여유를 찾기 시작했다. 눈에는 웃음이 지어졌고, 은은한 미소가 자리했다. 다시 신비한 분위기가 주위를 지배했다.

"자네는 그렇다면 지금까지 득에 따라 검을 들었다는 말인가? 내가 보기에는 지금껏 자네는 실에 따라 검을 들은 것 같은데, 내 눈이 썩었나?"

엄연히 따지고 보면 휘인은 검을 휘둘러 득보다는 실이 많았다고 할 수 있었다. 결국에는 검을 휘둘러 주변의 관심을 사게 되었고, 은원 중에서 원을 많이 샀다. 많은 무림인들이 은원을 중시하고, 그중에서 구 할의 무림인들은 원한만은 꼭

갚으려 평생을 노력한다. 심지어 대를 이어 원한을 갚으려는
친절한 작자들도 적지 않았다.

'왜 말과 행동이 다르냐?' 라는 말이었다.

"나의 지론(持論)이 그러하오. 사부께서도 그런 지론으로
살았고, 저 역시 그 지론을 물려받았소. 전의, 혹은 살기는 되
받아주는 것이 예의. 조금의 실이 있다 해도 그 정도는 감수
할 수 있소. 겨우 그 정도로 지론이 바뀌지는 않소."

"조금?"

그녀가 고개를 갸웃거렸다.

"자네는 그 정도를 조금이라 할 수 있나? 제갈세가, 개방,
무당파, 화산파. 다른 이들 같았으면 도망, 심지어는 자살을
했더라도 과한 게 아닐 텐데."

"만약 그들이 의협을 추구한다면 전력을 다하지는 못할 것
이오. 물론 그들이 문도 하나하나 모두를 모아 이끌어온다면
도망밖에는 길이 없소."

그녀는 휘인의 말을 깊이 생각하는 듯싶다가 이내 다시 입
을 열었다.

"자네는 명문이 왜 명문이라 불리는지 아는가?"

"전통과 무공, 그 둘 때문이 아니오?"

"꼭 그 둘 때문이라고 볼 수는 없지. 세월이 흐르고 흘러도
명문에서는 의협을 중요시하기 때문이지. 시대가 바뀌어도
명문만은 의협을 우선 순위에 둔다. 자칭 정파라 하는 수많은

문파들은 의협을 숭배한다고 볼 수 없다. 의협이라는 허울 아래에서 이익을 보기에 바쁘지."

초롱초롱한 그녀의 눈의 광채가 퇴색되었다. 약간 회의적으로 바뀌었다고나 할까.

"옛날에는 검 하나만을 들고 무림행을 나서던 때가 있었다. 어떤 무인과 만나도 피가 끓어 죽어라 비무를 하고, 어려운 자들이 있으면 아무런 생각 없이 돕던 때. 돈이란 건 필요도 없었어. 무인들은 언제나 가난했지. 하지만 가난이 부끄럽지 않았다. 오히려 자랑인 듯 검 하나만을 내세우며 근심 하나 없이 무림을 풍미했다. 하지만 요즘은 어떠한가. 꼴에 정파라 떠벌리며 허위 명분 찾다 돈 뜯어먹기 바쁘지. 모든 문파가 그런 것만은 아니다만 무인의 도(道)에서 벗어나고 있는 것은 자명한 일. 그나마 명문정파에서는 의협이 희미하게나마 있어 정파가 현존하는 것이다."

감히 말을 끊을 수도, 아니면 다른 화제를 언급할 수도 없을 정도로 그녀의 말은 진지했으며, 꽤나 무게가 있는 말들이었다. 무엇보다도 아무런 말을 허용하지 않는 그녀의 진중한 분위기가 주변을 감돌았다.

물론 휘인이 그런 그녀의 분위기에 휩쓸릴 위인은 아니었다.

"결론은 '정파인들은 편협하니 함부로 건드리지 말아라' 라고 볼 수 있소?"

그녀의 눈이 휘인에게서 멈췄다. 약간 충격을 받은 얼굴이
랄까. 아까의 흥분은 어디로 가고 멍한 감정이 잠시 동안 그
녀의 뇌를 지배했다. 물론 일순간이었다.

"호호호, 그렇다고 볼 수 있구나."

얼굴은 웃고 있었지만 그녀의 눈만은 이채를 띠며 휘인의
눈을 맞추고 있었다. 눈은 거짓을 고하지 않는다. 나이가 어
리면 어릴수록 눈이 정직하다. 휘인의 눈은 미동조차 하지 않
아 상당히 일관적인 모습을 비췄다. 꽤나 기나긴 세월을 경험
한 그녀로서도 휘인의 눈속을 파고들지 못했다.

생각도 읽을 수 없고 그의 신념도 읽을 수 없다. 생기가 없
는 나무 인형과 말하는 기분.

"관상은 충분히 봤소?"

휘인의 소면 그릇은 이미 비워져 있었다. 식사도 마쳤고,
해는 중천에 떠 있었다. 따스한 햇살을 받으며 하는 운기조식
을 마음에 두고 있는 휘인은 한시빨리 자리에서 일어나고 싶
었다.

"충분히 봤다. 호호호, 내가 누군지 궁금하지 않느냐?"

이름이 자자한 후기지수 중 대부분이 그녀를 몰라본다. 무
공을 익히지 않은 민간인으로 치부하고 수작을 걸어오는 이
들도 적지 않았다. 물론 그럴 때마다 따끔한 한 수와 함께 그
녀의 설교를 오랜 시간 들어야 했다.

휘인은 달랐다. 그녀에 대해 온전히 알지는 못하지만 짐작

은 하였다. 태도가 상당히 불손하기는 했지만 다른 후기지수들에 비하면 아주 깍듯한 태도라고 감히 말할 수 있었다. 그 정도는 칭찬해 줄 만큼 그녀는 아량이 넓었다.

"궁금하지 않소. 말해주어도 알지 못할 것이니 괜히 입 아프게 말할 필요 없소."

당돌한 휘인의 말에 그녀의 눈꼬리가 살짝 올라갔다. 악의가 없다는 것은 알고 있지만 그의 말은 분명 상대의 감정을 완전히 배제한 채 하는 몰상식한 말이었다.

"말해주면 알지도 모르는데?"

그녀는 그가 그녀의 이름을 한 번쯤은 들어봤으리라 확신하고 있었다.

"물론 들어봤을지는 모르나 말 그대로 들어봤을 뿐, 처음 보는 사람이 분명한데 이름을 듣는다 하여 더 알 것도 없소. 눈에 보이는 것이 내가 아는 전부요."

그녀의 눈꼬리가 다시 제자리를 찾았다. 어니인지 이지는 그녀의 마음을 사는 구석이 있었다. 당돌하지만 그만한 이유가 있었다. 한마디로 재밌는 녀석이었다.

"이름을 들어봤다 함은 그 사람에 대한 소문도 같이 들었다는 것을 의미하지 않을까?"

"소문은 믿지 않소. 소문이란 보통의 인간의 기준에서 무엇인가를 측정하여 다른 이에게 퍼뜨리는 것. 나의 기준과 보통의 인간의 기준이 같지도 않을 뿐더러 사람의 입에서 입으로 전해지는 소문은 과장하기를 좋아하는 이들로 인해 점점 부풀어 오르오. 그런 소문으로 사람을 측정하는 것은 어불성설. 난 오로지 나의 눈으로 사람을 판단하오."

재밌는 녀석이라고 생각은 했지만 재미를 넘어선다. 이자는 자신의 철학이 있고 원칙이 있다. 줄여서 꽉 막힌 사람이라고도 하지만 좋게 보면 확실한 뜻을 품고 있는 사람이라고 할 수 있다.

'요즘의 젊은이 중에 이런 녀석도 있군.'

생각에 빠져 초점을 잃었던 눈은 순간적으로 다시 초점을 찾았다. 그 초점은 휘인의 확고한 눈에 닿아 있었다.

"그래, 좋다. 나의 용건은 끝났다. 호호호, 앞으로 또 볼 수 있었으면 좋겠구나. 언제 한번 무림맹으로 놀러 오너라."

그 말을 남기고 그녀는 자리에서 일어났다. 천천히 한 걸음씩 떼는 것 같았으나 보폭이 넓은지 저만치 멀어져 가고 있었다. 한 걸음에도 신비한 기운이 주위를 흔들어댔다. 가히 선녀에 가까운 발걸음이었다.

무림맹.

도악(刀岳).

천하제일여류고수(天下第一流子高手).

천하제일고수의 자리에는 검존과 신승을 놓고 논쟁이 컸다. 현경의 고수로 유명하며 무림을 이끄는 세 개의 별 중 둘이다. 정작 두 사람의 비무가 없어 논쟁이 있는 것이지만 천

하제일여류고수의 자리는 도악 이외에는 그 누구도 탐할 수
없었다. 무림맹의 하위 단체에서 독립 문파로 탈바꿈한 선녀
문(仙女門)의 장문이자 무림을 이끄는 단 하나의 여성. 그녀
가 바로 도악 나수희(羅秀熙)였다.

소문이라고 모두가 과장되고 헛된 것만은 아니다. 눈으로
확인하지 않으면 믿지 못할 소문이 따로 있고, 눈으로 확인하
지 않아도 그것이 사실로 느껴지는 그러한 소문이 있다. 도악
나수희에 관한 소문은 후자로 볼 수 있었다. 나이로 봐도 명
성으로 봐도 휘인은 까마득히 아래였다. 그런 그녀와의 대면
에서 분위기를 이끌다시피 할 자는 휘인밖에 없을 것이다.

물론 휘인은 상대가 누구이든 개의치 않았다. 심지어 그녀
가 도악이라는 사실을 눈치 챘어도 휘인에게만큼은 큰 감흥
이 없었다. 단지 하나의 여자로 인식될 뿐.

'검존이 꽤나 흥미로운 녀석을 염두에 두고 있군.'

검존의 연락을 받았을 때 나수희는 어지간히도 놀랐었다.
검존이 개인적으로 전서를 보내어 연락을 했다는 사실에 한
번 놀랐고, 검존이 자신에게 부탁을 했다는 사실에 다시 한
번 놀랐다. 검존이 흥미를 가지고 있는 젊은 신진고수는 나수
희에게도 흥미를 샀다. 젊은 신진고수라는 사실이 휘인을 돋
보이게 만드는 것이 아니라 검존이 관심을 가지고 있는 인물
이라는 점에서 휘인이 나수희에게 돋보였다.

비록 같은 호북성에 있다 하더라도 휘인은 호북성의 남쪽 부분에 위치했다. 가히 며칠이 걸리는 거리임에도 불구하고 나수희는 호기심이 동하여 융중산(隆中山)에서 하산했다.

자신 역시 두 눈으로 휘인이 어떤 인물인지 확인하고 싶었다.

결과는 상상 이상이었다.

분명 젖내 나는 어린아이였다. 하지만 그것은 그의 나이일 뿐이었다. 나이가 숫자에 불과하다고 주장하는 이들이 있었으나 나이가 선사해 주는 경험은 결코 적지 않았다. 아무리 좋은 스승이 있다 하더라도 어린 나이에 노인의 노련함이나 세상 철학을 전수받을 수는 없었다. 그것들은 전수할 수 있는 것이 아니라 직접 몸과 세월을 통해 깨쳐 나가야 하는 것들이었다.

휘인은 나이를 초월했다.

지긋한 노인의 노련함과 젊은이의 무모함을 동시에 갖추고 있었다. 과연 그 조합이 무림에 위험한 사람을 만들어낼지, 아니면 영웅이라 부를 수 있는 자를 만들어낼지는 그녀도 감히 예측할 수 없었다.

'아니, 하나의 인물이 무림에 위협을 가할 수도 없지. 그건 그렇고, 검존은 어떻게 이런 진주를 찾아냈을까.'

검존은 무림의 수많은 서류를 처리해야 하며 무림행은커녕 무림맹 밖으로 나갈 여유조차 없을 정도로 빠듯한 일정에 잡혀 일을 한다. 그런 검존이 맹주실에 앉아서 휘인 같은 신진에게 관심을 주는 일은 마른하늘에 날벼락이 내릴 확률과 엇비슷했다.

검존이 휘인에게 관심을 가지게 된 단 하나의 이유는 바로 자신의 하나밖에 없는 손녀 때문이었다. 세상에서 가장 어여쁜 손녀가 그 휘인이라는 작자 때문에 수련에도 손을 놓고 하늘에 대고 근심을 호소한다는 것쯤은 근래에 눈치 챌 수 있었다. 무림을 천천히 달궈놓기 때문이 아니라 자신의 손녀를 달궈놓았기에 검존은 흥미를 가질 수밖에 없었다.

물론 정작 관심을 받는 당사자는 무심했다.

오로지 자신의 목표를 향해 한발을 내디딜 뿐이었다.

'마기!'

운기조식 중 무아지경에 빠지는 것은 당연한 일. 시간의 경과를 놓쳐 버리는 것 역시 당연지사. 진기의 회전을 멈추고는 눈을 부릅떴다. 해가 지평선 너머로 모습을 비추지는 않았지만 옅은 하늘이 곧 해가 뜰 것을 암시했다. 살짝 열린 창문을 활짝 여니 서늘한 공기가 폐를 타고 들어왔다.

상쾌할 법도 하지만 휘인의 안색은 오히려 굳어졌다.

짙은 마기가 느껴지기 시작했다. 여태껏 이 정도의 마기를 직접 느껴본 적이 없었다. 아니, 애초에 마기를 느껴본 일이 없었지만 그 정도가 상식을 넘어서는 정도라는 것쯤은 휘인 역시 잘 알고 있었다.

콰과과광!

마기를 풀풀 남기며 검기를 쏘아대는 무리들이 멀리서 눈에 잡혔다. 검기는 바닥에 닿자마자 폭발을 일으켰다. 폭염기(暴炎氣) 유의 검기였다.

마기를 풀풀 풍기는 이들이 객잔 밖에 있다는 사실 역시 휘인의 관심을 샀지만 마인들이 쫓는 자들을 육안으로 확인했을 때 휘인은 그야말로 신음성을 토해냈다. 하지만 그것도 잠시, 그는 창문을 박차고 하늘로 떠올랐다. 마치 하나의 거대한 새처럼 몸을 쭉 펴 중력에 잠시 몸을 내맡겼다가 중력을 거스르기 시작했다.

하늘이 마치 자신의 영역인 양 유유히 걸어 무리들의 위에 도착했다. 무리들은 쫓는 상대에 정신이 팔렸든지, 혹은 휘인의 기척이 워낙에 은밀해서였는지는 몰라도 휘인을 단번에 눈치 챈 사람은 없었다.

새까만 흑의에 복면을 착용한 이들은 계속해서 검을 놀리며 앞의 무리를 쫓고 있었다.

"적이다! 모두 피해라!"

휘인의 눈부신 강기를 먼저 알아차린 것은 사천혈마(死天血魔)였다. 마교 서열 이, 삼위의 차이가 크지는 않았지만 미세하게 존재하기는 했다. 사천혈마의 지시에 무리들은 흩어지기 시작했다. 아니, 흩어지려 했다. 하지만 무려 육 척에 달하는 강기에 미처 피하지 못하고 몸이 깨끗하게 양분되는 이가 셋이나 되었다.

일검에 셋이 죽는 일은 무림에서 흔했다. 하지만 혈마검대(血魔劍隊)에서 정예를 추리고 또 추려서 뽑은 정예 이십 중에서 셋이 일검에 죽었다는 것은 큰 충격으로 다가왔다. 눈으로 보고서도 믿지 못할 신위에 놀라움은 잠시 뒤로 하고 다시 냉정을 찾은 마교도들은 묘한 대열을 이루어 검을 휘인에게 겨눴다.

그들은 그 상태에서 사천혈마(死天血魔)와 독리광호(毒利狂虎)의 지시를 기다리고 있었다. 사천혈마는 머리를 굴렸다. 표적이 눈앞에 있다. 하지만 위험 요인은 더욱 앞에 있다. 손을 뻗으면 표적을 손에 넣을 수가 있었다. 급할 것은 없었다. 어차피 저들의 체력은 바닥을 보이고 있었고, 도망을 가봐야 주위에 도움을 구할 데도 없다.

그 사실을 파악해 낸 사천혈마는 손가락을 까딱거렸다.

그와 동시에 혈마검대(血魔劍隊)와 독마검대(毒魔劍隊)의 고수들이 동시에 휘인에게 검기 다발을 날렸다. 마흔에 달하는 수 고수들의 검기 다발들은 날카롭게 휘인을 스쳐 지나갔다. 때로는 몸을 비틀어 피하기도 하고, 필요시에는 검막을 일으켜 검기를 직접 막아내기도 하였다. 천상제를 시전하고 있어 내력의 소모는 신경이 쓰일 정도였다. 휘인은 급속도로 바닥을 향해 떨어지기 시작했다. 단순히 땅으로 떨어지는 것이 아니라 검을 바닥을 향해 찌르며 낙하하듯 검기 다발의 근원이 되는 무리들을 향해 다가서기 시작했다.

얼마 높이가 되지는 않았지만 충분한 가속도에 체중까지 가중된 상태에서 휘인의 검은 시퍼런 물결을 일으켰다. 검을 둥그렇게 쌓더니 점점 그 크기가 커졌다. 그리고 바닥에 닿기 일보 직전에 그 검강 덩이가 폭발을 일으켰다.

콰과과광!

요란한 폭발음과 함께 마교도들은 피해 반경에서 벗어나기 위해 이를 악다물고는 필사적으로 내력을 일으켰다. 나름대로 안전거리에 있었던 마교도들은 아무런 피해 없이 반경에서 벗어날 수 있었지만 휘인이 목표로 했던 이들은 여지없이 길을 달리해야 했다.

다시 사천혈마의 손짓이 있었다. 그러자 마교도들은 휘인에게서 살짝 거리를 두었다. 휘인을 중심으로 원을 그리는 가운데 두 흑의인이 원 안으로 들어섰다.

사천혈마와 독리광호였다.

똑같은 흑의와 복면을 착용하고 있었지만 사천혈마는 호리호리한 데에 비해 독리광호는 사천혈마보다 머리가 하나 더 있어 보일 정도로 키가 큰 데다 그에 못잖게 덩치 역시 좋아 서로를 구분하는 데에는 아무런 문제가 없었다.

"너는 누구인데 우리를 방해하는 거지?"

필요 이상으로 내력을 운용하여서인지 사천혈마의 목소리에서 마기가 뚝뚝 떨어졌다. 심법을 게을리 한 삼류무인라면 오줌을 지릴 정도로 짙은 마기였다. 사천혈마 딴에는 나름대로 상대에게 강한 모습을 보여주기 위한 연출이었지만 애석하게도 휘인은 얼굴색 하나 변하지 않았다. 오히려 눈이 얇아져 그가 상당한 불만을 품고 있다는 사실만 알게 되었다.

“쓰레기 같은 질문이군. 나와 너의 목적이 다른 것은 이미 입으로 논하지 않아도 서로가 알고 있지. 검이 있는데 입으로 말할 필요가 있나?”

그와 동시에 휘인의 미간일점홍의 필살이 시전되었다. 무슨 일이 벌어졌는지를 깨닫기도 전에 상대에게 죽음을 선사하는 필살. 휘인의 안색은 좋지 못했다. 어떻게 알아챘는지 사천혈마가 아닌 바로 옆의 수하가 튀어나와 그의 미간이 뚫렸다.

휘인의 한 수에 사천혈마는 섬뜩함을 느꼈다. 사실 방금 튀어나온 수하는 혈마검대의 일원으로서 사천혈마도 잘 아는 인물이었다. 상당히 다혈질이라 상대의 어떤 도발에도 쉽게 넘어가는 성격을 지닌 전형적이 마교도의 하나였다. 그렇기에 휘인의 건방진 말에 화가 치밀어 올라 한 수를 보여주려 했으나 절명했다.

운이었다, 자신이 살고 수하가 죽은 것은. 마교 무리는 깨달았다. 방심하면 죽는다. 쪽수가 많다고 해도 누군가는 죽어 나가게 되어 있고, 그 누군가가 자신이 되지 않으려면 정신을 바짝 차려야 한다. 그래야만이 적었던 가능성이 조금은 많아지니까.

'미간일점홍이라……. 익히기가 상당히 까다로운 무공이니만큼 약점도 상당히 많다. 하지만 그런 약점을 무색하게 만들 정도로 그의 검은 빠르다. 한순간도 긴장을 놓으면 안 되겠군. 보통의 미간일점홍은 미간에 검을 박아 넣고 끝이 나는데, 저 녀석의 한 수는 검이 미간에서 뽑혀진 채로 끝이 난다.'

소수의 고수들이 익히는 미간일점홍은 오로지 개인을 상대로 시전하는 무공이었다. 만약 개인이 아니라 둘이라면 푹 찔러가는 미간일점홍에 하나가 죽는다 하더라도 머리통에 박혀 있는 검을 회수하기도 전에 시전자는 다른 이에게 죽게 되어 있다. 그가 아는 미간일점홍은 그러 했다. 하지만 휘인이 시전하는 미간일점홍은 다음 일격에도 준비가 되어 있다. 찌르고 재빠른 회수, 이것이 하나의 수이다.

보통 그렇게 되면 두골(頭骨)을 꿰뚫을 만한 힘이 부족해진다. 체중을 실어 쭉 질러가야 하는데 체중을 싣기는커녕 오로지 찔렀다 빼는 것은 팔의 힘과 내력에 의존해야 한다. 두골은 두껍고 단단하다. 어지간해서는 금도 안 간다. 하지만 휘인은 시원하게 대가리에 구멍을 내고는 다시 방비를 하고 있었다.

마음 같아서는 사천혈마 자신이 어떻게 손을 쓰고도 싶은데 선뜻 검이 나가지를 않는다. 마기처럼 특별히 어떤 종류의 기운을 흘리는 것도 아닌데 그 공포는 마기보다 크게 다가왔다.

"너의 목적은 무엇이냐?!"

사천혈마는 필요 이상의 목청으로 외쳤다. 상대가 조금이라도 움츠러들면 사천혈마는 살짝이나마 안심했을 것이다. 마기도 충분히 깃들어 있었고, 팔성의 내공까지 들어간 사자후이니만큼 그도 자신이 있었다.

안타깝게도 눈꺼풀 하나 미동하지 않는 휘인이었다.

"너의 목적은?"

오히려 기세 당당하게 되물었다.

분위기에 압도되어 왜 자신이 먼저 대답을 하고 있는지를 자각하지 못한 채 사천혈마는 입을 열었나.

"암천마수의 생포! 너와 관련이 없는 일이면 가라!"

휘인은 검면을 두 손가락으로 살짝 문질렀다. 아무린 의미 없는 행동이었으나 마교도들에게는 상당히 많은 의미가 담긴 행동이었다.

눈을 깜빡하면 죽지도 모르는 상황. 묘한 긴장감이 주변을 감쌌다.

물론 휘인만은 이 묘한 긴장감의 반경 안에 있지 않았다.

“나와 관련이 있군.”

그 말에 사천혈마의 얼굴이 한없이 일그러졌다. 쉽게 갈 수 없다. 필승을 자신할 수 없는 상대.

장내에 긴장감이 고조되었다.

『무림공적』 2권에 계속

초등학생이 반드시 읽어야 할 좋은 책 49권

각 학년별로 초등학생이 반드시 읽어야할 좋은 책을
선정하여 통합논술의 기본이 되는 '올바른 독서법'을
일깨워 줍니다.

교과서와 함께하는
초등학교 통합논술

초등1학년 | 값 12,000원 / 초등2학년 | 값 9,500원 / 초등3학년 | 값 11,000원 / 초등4학년 | 값 9,500원 / 초등5학년 | 값 9,500원 / 초등6학년 | 값 11,000원

♣ **혼자 할 수 있어요.**

엄마가 책 읽는 방법을 가르쳐 주어도 좋아요.
독서지도하는 선생님이 가르쳐 주어도 좋답니다.
"초등 교과서와 함께하는 **통합논술 시리즈**"는
아이 스스로 독서할 수 있도록 꾸며진 책이에요.
엄마와 선생님은 요령만 가르쳐 주시면 된답니다.

♣ **교과서의 중요한 내용이 총정리되어 있어요.**

각 학년별로 중요한 교과 내용이 함께 수록되어 있어요.
초등학생은 교과서 내용을 충실하게 공부해야 합니다.
아울러 그와 병행한 독서가 대단히 중요하지요.
"초등 교과서와 함께하는 **통합논술 시리즈**"는
두가지 방법 모두 알려준답니다.

♣ **이 책은 훌륭하신 선생님들이 함께 쓰신 책이랍니다.**

동화작가 선생님들이 쓰셨어요. 소설가 선생님도 쓰셨답니다.
국어 논술독서지도 선생님들도 함께 쓰셨지요.
"초등 교과서와 함께하는 **통합논술 시리즈**"는
엄마의 마음으로 모든 선생님들이 함께 꾸민 책이랍니다.

입소문을 통해 아는 분은 다 알고 계십니다!
올 한해 공인중개사 최고의 화제작!

1~2권 합본 | 이용훈 지음
3~4권 합본 | 이용훈 지음
5~6권 합본 | 이용훈 지음
용어해설 | 이용훈 지음

수험생 기본 필독서
만화 공인중개사

제목 : 만화공인중개사 쓰신 분에게 감사드립니다.

학원을 두달 다녔어요. 근데 과연 그 숫자 외우기 그런게 몇 문제나 나올까 생각을 했어요. 아니라는 생각이 드네요. 학원강의를 뒤로 하고 서점을 갔어요. 내 머리에 가장 이해될 수 있는 책이 없나 하구요. 거기서 만화를 발견했어요. 무조건 세번 봤어요. 3개월 걸렸어요. 문제집을 보라고 했는데 그건 시행을 못했어요. 근데 합격을 했네요.

어떻게 감사의 말을 해야 될지…

도서관에서 만화책 들고 다니니까 사람들이 비웃더라구요. 만화책으로 공인중개사를 공부한다고 미친사람 처럼 보더라구요. 근데 그거 다 감수하고 했던 내가 자랑스럽습니다.

어떻게 감사의 말을 해야 할지 정말 감사합니다.

부디 행복하세요. 제 나이 41살에 좋은 스승을 만난 거 같습니다.

엎드려 감사드립니다.

—본사 홈페이지에 독자분이 올린 메일 中 에서 발췌—